中國語言文字研究輯刊

六　編

許錟輝 主編

第 **15** 冊

順治朝內閣大庫檔案詞彙研究（下）

魏啟君 著

花木蘭文化出版社

國家圖書館出版品預行編目資料

順治朝內閣大庫檔案詞彙研究（下）／魏啓君 著 ── 初版 ──
新北市：花木蘭文化出版社，2014〔民 103〕
目 4+238 面：21×29.7 公分
（中國語言文字研究輯刊　六編；第 15 冊）
ISBN：978-986-322-670-3（精裝）
1. 漢語　2. 詞彙學　3. 清代
802.08　　　　　　　　　　　　　　　　103001869

ISBN-978-986-322-670-3

9 789863 226703

中國語言文字研究輯刊

六　編　　第十五冊　　　　　ISBN：978-986-322-670-3

順治朝內閣大庫檔案詞彙研究（下）

作　　者	魏啟君
主　　編	許錟輝
總 編 輯	杜潔祥
副總編輯	楊嘉樂
編　　輯	許郁翎
出　　版	花木蘭文化出版社
社　　長	高小娟
聯絡地址	235 新北市中和區中安街七二號十三樓
	電話：02-2923-1455 ／傳眞：02-2923-1452
網　　址	http://www.huamulan.tw 信箱 hml810518@gmail.com
印　　刷	普羅文化出版廣告事業
初　　版	2014 年 3 月
定　　價	六編 16 冊（精裝）新台幣 36,000 元

順治朝內閣大庫檔案詞彙研究（下）

魏啟君　著

目
次

3 順治檔案的行為類詞語

本章主要從審訊訴訟、戰爭軍事、搶奪傷害、欺詐姦淫、口角鬥毆、處置彙報、經濟行為、其他行為等八個方面考察檔案材料中的新興詞語。

3.1 審訊訴訟

清代法制嚴密，在審判制度上有著嚴格的程序，會審和死刑覆核都制度化，我們可以在檔案材料中見到眾多眞實而原始的審案記錄。深入考察審訊訴訟類詞語，有助於更透徹地了解清初的法律狀況。

3.1.1 拘捕審訊

【躧拏】追捕。

> 廷秀因趙有玉□擒獲擬斬，廷秀在案照提躧拏，存站不住。（17/9628 c-d）奉此遵即行令東光縣差役嚴限躧拏莊景從去後。（30/16741a）馬鳴祥槀州，即差捕快同防守史守備領兵躧拏，至一空窯搜出正仕、占約，令馬鳴祥看認是眞，拏至公堂。（32/18374c）

「躧」有「跟蹤，探察」義，明顧起元《客座贅語·詮俗》：「尾人之後，偵其所之與所為曰躧。」《世宗憲皇帝硃批諭旨·硃批趙弘恩奏摺》：「武進縣捕役張成承緝楊興臣盜案，竝不躧拏實盜，乃串詐事主盤費八次，誣考良善多人。」

《國朝耆獻類徵初編》卷三百一：「本日竇瑸具摺檢舉，先將認真緝匪及此案上緊購線躧挐正賊、正贓等虛文，作為由伊訪出者。」〔註1〕亦其例。亦作「躧緝」，如清黃六鴻《福惠全書·保甲·守禦救援》：「有隔省鄰村奉批躧緝而物色來莊者。」

【協挐】協同捉拿。

　　隨蒙分巡大梁道票發鄭州並祥符、滎陽、滎澤等縣各捕官會同協挐。（19/10817a）

《世宗憲皇帝硃批諭旨·硃批尹繼善奏摺》：「竊臣回任後接到浙江督臣李衛來咨，內稱：沿海等處有自稱俠士豪傑，學習拳棒，造作符咒，陰謀不軌者，移臣一體協挐。」《世宗憲皇帝硃批諭旨·硃批鄂彌達奏摺》：「臣即選差員弁、幹役分路飛往密挐，並密札廣西撫臣轉飭該地文武官弁協挐去後。」皆其例。亦作「協拿」，如清于成龍《于清端政書》卷五標題：「嚴飭協拿盜賊檄。」《綠野仙蹤》第三十七回：「陳大經隨即發了溫公子窩藏叛黨吳康，謀為不規的火票，又札諭泰安州文武官同去役協拿，添差解送歸德等語。」〔註2〕

【移挐】移文捉拿。

　　招稱：黨盜楊得勝已經移挐無踪，照提另結。（15/8633c）

《世宗憲皇帝硃批諭旨·硃批張元懷奏摺》：「移挐山西澤州案內逃犯楊世龍、楊鐵山……等犯。」《大清會典則例》卷二十六：「如經上司訪聞飭令挐獲，或經別處獲盜供出移挐始據察明具報者，將該州縣照所屬地方有殺死人命不知不行申報例降一級留任。」亦其例。

【鎖押】途中戴上鎖鐐押解。

　　一面申詳本院部，一面鎖押翟孝前去永州府認挐正犯姜富達、胡晚關解前來。（24/13409a）

《世宗憲皇帝硃批諭旨·硃批王士俊奏摺》：「署撫臣傅泰隨將二犯交與高要縣

〔註1〕　沈雲龍：《近代中國史料叢刊三編》5～7《國朝耆獻類徵選編》，文海出版社1989年版，第876頁。

〔註2〕　〔清〕李百川著：侯忠義整理：《綠野仙蹤》，北京大學出版社1986年版，第289頁。

縣丞陳永中鎮押回縣，囑令勒緝李梅乃、梁志揚。」亦其例。

【羈禁】關押。

事關人命，將邦瑞羈禁監候。（24/13537a）

《世宗憲皇帝上諭內閣》卷一百七：「而羈禁在監者，著刑部堂官逐一速查。」
《大清會典則例》卷二十七：「（康熙）九年議准：官員將斬絞人犯越獄脫逃隱
匿不行申報，或不行羈禁，准人取保以致脫逃者，革職。」《著湖南巡撫惲世臨
飭員會同姚寶銘將田興恕迅押入川事上諭》：「至田興恕籍隸湖南，若即在本省
羈禁，殊不足以昭愼重。」〔註3〕皆其例。

【關解】通過文書從其他轄區押解人犯。

一面申詳本院部，一面鎮押翟孝前去永州府認拏正犯姜富達、胡晚關
解前來。（24/13409a）

「關」指「平行官府之間往來的公文」。南朝梁劉勰《文心雕龍・書記》：「百
官詢事，則有關、刺、解、牒。」清俞樾《茶香室三鈔・文移稱關》：「關蓋
都省樞密院自相往來文移之稱也。其與箚子大同而小異。」《皇朝文獻通考》
卷二百一：「若贓証俱屬相符，毫無疑義，即令拿獲地方迅速辦結，毋庸將人
犯再行關解別境。」亦其例。

【關提】通過文書從其他官員管轄的範圍內抓捕犯人。

捕快因楊氏招出舍郎等逃往青浦縣關提去後，又獲錢金、錢咬。
（23/12722c）

亦見於《大清律例・吏律》：「一，凡刑部衙門尋常移咨外省案件，如行查家產、
關提人犯，俱以文到之日爲始。」清袁枚《隨園詩話》卷四：「姊名宛玉，嫁淮
北程家，與夫不協，私行脫逃。山陽令行文關提，余點解時，宛玉堂上獻詩。」
亦作「照提」，明呂坤《呻吟語摘》卷下：「濫准、株連、差拘、監禁、保甲、
淹久、解審、照提，此八者獄情之大忌也。」「蔡氏案內照提人犯（趙）國賢，
因蔡氏嫌夫醜陋，有用毒藥死之另嫁等語。」（37/20699a）亦作「行提」，如明
王恕《王端毅奏議・奏解犯人及參鎮守官奏狀》：「當將戎達等行提到官監候。」

〔註3〕 朱金甫，呂堅主編：中國第一歷史檔案館，福建師範大學歷史系編：《清末教
案》第 1 冊，中華書局 1996 年版，第 402 頁。

「將黃玉監候間，今蒙總督馬部院清理刑名，該宣府東路通判盛于斯行提玉等到官覆審，前情無異。」（23/12732a）《大詞典》首引明阮大鍼《燕子箋・僞緝》：「還要在霍都梁原籍，關提勾當。」

【提】提取犯人。

> 隨提一干犯証前來再三研審前情明白。（9/4941c）該卑職遵依，隨提那借河銀人犯，逐一研刑究比。（25/13941d）今私逃，屢提不至，顯係涉虛懼罪，無怪戴王氏之極口稱冤也。（30/16740d）

亦作「提吊」，如明馬文升《端肅奏議・一禁撝拾以戒贓官》：「或另行差官，或備行巡撫等官，先行提弔一干人卷勘問明白，別無冤枉。」「該本府吳推官提吊沈明甫與失主季才子並原行各卷到官，細加研審。」（34/19140a）《大詞典》引《二刻拍案驚奇》卷十：「晦翁准了他狀，提那大姓到官。」

【調取】命令與案件有關的人到案接受訊問。

> 知縣張涵於順治拾陸年正月初參日，調取一干犯證，逐一研審得王爾煜居官有玷，馭下無能。（34/19087b）

《大詞典》「調取」謂「調集，招致。」可引申爲「傳訊」，如《七俠五義》第五回：「包公立刻吩咐書吏辦文一角，行到蘇州，調取屍親前來結案。」亦作「吊（弔）取」，如明楊一清《關中奏議・一爲地方事》：「已經箚委按察司提學副使王雲鳳會同管屯僉事胡經弔取近時卷簿。」「差人行拘原證宋興旺等，弔取監犯王守訓並始末卷宗到官。」（31/17678a）亦作「喚取」，如《三國演義》第二十九回：「原來獄吏皆敬信于吉，吉在獄中時，盡去其枷鎖；及（孫）策喚取，方帶枷鎖而出。」「蒙本道喚取一干人犯隔別研審，劉正楚供吐前情無異。」（33/18700a）

【傳問】傳訊。

> 但事不厭詳細，又行孫守功傳問親眷伏侍舊人，此僧已非小王子，其小王子有何疤痣，相別可爲實據。（23/12962d）

亦見於《清史稿・龔翔麟列傳》：「其弟賜瓚包攬捐納，奉旨傳問，賜履不求請處分，猶泰然踞六卿之上。」同書《和珅列傳》：「命王大臣會同都察院傳問錫寶，使直陳和珅私弊，卒不能指實。」《大詞典》首引崑曲《十五貫》第一場：「若有狀紙，先打四十，等候傳問。」

【拘叫】司法機關強制傳喚有關人到案。

壹，本官正月內因劉顯龍訐告張賜、張有清毆死人命，票差陳萬言拘叫到官，究審未明，本官意欲申上，張賜貳人著慌，央原差陳萬言打點求免。（19/10413c-d）彼有在官劉顯龍應當地方亦狀首本縣票差萬言拘叫，不合指稱打點使費，索要張賜銀參拾兩。（19/10413d-10414a）

【提喚】命令與案件有關的人到案接受訊問。

除差人緝拏外，隨將禁卒吳應春、常成水並看監火夫李一聲、陳太、李開見、李進提喚到官研審。（21/11635c）

明安遇時《包龍圖判百家公案‧石碑》：「包公即令左右提喚柴勝、吳子琛來。」明西湖漁隱主人《歡喜冤家‧第十一回》：「望老爺發簽提喚小人的鄰人一問，便知詳細。」「提喚」支配的對象多爲有生類詞語——人證或人犯。該義項《大詞典》無書證。

【弔喚（吊喚）】命令與案件有關的人到案接受訊問。

蒙府吊喚阮志德等到官。（15/8105d）職巡歷平涼府，屬弔喚見監重犯李正仕等貳起到職，照例公同分巡關西道僉事黃昇象會審，情眞罪當。（32/18373b）又弔喚士奇與鄒英、黃琳等一干犯証，按欵逐一再加研鞫。（17/9485a-b）吊喚絞犯秦璔並屍親王氏、證佐甯桓到官。（22/12214b）

「吊（弔）」有提取義，故「吊（弔）喚」同「提喚」。

【蒸刷】古代驗屍的程序之一，先熱敷再刷洗。

依蒙遵將已死男子楊應選身屍責令該管保地檯移廊外蒸刷潔淨。（20/11167b）

清王先謙《東華續錄》：「於所屬命案，不能悉心審辦，並恐屍遭蒸刷，拘泥例文，堅不開檢，偏執枉縱。」〔註4〕亦其例。「蒸刷」與「蒸罨」相類，如《海瑞集‧胡勝榮人命案參語》：「所以凡檢屍先用酒醋蒸罨，是脫去污濁，傷色易見。」〔註5〕「蒙縣帶同吏、仵人等，親詣張仁甫屍所，開棺取出，如法蒸罨，

〔註4〕 〔清〕王先謙：《東華續錄》，《續修四庫全書》史部 375 冊，上海古籍出版社 2002 年版，第 273 頁。

〔註5〕 〔明〕海瑞：《海瑞集》，參見吳心浩編著：《中國歷代名案》，中州古籍出版社

用水洗淨，眼同屍親、仵作廖元細加檢驗。」（33/18701a）

　　【檢驗】此處特指驗傷，相當於「法醫鑒定」。

　　　　又轉行山陽去任王知縣覆加檢驗，仍與初檢傷痕孚合，按律擬絞洵為
　　　　鐵案。（9/4846d）前後招情互異，且檢驗未見開明，挖目之傷事干極
　　　　刑，仍應請敕。（33/18615d）蒙縣帶同吏、仵人等，親詣張仁甫屍所，
　　　　開棺取出，如法蒸罨，用水洗淨，眼同屍親、仵作廖元細加檢驗。
　　　　（33/18701a）

清黃六鴻《惠全書・刑名・檢驗》：「若傷處痕色不明，必剔開腐肉驗骨，上自
有血暈、血蔭等傷痕。」《世宗憲皇帝硃批諭旨・硃批鄂昌奏摺》：「又如地方自
盡人命，例應文員檢驗。」《大詞典》「檢驗」謂「檢查驗證」，與例句似未盡吻
合。

　　【質審】質對審訊。

　　　　查養志當薛成武被殺該州質審時，志在川貿易。原未到官，懸坐絞罪，
　　　　殊可異也。（21/11844a）當堂質審時，據李次泉止供此全正名文煥，不
　　　　合私販鹽馱，是實。（25/14238c）李二、董二至今未獲，無憑質審，恐
　　　　稽憲件，隨將見在人犯通提到官，當堂研訊。（35/20020d）

《平定兩金川方畧》卷二十五：「提同質審，斷無不得實情之理。」《大清會典
則例・吏部》：「若此省官員有發彼省質審訊問者，仍開闕；本省內者不開闕。」
亦其例。《大詞典》首引清葉夢珠《閱世編・科舉五》：「伏乞太宗師、大老爺，
親提嚴究，並賜拘米漢雯質審情形，按律參處。」

　　【質訊】質對審問。

　　　　職恐刁風膚愬，未敢遽以入，先拘二詞內事犯孫賓麓、曹鳳鳴等質訊
　　　　虛實。（7/3951c）該督看語又稱：黃泰未經質訊，部咨嚴催，未便再提
　　　　定案事。（21/11853c）

《平定金川方略》卷七：「臣委員解送刑部，聽候質訊。」《大清律例・刑律》：
「其因承審錯誤另委別官審理者，專責委員虛心質訊，毋庸原問官會審。」亦
其例。《大詞典》首引清周亮工《祭汀州司李若羲盧公文》：「會余以質訊至，向

　　　　1993年版，第364～365頁。注「酒醋蒸罨」為「用酒精熱敷」（366頁），甚是。

者射影含沙之說，消沮不行。」

【背審】同案犯人分別審訊。

> 及背審其妻，詳訊王祥，再加嚴究，方一一眞吐，供得刀中右頸一半，氣絕，王祥眼見火藥、銃器、腰刀。（8/4197a-b）

《審頭刺湯》：「湯勤：『陸炳監斬人頭去了，命我背審雪艷，哎，待我來背審背審……』」〔註6〕《同州梆子》：「寇准：千歲，閻君面前有的銅筆鐵硯臺，千歲差人抬進南清宮，南清宮假設陰曹，將這賊背審背審。」〔註7〕亦其例。

【夾問】夾打審問。將犯人上夾棍或拶子，以審問犯人。

> 將他（林三）夾問，據供：李尚采等打劫肆處，射傷砲手尙加榮，我沒有去，李尚采問我要兩疋紬子不給，爲這個虣將我扳了。（24/13513b）

清石成金《雨花香》第三十二種《一文碑》：「（本府）因將盜夾問，是誰唆扳，那盜方才供出某捕快叫小的如此堅扳的。」〔註8〕《世宗憲皇帝硃批諭旨·硃批西琳奏摺》：「復夾問周乙正：『延信常與你師傅講的是什麼道？你當日說來尋貝勒，你尋他做什麼？你既認得鎖住兒，延信家的事你必定知道。』」亦其例。

【詳訊】審訊。

> 及背審其妻，詳訊王祥，再加嚴究，方一一眞吐，供得刀中右頸一半，氣絕，王祥眼見火藥、銃器、腰刀。（8/4197a-b）該按再加詳訊確招，依律定擬，限五個月具奏，等因。（33/18615d）

《玉篇·言部》：「詳，審也，論也，諟也。」《資治通鑒·魏元帝景元元年》：「且宿衛空闕，兵甲寡弱，陛下何所資用；而一旦如此，無乃欲除疾而更深之邪！禍殆不測，宜見重詳。」胡三省注：「重，再也。詳，審也。」亦見於《平定兩金川方略》卷一百十一：「著傳諭旺保祿等，嗣後遇有續獲賊番，務須悉心詳訊確供，勿得仍前草率。」《大清律例·刑律》：「其鄰省地方官自行盤獲別省盜犯，及協同失事地方差役緝捕拏獲者，均令在拏獲地方嚴行監禁，

〔註6〕 中國戲曲研究院編輯：《京劇叢刊》第 15 集《連環計　審頭刺湯　水簾洞》，新文藝出版社 1953 年版，第 91 頁。

〔註7〕 陝西文化局編：《陝西傳統劇目彙編　同州梆子》第 2 集，陝西省文化局 1981 年版，第 365 頁。

〔註8〕 〔清〕石成金撰：《雨花香》，內蒙古人民出版社 2000 年版，第 159 頁。

詳訊供詞備移被盜省分。」《大詞典》首引清黃六鴻《福惠全書・刑名・審訟》：「最要堂上下內外肅清，以便本官專心詳訊。」

【審詳】審訊。

> 仍候內院詳行繳，等因。到道，遵照內院批語仍抄前後招詳解赴巡按，一聽審詳具題。（7/3607b-c）

「詳」有「審」義，參「詳訊」條。《世宗憲皇帝上諭內閣》卷九十二：「聚倫直辭正責，大觸邁柱、徐鼎、王肅章之怒，遂草率審詳，力爲該府開脫。」丁宗洛《陳清端公年譜》卷下：「凡戶婚、田土，俱批府、縣審詳，據理斷結。」亦其例。《大詞典》「審詳」謂「審理上報。」引《二刻拍案驚奇》卷四：「楊巡道受了財物，准了訴狀下去，問官未及審詳，時值萬壽聖節將近，兩司裏頭例該一人賫表進京朝賀。」釋義似欠準確。

【研質】質對審問。

> 奉有嚴綸，敢不細加研質？務得受贓實據以成鐵案。（8/4517a）

《兵部殘題本》：「但謝機前後供指虛妄，今詔安縣申詳謝機與吳赤龜及防兵林興在粵可鞫，似當研質其實，以定其情。」〔註9〕《閱世編》卷十：「家人孫才供詞，刑部諸臣具在，而鐸奏不載一字，此皆有所不可解也。今必從容研質，需之時日，眞僞自見⋯⋯」〔註10〕皆其例。

【節訊】初級審理。

> 看得高明等一案節訊明確，並研鞫單款而贓私更無滲漏。（9/4631c-d）

「節」有「等級」義，如《戰國策・齊策五》：「夫中山，千乘之國也，而敵萬乘之國二，再戰比勝，此用兵之上節也。」鮑彪注：「節，猶等。」《欽定平定臺灣紀畧》卷六十一：「又縱令兵丁開賭，一節訊，據各營將弁供稱：臺灣賭風甚盛，南北兩路守備、千總、把總等於所管汛地內派兵巡查，該兵等遇有開賭之處每處勒索錢百十文。」又同書同卷：「又兵丁窩娼，一節訊據供稱：戍兵來至臺灣，因近年兵房坍塌無可棲止，租賃民房力有不贍，娼家留兵居住藉以

〔註9〕 《明清史料》己編第六本 593 頁。

〔註10〕 〔清〕葉夢珠撰，來新夏點校：《閱世編》，上海古籍出版社 1981 年版，第 235 頁。

包庇。」亦其例。

【收審】關押審問。

> 具文解赴丹徒縣收審間，尙敬又不合希欲陷人脫罪，暗將張明泰姓名捏首謝尙燈在縣。（21/11531b）蒙本廳理刑方推官收審，倪君顯將代錢咬行賄將錢布送付捕人致被首縣及贓起於伊屋內實情供出。（23/12724a-b）據此看得事關人命重情，預將兇犯並鄰證人等移送貴部收審。（24/13668b）

《世宗憲皇帝硃批諭旨·硃批馬會伯奏摺》：「臣即委員解赴撫臣衙門收審，定擬治罪，以彰國法。」《剿捕臨清逆匪紀略卷一》：「又接秦震鈞稟報，現獲王經隆等案內王經舉、王經介等男婦二十一名口均交堂邑縣收審。」《閱世編》卷二：「米丁執十三人，縛送臬司李國亮，轉發江寧府署府糧廳趙顯，又發上元縣收審。」〔註11〕亦其例。

【受准】接受訴狀，進行審理。

> 隨有不在官流棍金玗稱姑娘身死不明，具告，廷寵不合擅受准，差不在官兵丁李瑞、張清拘挐黃三朵到官。（16/8655c）

清蕭奭《永憲錄·續編》：「乾隆十一年，（張適）以田土與丹陽賀姓相角，巡撫陳大受准適取贖。」〔註12〕亦其例。

【研刑】仔細審訊。

> 該卑職遵依，隨提那借河銀人犯，逐一研刑究比。（25/13941d）

《明熹宗實錄》卷六十：「楊漣等臟私狼藉，著逐日研刑追比若干。」〔註13〕亦作「研訊」，如中國近代史資料叢刊《辛亥革命·清方檔案》：「湖南亦挐獲匪目李英等數名，業將李英、莫海樓正法梟示。其餘尙在研訊。」

〔註11〕　〔清〕葉夢珠撰：來新夏點校：《閱世編》，上海古籍出版社1981年版，第48頁。

〔註12〕　〔清〕蕭奭：《永憲錄》，參見《近代中國史料叢刊》704，文海出版社1983年版，第400頁。

〔註13〕　轉引自林金樹，高壽仙著：《天啓皇帝大傳》，中國社會出版社2008年版，第227頁。李潔非著：《龍床》，敦煌文藝出版社2006年版，第451頁，注「研刑」爲「細緻、深刻用刑」，似有望文生義之嫌。

【嚴駁】不採信供詞或證據。

> 審據許國棟供稱：錢糧耗銀小的前已認過銀壹百壹拾兩，今蒙嚴駁，小的從實說罷。耗銀壹百肆拾柒兩小的指施述聖解銀使費冒肥銀壹百兩。（23/13127d-13128a）

《福建巡撫許世昌殘題本》：「更以文老姓名、籍貫互異，恐有假冒，嚴駁推敲，究明來歷，已無疑議。」〔註14〕《世宗憲皇帝硃批諭旨‧硃批李維鈞奏摺》：「臣恐其徵多報少，現在嚴駁查參。」亦其例。

【招申】把已招供的人犯解送上官覆審。

> 於順治捌年伍月初柒日招申開封府知府丁時陞覆審。（23/12705a）

同則材料下文稱「於順治捌年伍月拾陸日招解分守大梁道右參議張懋勛覆審。」（23/12705a）可資佐證「招申」即「招解」。

【蘇理】審理久延未決的案件。

> 謹題為蘇理沉獄，以廣皇仁事。（20/11143b）巡按江寧等處兼管屯田監察御史劉宗韓為蘇理沉獄以廣皇仁事。（31/17271b）

清韓世琦《撫吳疏草》卷三十：「至（順治）十一年十月十六日，前撫臣周國佐奉旨蘇理沉獄，會審駁州。」〔註15〕清武攀龍《嚴批駁以清積案疏》：「則積案可少結，民命可少蘇，其於蘇理沉獄、端本清源之道，庶幾得之矣。」〔註16〕亦其例。

【停訟】停止審理案件。

> 近經會議，凡地土人口詞訟俱歸臣部審理，因農忙停訟。（17/9251b）

《世宗憲皇帝上諭內閣》卷一百七：「（雍正九年六月）十四日奉上諭：每年伏暑之時停訟、停徵，久有成例。」《世宗憲皇帝硃批諭旨‧硃批陳世倌奏摺》：「乘此農忙停訟之時，一面給咨令其赴部引見，可否補授，伏候皇上聖明鑒定。」《大清會典》卷六十九：「凡農忙停訟。歲以四月始，七月止，戶口、婚姻、田

〔註14〕 《明清史料》己編第六本 575～582 頁。

〔註15〕 〔清〕韓世琦：《撫吳疏草》，《四庫未收書輯刊》第 8 輯第 7 冊，北京出版社 2000 年版，第 188 頁。

〔註16〕 〔清〕魏源：《魏源全集》，嶽麓書社 2004 年版，第 117 頁。

土細事不得受理，命、盜重案不在此限。」〔註17〕

【懸擬】沒有確鑿證據而定罪。

今審據鄭之產等供稱，既已害人，豈無被害首告？難以懸擬。（4/2172b）

張貴自首律載甚明，何以懸擬？（20/11333a）

《大清會典則例‧刑部》：「是於未起限之先已稽延半載，且從來督撫參員斷無懸擬被屈，不令審究之理。」清黃宗羲《明儒學案‧泰州學案四》：「其是非贓證未形而懸擬其罪案，誰則服之？」是其例。亦作「懸定」〔註18〕，如明章潢《圖書編‧禘祫總論》：「蓋魯伯禽嘗受郊禘之賜，則魯國後來所行之禘，其或爲大禘。或爲時禘。亦未可懸定。」「雖據其口吐如此，未敢懸定，合無再行西華取闔邑鄉紳士民之公結以定此人之行徑。」（8/4307d）《大詞典》「懸擬」謂「揣摩想像」，引清李漁《閒情偶寄‧演習‧脫套》：「西子捧心，尚不可效，況效東施之顰乎！且戲場關目，全在出奇變相，令人不能懸擬。」當增補義項。

【供擬】根據供詞加以擬罪。

供擬王永祚、倪斌、孟世勳、史三才俱依「應申上而不申上者」律，楊惠心比依「失於覺舉者」律，各笞罪。（19/10819c）胡秀奉已經杖釋，無容贅議，供擬（王）世福鬥毆殺人，絞罪。（23/12706b-c）

「供」有「供詞」義，如《紅樓夢》八十四回：「你說你親眼見的，怎麼今日的供不對？」亦見於《世宗憲皇帝硃批諭旨‧王士俊奏摺》：「臣以刑名案件非屬藩司職掌，亦非臣主稿，諒督臣必照司審供擬具題。」《大詞典》「供擬」謂「供給，供應。」引《舊唐書‧儒學傳下‧盧粲》：「歲時服用，自可百司供擬。」該義與例句無涉。

【定擬】定案擬罪。

該按再加詳訊確招，依律定擬，限五個月具奏，等因。（33/18615d）

〔註17〕《大清會典》，《四庫全書薈要》史部第 113 冊，臺灣世界書局 1988 年版，第 151 頁。《法學辭源》「停訟」條引《大清會典‧刑部‧聽斷》：「凡農忙停止停訟。歲以四月始，七月止，戶口、婚姻、田土細事不得受理。命、盜重案不在此限。」其中「停止」爲衍字，否則語義完全相反。參見李偉民編著：《法學辭源》，黑龍江人民出版社 2002 年版，第 2963 頁。

〔註18〕《大詞典》「懸定」謂「預定」，未及此義，當補。

《平定金川方略》卷七：「如有應行訊問情節，即於軍前嚴訊明確，枷號示眾，俾承辦糧運之員知所儆惕，俟凱旋之日照例定擬。」《蘭州紀畧・乙酉》：「應比照附近苗疆五百里以內私販之例計斤定擬，分別軍流，從重科罪。」亦其例。《大詞典》首引清黃六鴻《福惠全書・刑名・人命上》：「按律例定擬，連人解審。」

【勘擬】查實案情並擬定罪刑。

　　既經該司勘擬前來，相應具題。（10/5179b）

《洪武正韻・二十一勘》：「勘，鞫囚也。」《字彙・力部》「勘」注引《增韻》「鞫囚也。」亦見於《白谷集・題犯官林應瑞招繇疏》：「經該司勘擬前來，相應具題，伏乞勅部覆議施行，為此謹題。」《八旗通志・人物志・剛阿泰傳》：「得旨：革（張）世忠職，勘擬治罪。」

【問擬】審問罪犯並擬定罪刑。

　　奉聖旨：楊士英等肆名並本內有名人犯，該撫按拏問擬具奏，其有關印官的，不許狥縱，刑部知道。欽此。欽遵。（6/3289b-c）縣審李海懼罪，隱未招出，止將自成問擬「故殺者」律斬罪招解鴈平道駁批，本縣覆審無異，申解本道覆駁，代州知州王維新檢審明白，仍擬自成前罪。（27/15115b）該知縣鄭四端檢審成招，追出行兇鐵鏟並陰氏原戴首帕、耳鐶寄庫備照外，問擬春光「故殺者」律，斬，招解道府詳批。（37/20740a）

亦見於《二刻拍案驚奇》卷十：「當時將宋禮等五人，每人三十大板，問擬了「教唆詞訟詐害平人」的律，脊杖二十，刺配各遠惡軍州。」《谷山筆麈・明刑》：「數月不報，有旨數趣閣臣，令從重問擬，江右勘者論以永戍。」《大詞典》引清黃六鴻《福惠全書・刑名・問擬》。

【究擬】追究審問並擬定罪刑。

　　……焦毓瑞謹題，為歇蠹串盜漕糧，同役首告有據，請敕嚴加究擬以重國儲、以申漕法事。（14/7695b）

「究」有「追究、究察」義，《小雅・小弁》：「君子不惠，不舒究之」，朱熹《集傳》：「曾不加惠愛，舒緩而究察之。」慧琳《一切經音義》卷六「推究」注引

《考聲》:「窮詰也。」（T54/0341a）〔註 19〕「究擬」亦見於《聊齋誌異·李司鑒》:「時總督朱雲門題參革褫究擬,已奉諭旨,而司鑒已伏冥誅矣。」《世宗憲皇帝聖訓·愛民一·雍正二年甲辰五月辛酉》:「儻申飭之後不改前非,一經發覺,土司參革從重究擬,漢姦立置重典。」於清黃六鴻《福惠全書》頻見,如《庶政·禁造假銀》:「敢有倚藉勢豪,勾連市棍……按律究擬。」《刑名·看審贅說》:「夫所謂看語,乃上司告詞批審與本縣詳憲之事,覆批究擬而審明具獄之情罪以讞者也。」《刑名·監禁》:「申憲究擬,以伸冥屈而儆兇凶。」

【追擬】追究審問並擬定罪刑。

　　這所參事情仍著該撫按一併追擬具奏。（10/5173c）

南朝梁劉勰《文心雕龍·論說》:「窮於有數,追於無形。」追,一本作「究」。「追究」連用的較早用例為晉袁宏《後漢紀·安帝紀下》:「癸巳,司空陳褒以災異免,於是猶有風雷之變,有司復以追究三公。」故「追」與「究」同。該詞亦見於明孫傳庭《白谷集·糾參贓刑官疏》:「八月二十七日奉旨:何守謙即盡法追擬具奏,員缺速補,該部知道。」《世宗憲皇帝上諭內閣·雍正五年三月》:「奉上諭:曾逢聖著革職,押解交與該督等嚴審追擬,具奏。」《世宗憲皇帝硃批諭旨·李維鈞奏摺》:「如六哥等一例嚴審追擬。特諭。」

【提問究擬】審問罪犯並擬定罪刑。

　　奸委侵欠銀兩,當嚴行追比。周道昌著提問究擬,其產盡人亡的,准與開豁。該部知道。（1/277a）王詵、方昇都著革了職,並本內有名人犯通行該撫按提問究擬具奏,該部知道。（2/551a）察遊擊常永勝始而踈防失事,今復計陷無辜,相應革職,行該督按提問究擬具奏,等因。（32/17960a）

亦見於《萬壽盛典初集·典禮四》:「一、凡文武官員現在敕督撫提問究擬者,盡與豁免。」〔註 20〕《經濟彙編·皇清》:「又題准,凡督撫見在提問究擬人犯無應追之贓者,遇赦即行釋放。」宋犖《西陂類稿·特糾貪恣監司疏》:「所當照貪例糾參請旨革職,與有名蠹役一併提問究擬者也。」

〔註19〕 阿拉伯數字及英文字母分別表示引文在《大正新修大藏經》中的冊數、頁數、上中下欄。

〔註20〕 該條亦見於《萬壽盛典初集·恩賚八》。

【提問追擬】審問罪犯並擬定罪刑。

奉旨：下部議得左光先、張昊已經計處革職，疏內贓款並有名銜蠹應敕該撫按一併提問追擬具奏。（13/7193b-c）奉聖旨：「吳衷一著革了職，並本內有名蠹役。該督撫提問追擬具奏，該部知道。欽此。」（22/12129a）奉此，該職遵即牌行按察司，將王爾煜革職，並本內有名人犯提問追擬去後。（34/19085c-d）

又作「提究追擬」或「拏問追擬」，《大清會典則例・戶部・漕運三》：「如運軍侵糧脫逃，報明戶部，行總督衙門提究追擬。」《八旗通志・人物志・剛阿泰傳》：「張世忠已經拏問追擬，其餘干涉員役俱令分別嚴行察議。」

【定案₂】查實案件事實並確定案件性質。

巡按宣大等處監察御史臣朱鼎延謹題，為刑辟宜有定案，以便稽察事。（9/4653b）該督看語又稱：黃泰未經質訊，部咨嚴催，未便再提定案事。（21/11853c）看得燕大力等俱稱前供之詞不係自供，既不招承，臣部難以定案。（28/15532b）

《世宗憲皇帝硃批諭旨・硃批趙弘恩奏摺》：「今既審出實情，即當徹底窮究，詰其在京有無線索及同夥之人，審結定案。」《平定兩金川方畧卷一》：「臣等將定案原委札致駐藏副都統薩拉善舒泰，轉告達賴喇嘛，令其發信勸導德爾格忒土司。」亦其例。《大詞典》首引《紅樓夢》第一○七回：「賈母不忍，便問賈政道：『你大哥和珍兒現已定案，可能回家？蓉兒既沒他的事，也該放出來了。』」

3.1.2 訴訟招供

【打官事】即打官司，訴訟的俗稱。

原因身老，柒捌拾歲，又拾歲孤兒，怎能出官與他打官事？因此怕他。（7/3690a）

《風月夢》第二十三回：「我在他家別的相公房裏坐著，等你們聲張起來，我假裝不知，岔出來做攔停。他（吳珍）怕打官事，至菲也要弄他幾百銀子。」〔註21〕《姑妄言》卷十：「那時有個富翁同人打官事，約了幾十個慣走衙門在

〔註21〕 〔清〕邗上蒙人撰，朱鑒瑢點校：《風月夢》，北京師範大學出版社1992年版，

庠的朋友做硬證。」〔註22〕清郭小亭、坑餘生《續濟公傳》第八回：「田章說：『你是楊明的義弟，他在玉山縣打官事，全是我等所為，你必是前來探訪的。』」〔註23〕亦其例。

【見官】謂因訟事而上公堂。

> （孟）自修又不合令先未到官今在官同族生員孟卓群並張有亮各亦不合向李寡嚇說，如將喬氏嫁與馮國好，不必見官，縣上詞狀自修管了；如不允從，便去見官。（15/8461d-8462a）審據盛可均等供稱：伍年肆月內本官票拏程起鵬清筭錢糧，起鵬情慌，不敢見官，商謀身等代為延捱，身等乘機詐得程起鵬銀肆百兩，驢貳頭，紗、紬各壹疋，銅火盆壹箇，飯桌貳張，身等分受是實。（18/100131c-d）（李）復性之子李上苑具呈捕衙拘審間，多姐思慮見官羞恥難當，自縊身死。（20/11455c）

《紅樓夢》第六八回：「咱們只去見官，省了捕快皂隸來拿。」《八賢傳》第十六回：「白公子再也想不到禍從妹妹身上起，遂說道：『你我平日無仇，素日無冤，你栽贓害我，何用把我綁訖？我還跑得了嗎？我同你見官去。』」〔註24〕《檮杌萃編》第二十三回：「賈靜如到這時候才曉得他家有正妻，就望著史五桂哭道：『我是何等樣人家的女兒，你卻奸騙了來做妾，我同你見官去!』」〔註25〕亦其例。《大詞典》首引《儒林外史》第二二回：「尊卑長幼，自然之理。這話卻行不得！但至親間見官，也不雅相。」

【疊告】反復申告、控告。

> 或預度於事機未形之先，或疊告於狡謀敗露之際。（2/438b-c）（顧）湘初不合避匿，未獲，照提在卷，嗣後湘初又不合脫飾窩盜事情，出頭

第 162 頁。原文點斷為「我在他家別的相公房裏，坐著等你們，聲張起來，我假裝不知岔，出來做攔停。他（吳珍）怕打官事，至菲也要弄他幾百銀子。」依文意改。

〔註22〕 〔清〕曹去晶著：《姑妄言》，中國文聯出版公司 1999 年版，第 529 頁。

〔註23〕 〔清〕郭小亭，坑餘生撰：《續濟公傳》，浙江古籍出版社 1991 年版，第 37 頁。

〔註24〕 〔清〕落魄道人著：《八賢傳》，參見〔清〕儲仁遜編著；張晨江整理：《清代抄本公案小說》，百花文藝出版社 1996 年版，第 265 頁。

〔註25〕 〔清〕誕叟著；秋谷標點：《檮杌萃編》，上海古籍出版社 1997 年版，第 231 頁。

連具三狀疊告。（34/19370b）

《乾隆四年十一月二十日申文》：「……況伊兩造俱言本縣已有斷案爲憑，而李贊臣疊告不休，相應仍行有司提結應否。」〔註26〕亦其例。

【鳴報】報案。

> 竊思被傷員役性命、衣物等件俱不足爲輕重，但搶去典史鄭光諄文憑、照驗，干係兩部查核，係本道屬縣，不得不代爲鳴報也。（5/2381d-2382a）

同則材料前文稱「巡按江西試監察御史爲申報官員失憑事。」（5/2381b）可證「鳴報」與「申報」同義。亦見於《杭之仁扎死期親服叔杭思朝案（乾隆十八年）》：「……臣張節載謹題：爲鳴報叩驗事。」〔註27〕《陳之茂強姦侄媳趙氏未遂致氏自縊身死案（乾隆四十四年）》：「……臣閔鶚元謹題：爲鳴報事。」〔註28〕

【口吐】招供。

> 雖據其口吐如此，未敢懸定，合無再行西華取闔邑鄉紳士民之公結以定此人之行徑。（8/4307d）

【報供】供述。

> 本月初陸日又據應捕凌金拏獲吳大呈稱：初五日捉獲夥犯吳大即施子勒，報供丘蘭贓寄在妹子處。（23/12955a）至邦裔原供牛價捌兩，歐章報供柒兩者，裔稱價係行等，而章以天平報數，天平柒兩即行等捌兩也。（36/20429c）

該詞僅見於現代文獻。《要塞風雲》：「廖太太風韻流露卻內藏煞氣：『我們都是中國間諜，用不著你們的一級刑具，我領頭報供。』」〔註29〕亦其例。亦作「招擬」，如明張翰《松窗夢語·銓部紀》：「今惟貪酷顯著者，逕自拿問，招擬明白，

〔註26〕 本則材料標題爲筆者根據文意加，參見《曲阜孔府檔案史料選編》第 3 編《清代檔案史料》第 15 冊《商業高利貸工食物價》，齊魯書社 1988 年版，第 73 頁。

〔註27〕 鄭秦、趙雄主編，中國第一歷史檔案館、東亞法律文化課題組編：《清代「服制」命案·刑科題本檔案選編》，中國政法大學出版社 1999 年版，第 82 頁。

〔註28〕 同上，第 225 頁。

〔註29〕 鄒郎著：《要塞風雲》，萬象圖書股份有限公司 1992 年版，第 20 頁。

然後題請發落，不必紛紛瀆奏。」「今據招擬，肥城縣犯人趙廷等侵欺十五年漕米一百四十石。」（3/1023b）

【混供】胡亂招供。

初審夢麟混供每車值銀肆分，今蒙駁批覆審白袁，供證明白。（23/12828d-12829a）

《剿捕臨清逆匪紀略》卷十三：「未獲之李忠林直或即與王倫結拜兄弟已死之林哲其字音相近，嚴訊之下因而混供亦未可定。」《世宗憲皇帝硃批諭旨·硃批張坦麟奏摺》：「及湖南撫臣親訊許英賢，則供：張易珍並沒有這箇人，小的實係借天師名色捨藥騙錢，並無謀爲不軌之事，王道連夾六次受刑不過混供的。等語。」《活地獄》第二十六回：「官問你打你，把你話要放活動些，只說是一時害怕混供的。」〔註30〕亦其例。

【扳累】在受審或遭詰問時牽扯連累他人。

劉八、陳廷俊等審係無辜扳累，其搜獲財物俱應給原主領回。（23/12808c）看得張尚儀之首董日容等私鑄一案扳累多人，但燋、模、錘、鉗以及假鑄之類俱起獲於日容之家，而日容又自供善看火色，則爲首情眞，擬絞復何辭耶？（28/15632c）

《御選明臣奏議·明趙志皐〈弭變修省疏（萬曆二十四年）〉》：「伏乞敕下吏部施行：一，愼刑守法並禁止扳累以疏枉濫。」《世宗憲皇帝上諭內閣》卷六十二：「況唐保住、魏色扳累之言亦不足信，永福從寬，免革職。」清于成龍《于清端政書·弭盜安民條約》：「不許稽遲時刻，以致扳累善良。」亦其例。又作「攀累」，如《御批歷代通鑑輯覽》一百十二：「心念獄無主名，帝必怒甚，恐輾轉攀累無已。」

【掛告】牽連，連累。

但審世六爲兩姓掛告，當日實不在場，猶可矜釋者。（21/11913c）

《幼學瓊林·訟獄》：「好訟曰健訟，掛告曰株連。爲人解訟，謂之釋紛；被人栽冤，謂之嫁禍。」〔註31〕清劉黃中《剿蠹追贓事》：「樂年仔舊應里催，何黑

〔註30〕 李伯元著：《李伯元全集》3，江蘇古籍出版社 1997 年版，第 145 頁。

〔註31〕 〔清〕程登吉編；鄒聖脈增，江興祐、陸忠發注釋：《幼學瓊林》，浙江古籍出版社 1998 年版，第 225 頁。

仔同充夫役，睚皆細故，掛告無遺，其視官法直為彼報怨之具耳。」〔註32〕亦其例。

【告扳】受審或遭詰問時牽扯誣陷他人，或指（被）陷害誣告。

> 王新民實係酒家，王子揚實係地主，告扳多人並無造謀為從等事。（23/12930a）甄文進因姦不遂，恨殺小周兒身死，依律擬斬，復有何說？但文進曉曉告扳王新民等，何也？（25/14135d）

又作「告攀」，如《皇朝通典・食貨四》：「（康熙）十四年清查民田賦役冊籍，凡民冊當差者衛所不得告攀。」

【咬扳】受審或遭詰問時牽扯誣陷他人。

> 地方中拏一逃人，不即帶至當官，必令咬扳富家，以為窩主詐嚇，遂欲竟行釋放。（37/20755d）

清于成龍《于清端政書・弭盜安民條約》：「乃有等玩法捕役樂於生事，動以起贓為由，率領虎役多人咆哮入室，名雖搜查，實同搶掠，稍拂其意即唆令盜口咬扳。」《大詞典》首引清黃六鴻《福惠全書・刑名・審盜》：「捕役既得此案真盜，止宜令他供出夥盜，方可緝拿，卻又不可教唆他咬扳平人。」

【扳咬】攀扯誣陷他人。

> 從來賊不扳咬者當釋，何況地方之有公保乎？（6/2990d）而守法之愚民見真賊之扳咬，畏目下之行楊，即須應捕顧指，一一招承，在傍觀者徒抱其不平。（37/20756b-c）

《張世臣啟為預防皀役挾嫌誣陷請准按候事（順治十五年三月初二日）》：「切緣尚守如與臣有素嫌，前者順賊扳咬，蒙老爺天恩拯救，蟻命得生。」〔註33〕《歇浦潮》第八十三回：「這一來豈不和我們結下深仇，或在堂上扳咬我們一口。」《大詞典》首引清黃六鴻《福惠全書・刑名・總論》：「公庭質對，扳咬呼號，慘震天地。」

〔註32〕 〔清〕李漁著：《李漁全集》第17卷《資治新書》2集，浙江古籍出版社1991年版，第735頁。

〔註33〕 胡明清等編輯：《曲阜孔府檔案史料選編》第3編第18冊，齊魯書社1985年版，第91頁。

【供扳】在招供時牽扯誣陷他人。

陳守福、韓德明要伊加倍索還酒食，角口有鬮，遂在舊州陳守備處供扳，致被一併拏獲到部。（9/4661c-d）其供扳杜祖第、杜念八、江念七並無贓證，俱係仇扳，允宜釋放。（32/17930b）劉夢謙因拿所屬田家窯逃人，周二供扳張家窯有逃人。（33/18669b-c）

《石峯堡紀畧》卷十五：「如有供出黨羽即指名拏辦，不必向續拿之犯再令輾轉供扳。」《世宗憲皇帝硃批諭旨・硃批蔣洞奏摺》：「又供扳山陝等省亦經姦匪李梅散有偽箚，等語。」亦其例。「扳」本來沒有「牽扯、牽連」義，表示該義的本字黨源於「攀」。如元佚名《抱粧盒》第三折：「那廝打得昏了，休聽他胡攀亂指者。」《玉篇・手部》、《廣韻・刪韻》：「扳，同攀。」因為二字長期通用而相因生義，故又作「供攀」，如明黃訓《名臣經濟錄・明方日乾〈釐革巡捕奏〉》：「今巡捕官員欲假威脅眾，捕得盜賊必令供攀無辜平人，嚇詐財物。」明王守仁《王文成全書・勘平安義叛黨疏》：「後因解京，逆黨劉吉、陳賢等供攀不已。」

【捏首】誣告。

具文解赴丹徒縣收審間，尚敬又不合希欲陷人脫罪，暗將張明泰姓名捏首謝尚燈在縣。（21/11531b）

《世宗憲皇帝硃批諭旨・硃批趙弘恩奏摺》：「今施天一係因爭田挾嫌捏首其詩板現存蘇州沈蒼林家，等情。密稟到臣。」同書：「同日又奏，一上元縣降調知縣陳齊東縱役栽侵、捏首蘆課銀米三萬，臣已訪審題參。」亦其例。

【盆誣】誣陷。

叩乞嚴取各犯，洞查真情，不致賄詐盆誣。等情到縣。（23/12929a-b）

「盆」為「覆盆」的省略，本指陽光照不到覆盆之下。後因以喻社會黑暗或無處申訴的沉冤。如唐李白《贈宣城趙太守悅》詩：「願借羲皇景，為人照覆盆。」明張永祺《偶然遂紀略》：「則弟之心跡昭明，庶人知為朝廷者，終不受盆誣也。」〔註34〕《刑部題本》：「李先春備受屠掠，眾目共見。張昌奇先

〔註34〕〔明〕張永祺等撰；欒星輯校：《甲申史籍三種校本》，中州古籍出版社 2002年版，第 39 頁。

事預逃，法難盆誣。」〔註35〕亦其例。

【誣稟】誣告。

> 比時王祚國挹稱犯夜誣稟，登祥即差在官皁隸馬行乾同去拘挐。
> （12/6706d）

《皇朝文獻通考・刑考十一》：「奉諭：要俊卿一犯因圖避處分誣稟上司，居心險詐，情節較重，本擬按律杖流，從重改發伊犁。」《三春夢》第四回：「沈公爺向劉鎮曰：『于國璉說得有理，你等不緝虛實，胡爲亂稟，而今本公亦不窮你誣稟之罪，但凡日後諸事要有證據，方許到公府稟知。』」〔註36〕《藏員趙大人若進藏將逃國外川軍無須入藏及程鳳翔燒廟搶物請加嚴懲稟》：「再程大老爺究竟不知怎樣誣稟我們，我們不得而知，論他所行所爲之事，例應照章懲辦，迄今日久，何以未見懲辦。」〔註37〕亦其例。

【誣反】誣告，反咬一口。

> 竊照古之帝王懸器招言以撤壅蔽，律嚴誣反以杜刁風。（19/10697b）

《繡戈袍全傳》第十四回：「但我近日聞父親在京被人誣反，現已一家收了天牢。」〔註38〕《秦娘美》：「誣反罪名已作罷，輕判馬曄再考察。」〔註39〕亦其例。

【招扳】招供扳累。

> 如贓跡未明，招扳續緝，涉於疑似者，不妨再審。（20/11343d）

明天然癡叟《石點頭》第十二卷：「（方六一）安慰道：『董官人之事，已探訪的實，是被泉州一夥強盜招扳在案，行文在本縣緝獲，即今解往彼處審問。』」〔註40〕清龔鼎孳《愼刑七條疏》：「一語偶合，又令招扳夥伴，輾轉相誣，誅

〔註35〕　《明清史料》己編第一本，中華書局 1987 年版，第 50 頁。

〔註36〕　〔清〕佚名著，廖生，金婭麗整理：《三春夢》，四川文藝出版社 1996 年版，第 27 頁。

〔註37〕　趙爾豐，吳豐培著：《趙爾豐川邊奏牘》，四川人民出版社 1984 年版，第 443 頁。

〔註38〕　〔清〕江南隨園主人著；王健點校：《繡戈袍全傳》，人民中國出版社 1993 年版，第 70 頁。

〔註39〕　俞百巍主編；鄧正良，皇甫重慶編選，貴州省文化廳編：《中國少數民族戲劇叢書》貴州省卷，中國戲劇出版社 1987 年版，第 15 頁。

〔註40〕　〔明〕天然癡叟著：《石點頭》，吉林文史出版社 1986 年版，第 260 頁。

求無已。」〔註41〕亦其例。

【株扳】受審或遭詰問時牽扯誣陷他人。

夫為盜之人，良心多喪，痛楚之下寧惜株扳？或受他人之嗾使，狂誣以洩睚眦，或尋平昔之怨嫌，波累以圖報復，枉及平民，蔓延不了。（21/12032b-c）

「扳」有「攀扯、牽連」義，如《醒世恒言·張廷秀逃生救父》：「因有個儷家，欲要在兄身上，分付個強盜扳他，了其性命。」《盟水齋存牘·訪犯游泰》：「其一為得陳見浮銀二十兩，審保長鄒弘宇，見浮係良民，曾被株扳，泰嚇銀一兩八錢，本犯亦俯首自認。」〔註42〕《盟水齋存牘·強盜梁強澤、甘閣金》：「本犯嘵嘵以工吏查船結恨株扳，或出振沙抵水，而以窩主概坐其斬，恐未足死本犯之心也。」〔註43〕王湯谷《禁衛蠹訪後株連》：「稍不遂意，信口株扳，以致遭官繫獄。」〔註44〕亦其例。

【變口】改口，改變原先說話的內容或語氣。本處為翻供之義。

「當日我曾將壹千兩銀子交與王通事打點審事章京等，寫本、筆帖式等你可曾得否？」我聞言即欲舉首，恐其變口。（20/11345b-c）

亦見於《刑部題本》：「我聞言，即欲舉首，恐其變口，至次日同我原審事的章京蔡必免去問馬得功：你這銀子給與誰了？」〔註45〕亦作「改口」，如明沈德符《萬曆野獲編·言事·一人先忠後佞》：「二人富貴熏心，改口逢世，又諉其責於父師，真悖逆之尤。」

3.2 戰爭軍事

順治朝，國家兵事頻繁，這類詞語反映了建國之初平息各地叛亂的過程。

〔註41〕 〔清〕魏源：《魏源全集》，嶽麓書社 2004 年版，第 146 頁。

〔註42〕 〔明〕顏俊彥著：《盟水齋存牘》，中國政法大學出版社 2002 年版，第 95 頁。

〔註43〕 同前，顏俊彥著：《盟水齋存牘》，第 243 頁。

〔註44〕 參見清李漁著：《李漁全集》第 16 卷《資治新書》初集，浙江古籍出版社 1991 年版，第 173 頁。

〔註45〕 《明清史料》己編第二本 196 頁。

【扒剋（拔克）】攻克。

　　本月初四日午時，據中軍盛嘉寶、差署中營小中軍事守備賀元報稱：
　　於初三日五鼓，我兵奮勇扒剋觀音寨。（5/2688d）

如清楊英《先王實錄》：「本藩即傳令曰：『諒一橋難拔，尚欲圖大！今日本藩親督，有奮勇拔克者，重賞升擢；退卻者，不論總鎮官兵，立即梟示！』」〔註46〕

【打仗₁】進行戰爭；進行戰鬥。

　　當有兵官李文翰從鄉入城救援，當街打仗，活捉賊一名。（5/2372a）苐
　　念其事出舉人路伸縱僕通賊一刻倉皇，身在西城查夜，遇亂攖鋒打仗
　　被傷貳刀。（8/4539b）

明孫傳庭《白谷集·報合水捷功疏》：「賊準備打仗，職（張京）兵自西，賊不隄防，機會可乘。」《平定兩金川方畧》卷一百二十七：「此次科布曲打仗，二等侍衛寧珠布陣亡。」《大詞典》首引清李漁《奈何天·密籌》：「朝廷不使餓兵，目下邊報警急，若要打仗，我們是不去的。」

【定戡】平定。

　　自我聖朝大兵西指，蕩掃流孽，定戡燕都，一時水火遺黎熙熙焉，有
　　登春臺之象。（1/389b）

「戡」有「平定」義，如《書·西伯戡黎》：「西伯既戡黎，祖伊恐。」

【恢取】奪回。

　　本月拾肆日參鼓時分，據思勤江撥探兵丁陳奇等回報，有逆賊龍五、
　　龍四、李昌、李可奇、韋鏡等率領逆賊數千，恢取昭平。（18/100116b）

《兵部抄奉命大將軍和碩康親王傑淑等題本》：「據此，臣等公議，令駐防延平副都統伯穆黑林、副都統吳深巴圖魯、署前鋒統領吳木都土默特、副都統尼爾介爾等，率領在延兵馬，前去恢取邵武、汀州等處地方，酌量安撫□□招徠人民去後。」〔註47〕《平定三逆方畧》卷三十六：「奏乞迅發大兵以相助援，因遣將軍莽依圖等協力恢取平（樂）桂（林）。」《聖祖仁皇帝聖訓》卷十五：「俟公

〔註46〕　〔清〕楊英撰，陳碧笙校注：《先王實錄校注》，福建人民出版社 1981 年版，
　　　　　第 16 頁。

〔註47〕　《明清史料》丁編第三本 286～287 頁。

溫齊等兵與陝西調往之兵抵岳州日，尙善可率所部大臣及每佐領兵五人赴長沙
駐守，令安親王率所部大臣選每佐領兵五人恢取岳州。」

【迎勦】迎擊討伐。

離寶慶約壹百肆伍拾里，即見逃兵在前，隨行督兵迎勦，但見逃兵遠
望兵馬來到，俱棄馬闖入山林。（20/11084b）

《欽定石峯堡紀畧》卷七：「臣李侍堯剛塔又飛催興漢鎭臣三德所帶兵一千名，
由秦州一路迅速前來迎勦。」淸張勇《張襄壯奏疏》卷四：「又附近鞏昌逆賊出
犯寧遠，無非欲邀我後，故臣等會檄滿漢官兵前去迎勦。」亦其例。

【扼勦（扼勦）】阻擋剿除。

特檄寶坻縣官薛良心扼勦，蓋職素知良心老成有心計故耳。（3/1089b-c）
一面咨請總督臣馬䰄發大兵，上游扼勦。（8/3991c）

《管子・度地》：「此五水者，因其利而往之可也，因而扼之可也。」尹知章注：
「扼，塞也。」「扼勦」亦見於明孫傳庭《白谷集・移鎭商雒派防汛地疏》：「本
月二十一日又准兵部咨，謂兵機介在毫髮，賊勢急於奔湍，申令扼勦，謹具題
達事。」《八旗通志・人物志・吳景道傳》：「陝西商州賊何柴山等嘯聚，突至盧
氏縣，夜襲趙世泰軍，高第統兵扼勦，賊敗奔商南。」《八旗通志・吳景道傳》：
「八年，陝西商州賊何柴山等嘯聚，突至盧氏縣，夜襲趙世泰軍，高第統兵扼
勦，賊敗奔商南。」

【捕截】抓捕。

各官兵即分撥四路捕截，隨著郭千勝先執奉本院部發下招撫告示，趕
至高橋，果見逃兵在彼。（20/11085b）

《廣西通志・名宦》：「賊聞風不敢近諸鄉落，有竊發者設奇捕截，漸次皆平，
民賴安堵。」《十年孤劍滄海盟》第廿六章：「但（靈飛鯨）終於說出道：『是
故無以不除去令尊爲快，但以令尊形蹤飄忽，神龍隱現無定，不易捕截。』」
〔註48〕亦其例。

【護拒】抗拒。

聚則遍野聯營，散則各鄉放告。一賊聞勦，群起護拒，狼奔豕突，日

_____

〔註48〕 武林儌子著：《十年孤劍滄海盟》，河北人民出版社 1988 年版，第 168～169 頁。

無虛時。（1/389c）

《施公案》第三百零五回：「（李昆）大聲喊道：『……若再護拒官兵，立刻就將爾等的巢穴踏為齏粉!』」亦其例。

【支拒】抵擋。

> 審得劉嘉謨原署清遠縣，縣城荒蕪，兵民稀少，為西寇震驚，勢難支拒。（20/11157d）

《平定兩金川方畧》卷三十七：「若乘此機會，大合兵力分道進攻，賊番疲於支拒，不能復顧農耕。」《八旗通志・海蘭察傳》：「官兵登丫口者六百賊並力支拒，我兵勇氣倍增，克其二碉。」亦其例。

【狼奔豕突】形容壞人成群亂闖。

> 聚則遍野聯營，散則各鄉放告，一賊聞剿，群起護拒，狼奔豕突，日無虛時。（1/389c）

亦見於谷應泰編《明史紀事本末・平河北盜》：「然而魚駭鳥窮，狼奔豕突，偏師少利，擁麾不前。」《御纂詩義折中》卷十一：「戎狄內侵，利在速戰，狼奔豕突，難與力爭。」劉統勳《平定金川詩》：「跳踉自適，乃忘其形，狼奔豕突，厥鄰是驚。」《大詞典》首引清平步青《霞外攟屑・掌故・尹侍御奏摺》：「咸豐三年八九月間，賊由懷慶竄擾平陽……狼奔豕突，如入無人之境。」

【汛守】指汛地防守崗位。

> ……臣線緝謹題，為酌量緩急移駐以重汛守事。（8/4031b）一疏請敕該督撫按速勦叛首姜瓖，掃蕩諸逆，並查踈防汛守，各情節另奏再議。（32/18147a）

明孫傳庭《白谷集・報流寇自蜀返秦疏》：「縱臣汛守之地，或以力綿僨誤，致干斧鉞，臣甘之已。」清張勇《張襄壯奏疏》卷六：「康熙二十二年三月三十日題，奉旨：將軍、副都統、提督、總兵等官鎮守封疆，關係緊要，若概行赴京朝見，遠離汛守，曠廢職掌。」亦其例。《大詞典》首引《清會典事例・兵部・八旗處分例》：「其接班之人，因交代不清，擅離汛守者，照前例再減一等。」

【防汛】巡邏防守。

> 又本營在官兵丁王大倫及不在官王奉、趙位等貳拾名向係土著，住居

城外，大儒到任後著令各兵搬移進城防汛，大倫等以向住城外求免搬
移，各願送麥稭貳擔、稻草貳擔。（20/11363a-b）

《平定金川方略》卷十五：「其督撫提鎮協營除先經出徵金川兵丁帶往馬匹並
酌留防汛及存營差操外，共可調撥營馬二千七百三十五匹。」《世宗憲皇帝上諭
內閣》卷一百一：「嗣因番兵差操未便，於是另募內地民兵二百名以備防汛。」
亦其例。該詞為「汛防」的同素逆序詞，如《清史稿・藩部傳二・烏珠穆沁》：
「雍正九年，議剿噶爾丹策凌，詔徵烏珠穆沁西各扎薩克兵三千駐烏喇特汛防
四十九旗游牧，復諭烏珠穆沁別以兵駐克嚕倫河。」《大詞典》「防汛」條未及
此義，故表出之。

【坐塘】據守關卡。〔註49〕

即值貝勒大兵班師，逆賊隨坐塘於邵陽之隆回和尚橋等處，離寶慶府
城止百餘里。（20/11081c）

「坐」有「拒守」義，《左傳・桓公十二年》：「楚人坐其北門而覆諸山下，大敗
之，為城下之盟而還。」杜預注：「坐猶守也。」「塘」有「驛站關卡」義，《六
部成語・兵部・塘兵》：「比汛狹小曰塘，比塘狹小曰舖。」故「坐塘」為「據
守關卡」。

【投戈順降】歸順、投誠。

復差官執令高聲噭叫：「有投戈順降者，即免殺戮。」（3/1488d）當時
投順者貳千餘名，即剃髮釋放訖。（3/1488d）

《禮記・月令》：「（孟秋之月）詰誅暴慢，以明好惡，順彼遠方。」鄭玄注：
「順，猶服也。」《逸周書・常訓》：「忠信敬剛柔和固貞順。」朱右曾集訓校
釋：「順，不逆也。」《爾雅・釋言》：「若，順也。」邢昺疏：「順，不逆也。」
《論語・為政》：「六十而耳順。」皇侃義疏：「順，謂不逆也」。《說文・𨸏部》：
「降，下也。從𨸏，夅聲。」引申為服從，《左傳・隱公十一年》：「其能降以
相從也。」杜預注：「降，降心也。」《公羊傳・莊公八年》：「曷為不言降吾

〔註49〕 《清代六部成語詞典》「坐塘」謂「官員奉命差往軍臺，管理臺務，定期更換，
稱為坐塘，亦稱坐臺；官員因罪發往軍臺效力贖罪，亦叫坐臺。」可備一說。
參見李鵬年等編著：《清代六部成語詞典》，天津人民出版社1990年版，第277
～278頁。

師，辟之也。」何休注：「降者，自伏之文。」《資治通鑒·周紀一》：「城降有日。」胡三省注：「降，下也，服也。」

「投戈」即放下武器，喻指投降〔註50〕，與「順降」義同。「投戈順降」的文獻用例稀見，與語言信息的過份羨餘有關，因此同則材料下文以「投順」代之。根據語境，「投戈順降」在差官對叛亂人群宣講政策時使用，爲了使聽話者更加清楚明白，所以故意違背語言的量的準則，以利於信息傳遞。

【撥派（撥派）】派遣。

> 各村凡耕種馱送俱用維皇自己頭畜，惟收割時人工稀少，維皇又不合將門下官頭人等撥派收割，給與飯喫。（17/9571a）又審李開見、李進等口供：原係貧人，撥派看監，白日務農，夜間睡熟，有參更時只見監墻右邊壹孔逃走。（21/11635d）

「撥」有「調撥；分配」義，如《水滸傳》第三回：「爲因俺這裏無人幫護，撥他來做個提轄。」亦見於《福建總督劉斗題本》：「目今戰船次第修完，水兵見在撥派，若無火器，何以操防？」〔註51〕《平定準噶爾方略前編》卷二十二：「此番西路撥派之將士，皆遴選訓練之精銳，其氣勢倍覺壯盛。」《瑤華傳》第三十八回：「瑤華又把莊上的事趕辦了幾宗，然後撥派李榮、陳玉隨同趙宜，往京師搬運庫藏。」〔註52〕亦其例。

【放餉】發放薪餉。

> 各又不合唆撥遷延，始於十二月十八日給放各丁餉銀四百五十餘兩。（9/4711b）查署事與放餉時日懸殊，扣剋無憑指實，刑訊各犯始終不承，似難深求，應從原擬，伏候憲奪。（36/20364d）

《憲皇帝聖訓·察吏》：「亦聞有不肖餉書於放餉則需索季規，於借餉則科斂借費。」《大清會典則例·吏部》：「一，支放錢糧，康熙十四年議准：各營放餉遴委賢能官員親臨察閱，抽封秤兌按名給散。」亦其例。《大詞典》首引清劉獻廷《廣陽雜記》卷一：「王景爲總兵，與率祖不協，率祖參其放餉不會同文官。」

〔註50〕　《大詞典》「投戈」謂「放下武器，謂休戰。」對「投降」的比喻義未加指明。

〔註51〕　《明清史料》丁編第三本第273～275頁。

〔註52〕　〔清〕丁秉仁著；張武智等整理：《瑤華傳》，三秦出版社1990年版，第416頁。

【投兵喫糧】當兵。

> 據三勝子供：原姓蕭，撫州臨川縣人，同結拜哥子姓王的往湖廣投兵喫糧。（24/13524a）

同則材料下文稱：「據陳勝口供：湖廣常德府桃源縣人，祖來在南京居住，因隨王君在寧都頗副將營內吃糧。」（24/13524c）可證「投兵喫糧」即「吃糧」。

【喫糧（吃糧）】當兵。

> 據三勝子供：原姓蕭，撫州臨川縣人，同結拜哥子姓王的往湖廣投兵喫糧。（24/13524a）據陳勝口供：湖廣常德府桃源縣人，祖來在南京居住，因隨王君在寧都頗副將營內吃糧。（24/13524c）

《世宗憲皇帝硃批諭旨·硃批噶爾泰奏摺》：「營兵係喫糧防守地方之人，乃開場鬥雞賭博，匪類因而聚集，此皆由營將平日竝不稽查約束所致。」《世宗憲皇帝硃批諭旨·硃批邁柱奏摺》：「他要到永綏營喫糧，小的曾吩咐他：『這張副將若在雲南做過千總，他是我當日拈香的弟兄，你就寫手本去請安。』」《大詞典》首引姚雪垠《長夜》三六：「如其他們去遠處吃糧當兵，倒不如留在本地蹲。」亦其例。

【當兵】服兵役；參軍。

> 先於順治二年三月內在潘安邦家住，並無生意，因帶妻往母康氏家住，逢春一向在營當兵，後因裁汰……（11/5743c）

《世宗憲皇帝硃批諭旨·硃批石禮哈奏摺》：「臣又閱邸抄，漕標兵丁亦有不願當兵辭糧一事，似此標兵屢屢辭糧，總皆驕悍惡習。」清張勇《張襄壯奏疏》卷一：「查甘肅昔時有一人當兵而父子兄弟並親戚交遊輩悉冒在營名色，霸佔行市。」亦其例。《大詞典》首引《二十年目睹之怪現狀》第二七回：「凡是神機營當兵的，都是黃帶子、紅帶子的宗室，他們闊得很呢！」

【吃糧當兵】當兵。

> 有在官楊瑞寰即楊振邦因明朝時在三臺營吃糧當兵相識，訪詢至彼，隨與楊振邦見獲僞副參將劄付一張。比楊振邦亦不合即將僞劄接收，用紙包裹藏於堂房梁上。（15/8150d）

《官場現形記》第二十八回：「大人，你想，吃糧當兵的人有幾個好的？當他壞

人，他就做了壞人了。」清段光清《鏡湖自撰年譜》咸豐三年癸丑（西元一八五三年）：「且爾既吃糧當兵，日中則當操練，夜間緝賊，是爾營兵事也，何以來城西開店？」亦其例。

【食糧】當兵。

> 如願食糧者隨其所近督撫鎮營補食缺額名糧，隨伍操練，是於安插之中寓防閑之意。（25/13844c-d）

《平定準噶爾方略》前編卷二十六：「舊例：查其子弟一人入伍食糧，仍令地方官每月給米三斗養贍終身。」《平定兩金方畧》卷一百三十五：「一，傷病回營兵丁不能充伍者，該管將弁查明本家如有子弟至戚可以教練差操，即令頂名食糧，免致失所。」亦其例。

【辭糧】辭去不當兵。

> 聚有百餘名到侯永寧處辭糧，口稱無餉難過，門首喧譟。（9/4710a）

《世宗憲皇帝上諭內閣》卷六十：「兵丁葉肯堂等不服操演，擅敢辭糧離伍，大干法紀，著該督嚴提究審，將為首者按律治罪。」《大清會典則例·兵部》：「至於該管官規避處分，將私逃兵丁以革伍辭糧捏報者，照隱匿不報例議處。」

【投充】特指清初時投靠權勢人家充當奴僕以得到庇護。

> 是多一投充之人，皇上即少一百姓；多一投充之地，皇上即少一田土。（16/8824a-b）故爾隱忍必言投充，甘受責解，蓄心走誑，希圖混飾漏網。（25/14238d）

《世祖章皇帝聖訓》卷四：「七月丙子上諭：戶部曰數年以來投充漢人生事害民，民不能堪。」清黃六鴻《福惠全書·筮仕·募家丁》：「載明籍貫人氏，並來歷不明，投充賣身旗下，公私過犯等情。」亦其例。

【投應】應募參加軍隊或作官府役隸。

> （陳虎等人）於順治捌年陸月拾捌日同進太原府城內，聞得武職衙門不缺兵丁，未得投應。（20/11441c）

【查更】夜間巡視。

> 比（溫）樹珖在西城查更，忽聞城外吶喊有賊，隨即傳諭各城嚴守，比高玉等在城內十字街心放火數把。（8/4538a）

該句下文稱「……身在西城查夜，遇亂攖鋒打仗被傷貳刀。」（8/4539b）可知「查更」即「查夜」。清余一鼇《見聞錄・僞官職》：「其查更也，雖嚴寒、大暑、大雨雪，三更、五更均不敢懈。查更係城內巡查之事，某城垛某人管，分則粉書其姓名於上。」〔註53〕《箱屍記》：「王三（唱）：我查更；趙四（唱）：我巡夜；王三（唱）：逮偷兒；趙四（唱）：捕盜賊。」〔註54〕現代作家韓汝誠《小偷與君子蘭》：「可不到兩天，街坊鄰居傳出個新聞來，說戶籍警小丁有一天夜裡查更，在胡同口發現個鬼鬼祟祟、喝喝帶喘的人影，剛要過去盤問，那人摭下個什麼東西就跑了。」〔註55〕亦其例。

【查夜】謂夜間巡視。

> 弟念其事出舉人路伸縱僕通賊，一刻倉皇，身在西城查夜，遇亂攖鋒打仗被傷貳刀。（8/4539b）

《世宗憲皇帝硃批諭旨・硃批性桂奏摺》：「又借查夜爲名時常進監，與漢瞻私相密會之處自認無辭。」《儒林外史》第四十回：「約有二更盡鼓，店家吆呼道：『客人們起來！本總爺來查夜！』」《大詞典》首引《二十年目睹之怪現狀》第三十回：「當日馮總辦，每天親巡各廠去查工，晚上還查夜。」

3.3 搶奪傷害

本節討論的詞語包括搶劫等暴力行爲類詞語，爲討論的方便，分贓類詞語也一併在該節考察，以期管窺十七世紀前中期社會動盪不平的冰山一角。

【斷】攔路搶劫。

> 內稱：鄒滕一帶多盜，路斷行人，臣差原任守備劉守朝等直到寨中，再四撫諭，執迷不從。（1/259b）

「斷」同「短」，《儒林外史》第五回：「嚴鄉紳執意不肯，把小的驢和米同稍袋都叫人短了家去，還不發出紙來。」《昭通方言疏證》：「昭人呼人逐賊曰短著，

〔註53〕 太平天國歷史博物館編：《太平天國史料叢編簡輯》第 2 冊，中華書局 1962 年版，第 129 頁。

〔註54〕 呂子房等編著：《川北燈戲》，四川文藝出版社 1986 年版，第 296 頁。

〔註55〕 程質彬：《君子蘭傳奇》，北方婦女兒童出版社 1985 年版，第 227 頁。

當即堵闌之急言也。又當（擋）字亦有遮攔之意，音與堵通。」〔註56〕《四川方言詞語考釋》（167）亦贊成這一語源的解說。又作「短路」，明佚名《六院匯選江湖方語》：「短路的，乃剪徑打劫（者）。」《貧富興衰》劇二折：「看他穿的襖子、布衫、靴子、帽，則怕有短路的。」《明珠緣》第六回：「一娘想道：『罷了，今番必是死了，這定是個短路的，至此地位，也只好聽命於天罷了。』」《今古奇觀》卷五：「那夥人不是好人，卻是短路的。」又作「斷路」，《初刻拍案驚奇》卷十四：「不論銀錢多少，只是那斷路搶衣帽的小小強人，也必了了性命，然後動手的。」《西遊記》第九十七回：「唬得個唐僧在馬上亂戰，沙僧與八戒心慌，對行者道：『怎的了，怎的了！苦奈得半夜雨天，又早遇強徒斷路，誠所謂禍不單行也！』」《濟公全傳》第一百八十回：「竇永衡、周堃一聽，道：「這事可太難了，人家當山大王，講究斷路劫人。這倒有人來找山大王要銀子，真是欺我太甚！」」

　　考「斷」與「短」的源流關係，則「短」爲「斷」的記音字〔註57〕。《大字典》（2028）「斷」謂「⑤攔截。」引《三國志・魏志・武帝紀》「追之不及，盡收其輜重圖書珍寶，擄其眾。」南朝宋裴松之注引《獻帝起居注》：「便欲送璽，會曹操斷道。」《隋書・高祖紀下》：「抄掠人畜，斷截樵蘇，市井不立，農事廢寢。」《戰國策・齊策》：「上倦於教，士斷於兵，故三下城而能勝敵者寡矣。」宋鮑彪注：「斷，音短，截也。」朱謙甫《字學指南》：「斷，音短，截也。」值得分辨的是，到宋代時，「斷」已有了異讀，《廣韻・緩韻》：「斷，都管切，又徒管切。」而表示攔截義的「斷」源自都管切的「斷」，這一讀音與「短」恰好相同，《廣韻・緩韻》：「短，都管切。」因此在後代文獻中才會出現「斷路、短路」混用的現象。加之語音在不同地域的進一步演變，把表「攔截」義的「斷」記爲「短」就不足爲奇了。以至於《大詞典》僅收詞條「短路」，引《西遊記》第七四回：「端的是什麼妖精，他敢這般短路！」

　　我們還可以找到旁證。《說文・斤部》：「斷，截也。」《玉篇・斤部》、《集

〔註56〕　姜亮夫著：《昭通方言疏證》，載沈善洪，胡廷武主編：《姜亮夫全集》16，雲南人民出版社2003年版，第47頁。

〔註57〕　參見王瑛：《從元曲中幾個「方言俗語」看元曲家所用語言》，黔南民族師專學報1999年第1期，第21頁。認爲：「『短』無所取義（所取疑爲索取），作『短』者應是『斷』字的假借，故以錄作『斷』字爲妥。」

韻・緩韻》釋義同。《穆天子傳》卷四「截春山以北」郭璞注：「截，猶阻也。」
在湘南東安土語裏，仍呼阻擋某人爲「截〔註58〕」，音〔ʥai42〕

【路劫】攔路搶劫。

　　巡按山東監察御史臣吳達，謹啓爲馳報路劫道臣，帶解京邊銀鞘，當
　　陣梟斬事。（5/2315b）

清張傑鑫《三俠劍》第一回：「如墩包頭，放響箭，打杠子，套白狼，大喊一聲
留被套，明夥路劫，無惡不作。」清佚名《施公案》第三十五回：「可惱遠近官
員，都爲家身，懼怕賊寇，由了他們胡鬧，損人利己，路劫商客。」清郭小亭
《濟公全傳》第五十三回：「綠林賊偏遇路劫，設奸謀畫虎不成。」是其例。《大
詞典》首引張天翼《清明時節》。亦作「截路」，如明楊一清《關中奏議・後總
制・一爲易置守備官員事》：「先據守備洮州地方署都指揮僉事高謙呈：爲土豪
不悛，造意聚眾截路，白晝搶劫財物，執刀打傷人口，謀陷地方，欺凌異鄉官
員，等事。」「遂將申報拏獲截路強盜等情於順治捌年拾壹月初玖日呈報分守道，
詳批南路廳確審間，比有在官番役蘇國勳押解賊犯，不合貪圖便宜將季懷亮原
分藍布綿襖壹件暗行頂換訖。」（20/11330c）

【碼害】當面搶奪。

　　隨因事發，於本年參月內携妻外出，（郭和兒）嗔張習宇當日分銀多得，
　　又碼害伊小豬貳隻，後捕役拏獲，將豬賣銀壹兩陸錢與失主訖。
　　（20/11222c-d）

依例句文意，郭和兒嫌分贓不均，心有不甘，故搶奪張習宇家的兩隻小豬。

【搶犯】搶劫。

　　該部看得番賊搶犯內地，事關重大，因何不徑行具奏，僅以塘報投部？
　　（19/10419b）

《世宗憲皇帝硃批諭旨・硃批楊文乾奏摺》：「雖有提督標兵搶犯一事已報提督，
未經通詳，乃因初任不諳之故。」《繡戈袍全傳》第二十一回：「但響馬由來猖
撅，屢屢搶犯拒兵。朝廷亦素所知，難以究辦。」〔註59〕亦其例。

〔註58〕　「截」的擬音爲〔tsai42〕，我們認爲這是文讀音，白讀音爲〔ʥai42〕。參見鮑
　　　　厚星：《東安土話研究》，湖南教育出版社1998年版，第63頁。

〔註59〕　〔清〕江南隨園主人著；王健點校：《繡戈袍全傳》，人民中國出版社1993年

【罄劫】搶劫一空。

> 順治陸年貳月初參日，伍與盛參、羅陸壽共趕至在官朱柱家罄劫得米玖石捌斗，煮酒拾罈，衣服包貳箇。（20/11212a）比時徐伯急赴水內潛躲，遂將伊不在官男徐文元執獲綁灸，罄劫伊家衣飾銀珠銅錫器皿等物，包裹出外。（20/11228a）

《兩廣總督王國光會題閩商李楚等走險出洋殘件》：「然其船尚多，其黨尚眾，於本年四月十六日灣泊郁律洋船港，次早登岸，將兩給船移貯民房之貨罄劫一空。」〔註60〕清孫承澤《春明夢餘錄・錦衣衛》：「蘇州顧監生挾數百金爲加納資，眾棍窺其愚穉可啖，口稱：『廠衛拿人！』罄劫其資，一鬨散矣。」清墨憨齋新《醒名花》第七回：「衣飾細軟，罄劫一空，不知去向，地鄰張大李二等證。」〔註61〕亦其例。

【放搶】搶劫。

> 拾月初壹日，希湯又不合故違殺人前例，同別卷已梟強賊韓三樂往在官李養粹莊內放搶，將伊母侄殺死。（3/1148a）比三魁就不合乘機入夥，投與賊首稱僞侯阮成下僞守備王從仁營內，作賊一年有餘，先在別處隨賊下舡放搶一次，是實。（24/13643c）據供，口稱欲往天津衛放搶，有書下與明朝總兵孫起鳳，行至膠州等處海口，欲登岸向附近地方搶劫。（24/13643d-13644a）

「放」有「不受約束」義，如《大詞典》「放歹」謂「做壞事。」「放刁」謂「耍無賴，用狡猾的手段使人爲難。」亦見於《世宗憲皇帝硃批諭旨・硃批裴㷃度奏摺》：「據袁州府轉據萬載縣詳報，三月十八日有興國縣人許賢章傳布謠言，糾眾放搶。」《三俠五義》第八十八回：「漁人冷笑道：『你說別的罷了，你說要搶，只怕我們此處不容你放搶。』」〔註62〕今湘南東安土語仍有「放搶」一詞，

版，第 98 頁。

〔註60〕 《明清史料》丁編第三本 207～210 頁。

〔註61〕 參見侯忠義等主編：《中國古代珍稀本小說》6，春風文藝出版社 1994 年版，第 64 頁。

〔註62〕 〔清〕石玉昆編：王述校點：《三俠五義》，人民文學出版社 2001 年版，第 519 頁。

既可指搶劫，又可泛稱一哄而上的其它「搶奪」行為。

【放嚮（放響）】攔路搶劫。

> 楊惠心縱役放嚮，史三才縱賊截劫，尤為可恨。（19/10815b-c）至順治捌年，在祥符營郭家樓先應府快後經革役另案已結祥符縣人郭大猷家窩住貳載，商量買馬放嚮。（19/10816b）至順治拾年正月拾伍日，因點卯，方將郭大猷革役，後郭大猷與李虎山等往來鄭州一帶，放嚮行劫。（19/10816c）

「放嚮」亦見於《綠牡丹》第三回：「這奶奶因幼年曾在道上放響，遇見花振芳保鏢，二人殺了一日一夜，未分勝負。」〔註63〕文獻中多稱以「放響馬」，如《初刻拍案驚奇》卷三一：「有四個人，原是放響馬的，風聞賽兒有妖法，都來歸順賽兒。」《續小五義》第二十二回：「王、馬、張三位滿面含羞，老趙他可不怕那些事情，說道：『我們在土龍岡放響馬的時候，這些個晚生下輩賊羔子們，還沒出世哪。』」〔註64〕《綠野仙蹤》第七十五回：「你開口沒膽氣，閉口沒膽氣，你要有膽氣的人做幫手，想是要在大明門前放響馬麼？」〔註65〕明清時稱從事攔路搶劫的匪徒為「響馬」，亦稱「放響馬賊」，據俞理明師研究，其語源義為「放響箭警告路人放棄抵抗、騎馬從事搶劫的盜賊。」〔註66〕故「放響」即「放響箭」，如《三俠劍》第一回：「如墩包頭，放響箭，打杠子，套白狼，大喊一聲留被套，明夥路劫，無惡不作。」〔註67〕

【搶抄】入戶搶劫。

> （韓世清）遂差兵丁至滿海家內搶抄女衣服參件、男衣服貳件，並銅錫酒壺、茶壺、酒鏇等物搶掠一空。（14/7564d）

《世宗憲皇帝硃批諭旨·硃批趙弘恩奏摺》：「一、太倉州捕役王泰等誣指魏進

〔註63〕 〔清〕無名氏撰：《綠牡丹》，浙江古籍出版社1985年版，第15頁。

〔註64〕 〔清〕不題撰人：《續小五義》，中國文史出版社2003年版，第124頁。

〔註65〕 〔清〕李百川著；侯忠義整理：《綠野仙蹤》，北京大學出版社1986年版，第606頁。

〔註66〕 俞理明：《「不良」和「響馬」》，《樂山師範學院學報》1993年第8期，第10頁。

〔註67〕 張傑鑫著：《三俠劍》，三秦出版社2004年版，第5頁。

為盜，逼勒銀錢，搶抄衣服，竝縛妻賣女。」《清實錄‧道光實錄》:「至所控勒索陋規、窩藏盜匪、暨搶抄拷鎖各情，係代寫呈詞之趙祥林砌詞聳聽，並非張鳳儀之意。」《李士誠擊鼓報「巨案」》:「他（李士誠）趕到裴家門外，猶聽得搶抄家財什物的聲音。」〔註68〕亦其例。

【放告】搶劫。

聚則遍野聯營，散則各鄉放告。一賊聞剿，群起護拒，狼奔豕突，日無虛時。（1/389c）

《大詞典》「放告」謂「舊時官府每月定期坐衙受理案件叫『放告』。」引元無名氏《神奴兒》第三折:「小官是本處縣官，今日陞廳，坐起早衙，張千，喝攢箱放告。」與例句語義無涉。

【牽腳】牽線，提供線索。

戴仲恩探知周氏家有財物，遂從中牽腳，同戴習之為首來糾念植並未獲湯振之等前夥……（23/13066a）

【吊線】提供線索。

於順治伍年貳月貳拾貳日，窺今告在官失主劉尚顯家積有衣畜，比有脫逃夥賊吳瓊吊線，王國義糾集孟禮、李光印並未獲吳二、吳三、孫太、孫果、程矬子、黃把勢、王大漢、楊思禮共拾參……（23/13011d）

【放舍】放棄，放手。

順治貳年玖月拾參日未時分，（王）進元撞遇陳孝身背穋秫壹口袋從場往家，進元摣住要將穋秫奪下，壹抵前借粟穀，陳孝不肯放舍，因此互相爭嚷。（8/4497d）

亦見於清褚人獲《隋唐演義》第十回:「越是人扶扶不起，莫說窮愁，便病也與他一場，直到絕處逢生，還像不肯放舍他的。」〔註69〕清心遠主人《二刻醒世恒言》上函第七回:「這貧人向前，指著膝磕道:『……你若不放舍慈悲，我這膝磕也不來點醒你哩。』」〔註70〕

〔註68〕　張銘新，李貴連編寫:《清朝命案選》，法律出版社 1982 年版，第 132 頁。

〔註69〕　〔清〕褚人獲著:《隋唐演義》，中國文史出版社 2003 年版，第 67 頁。

〔註70〕　〔清〕古吳素庵主人編著:《第一秀女傳》第 2 輯，中國友誼出版公司 1990 年

【撒探】佈置偵察。

> 初拾日午時即灣船宣洲，本日未時分即令把總李有成、陳九志領快船
> 拾隻前往藤縣，上下撒探賊信。（18/100115c）

明余瑞紫《張獻忠陷廬州紀》：「日與八賊多人共飲食，終日閒談。至於用兵之
事，全不言及。凡一切撒探擺駁，並踏看紥營地方，總在夜間發行，人不得而
知，即眾賊亦不知也。」〔註71〕亦其例。

【裹擄（裏擄）】擄掠財物，強迫他人入夥。

> 看得李茂華之發難也，起於謀叛而吳天保不從，遂殺天保而大肆其凶，
> 因而窘辱縣官，裹擄人畜。（3/1261c）

姚雪垠《李自成》第十四章：「從前，別說是自願找上來入夥的，多少不願入
夥的，只要年輕力壯，咱們還不是裹了進來？一裹了進來，他們不情願也沒辦
法。」作者自注：「裹：擄人強迫入夥，或用別的辦法脅迫入夥，從前的口語
中叫做『裹』或『裹人』，而在書面語或知識分子語彙中叫『裹脅』。」〔註72〕
《大詞典》「裹脅」謂「用脅迫手段使人跟從（做壞事），或被脅迫而跟從別人
（做壞事）。」引清王韜《甕牖餘談‧記忠賊事》：「時值洪逆煽眾作亂，經其村
乃裹脅而去。」清毛祥麟《對山餘墨‧錢鶴皋》：「然四方之兵，或起自綠林，
或裹脅成眾，皆非定亂才。」可從。「裹擄」亦見於《眞順廣大總兵王燝為塘報
西賊萬分緊急速請大兵救民水火事》：「口稱：有武安縣馬上寇□□百名向臨洺
關偵探北兵信息，伊駐箚參日，竟行搶掠裹擄良婦，□□關人口逃散。」〔註73〕
清花沙納《德壯果公年譜》卷二十八：「臣親加審問劉老么、徐德升等，供稱：
我們在山內時本祇八九十人，是李彪帶領，後來零星裹脅六七十人並擄背鹽之
人四五十名，共湊合二百多人逃竄出山。又在鄖西地方一路裹擄，是以有三百

版，第 195 頁。

〔註71〕　轉引自張宏傑著：《大明王朝的七張面孔》，廣西師範大學出版社 2006 年版，
　　　　第 232 頁。

〔註72〕　參見姚雪垠著：《李自成》，中國青年出版社 2004 年版，第 238 頁。但大型辭
　　　　書均未立「裹」的這一義項，當補。

〔註73〕　參見北京大學文科研究所輯：《明末農民起義史料》，開明書店 1952 年版，第
　　　　467 頁。

來人，被官兵節次趕殺。」〔註74〕楊塵因《江湖二十四俠》：「卻是洞庭山的神箭手閆丘丹督率後隊援兵，分駕百多隻漁船，前來接應，見湖面上正在接戰，便傳令散隊，想要將鄧元姑的兵船裏擄。」〔註75〕

【罩占】霸占。

　　（林）振又不合輒起貪心，私自罩占，勒索林應春等年納糱銀伍拾兩。（13/7159d）

《清實錄・道光實錄》卷一百七十八：「猛賴等六處，久歸內地管轄，納糧請襲，且有土練兵丁數千，安設多年，豈容該國妄生覬覦，借名罩占。」〔註76〕《皇朝經世文續編・左宗棠〈蘇省續辦沙洲清丈現已完竣疏〉》卷三十二：「其餘江陰等處，沙洲林立，坍漲靡常，漲則任意罩占，坍則延宕不報。」〔註77〕亦其例。

【縛鎖】捆縛。

　　因親叔蓋希聖往山海關解銀，欲姦叔妾盧氏，嗔聖嫡妻欒氏提防，心生機謀，捏說本縣急要迴文，使伊腹心附役賈亮將欒氏縛鎖到縣，乘隙強姦盧氏。（2/484a）

《慧琳音義》卷十八「枷鎖」注引《文字集略》云：「鎖，連鐵環以拘身也。」《說文・糸部》：「縛，束也。」《類篇・糸部》：「縛，縛繩也。」故「鎖」即「捆縛」。「縛鎖」僅見於現當代文獻，樹下野狐《搜神記・靈山十巫》：「御風之狼轉頭望去，見數百人被鐵鏈串聯，縛鎖湖底，『啊』的張嘴驚呼，湖水登時灌了進來。」〔註78〕「縛鎖」與「鎖縛」爲一對同素逆序詞，《大詞典》收「鎖縛」，

〔註74〕　〔清〕花沙納：《德壯果公年譜》，《續修四庫全書》史部556冊，上海古籍出版社2002年版，第671～672頁。

〔註75〕　楊塵因著，沈新陸整理：《江湖二十四俠》，延邊人民出版社1990年版，第1283頁。

〔註76〕　參見中國社會科學院歷史研究所《古代中越關係史資料選編》編輯組編：《古代中越關係史資料選編》，中國社會科學出版社1982年版，第572頁。

〔註77〕　《皇朝經世文續編》，第12頁。亦見於沈雲龍編：《近代中國史料叢刊》300《南園叢稿》，文海出版社1968年版，第769頁。文字略有差異，其中「其餘江陰等處」爲「江陰等縣」。

〔註78〕　樹下野狐：《搜神記・靈山十巫》，遼寧教育出版社2005年版，第4頁。

引《元典章・刑部十二・放火》：「楊青自行鎖縛伊男楊買兒到官狀告。」

【綑綁（捆綁）】用繩子綁住。

於本年陸月初貳日巳牌時分弔出犯官桂可培，在於驛前天妃廟綑綁，押至五仙門外處決，訖。（32/18184c）

《世宗憲皇帝硃批諭旨・硃批黃廷桂奏摺》：「據差往目兵陳國彥等回稟：走到離楊家不遠忽被多人圍到楊成勳家，綑綁至半夜時候，有楊成勳之兄成賢成舉來解放。」《大清律例・刑律》：「如綑綁本地子女在本地售賣，爲首擬斬監候，爲從發近邊充軍。」亦其例。《大詞典》收詞條「捆綁」，引楊沫《青春之歌》第一部第七章：「北大示威同學剛才在成賢街被捆綁走了許多。大概被押到孝陵衛去了。」

【拷追】拷打追贓。

柢緣師承恩侵用稅銀，於陸月初貳日拘執拷追，波及其□□□。（3/1340b）

亦見於明朱長祚《玉鏡新譚》卷七：「高陽知縣唐紹堯執法定冉世魁之罪，而忠賢獲世魁暮夜之萬金，誣清平之吏爲受賄，下獄拷追，趣令其死。」

【謀捨】謀害。

養俊覺要謀捨他，瘋禿的人慌忙逃走，即往東崖下河內僻地藏躲。（35/19550c）李俊秀家裡驚覺方起，見□黑夜聲勢兇猛，必有謀捨，並無一人敢出，躲藏別處。（35/19550d-19551a）

【買賊】雇人行兇。

比王極因思家主王彥升先曾與王彥賞有爭產微嫌，遂指王彥賞乘亂買賊殺死兄家玖命，置酒酬勞，等情。（3/1154b）

《南贛巡撫佟國器殘揭帖》：「又葉大總委係謝黨，而趙復昌申稱陳益榮買賊攻城。」〔註79〕《賽紅絲》第六回：「此時雖恨賊，卻曉得賊與他無仇，定是有仇人買賊扳害，只因察訪不出仇人來，故沒奈何，坐在牢裏受苦。」〔註80〕亦其例。

〔註79〕 《明清史料》已編第四本366頁。
〔註80〕 〔清〕佚名：《賽紅絲》，春風文藝出版社1981年版，第56頁。

【搶盤】爭搶贓物，分贓方式之一。

> 彼供盜情分贓有均盤、搶盤事例。均盤則品搭均分，今從搶盤，或多
> 或寡，各搶場上贓物散訖。（15/8580a）

依例句文意，搶盤爲賊人分贓方式之一，指「或多或寡，各搶場上贓物」。

【均盤】按照強盜各人的本領和地位的高低來分贓，每人一份。

> 彼供盜情分贓有均盤、搶盤事例。均盤則品搭均分，今從搶盤，或多
> 或寡，各搶場上贓物散訖。（15/8580a）

3.4　欺詐姦淫

本節討論的詞語主要涉及欺騙、訛詐、盤剝、姦淫等不法行爲，這些詞條
大多出現在刑名的看語中。

【矇瀆】蒙騙褻瀆。

> 看得逆賊李時既受偽職又劫官銀，輒敢遣子李子錦妄具冤狀，矇瀆聖
> 聽。（17/9449c）

「矇」有「蒙騙」義，如清黃六鴻《福惠全書‧錢穀‧戶口總催稅》：「糧胥具
有保結，自不敢任意以少增多，以欠作完，矇官取咎。」《巴檔抄件》：「現在事
近一年，始行平空砌禀，亦難保無挾嫌竊名矇瀆圖累泄忿情事，應飭不准。」
〔註81〕《伏乞縣長電鑒，俯賜親自密查，分別治以破壞公益擾亂秩序之四非，
以儆矇瀆而重治安》〔註82〕亦其例。

【矇庇】隱瞞真相。

> 爲東兵毆辱縣令，奸民矇庇投充，懇乞聖明嚴行禁飭，以昭法體，以
> 安地方事。（4/1855b）

亦見於《兵部議處提督劉廷斌奏摺》：「……仍以含混聲敍，實屬有意矇庇，欽
奉諭旨，交部議處。」〔註83〕袁伯勤《致幣制局呈》：「今見該匯兌所發行紙幣

〔註81〕　魯子健編：《清代四川財政史料》，四川省社會科學院 1984 年版，第 629 頁。

〔註82〕　蘇州市檔案館；曹喜琛等主編：《蘇州絲綢檔案資料彙編》，江蘇古籍出版社
1995 年版，第 57～58 頁。

〔註83〕　百吉：《近代中國史料叢刊編輯》844《臺案匯錄甲集》，文海出版社，第 90 頁。

有增無已，部令取締，省不實行，地方官反藉以朦庇，僉謂法律止能治平民，不能治豪強，相率觀望，不肯收回紙幣。」〔註84〕

【蒙溷（蒙混）】用欺騙手段使人相信。

黃兆祥既爲糧書，乃同（桑）開第蒙溷妄申，擬配亦復何辭？（9/4596a）

《大清會典則例·都察院二》：「順治初年定：凡直省解戶部錢糧完欠及田賦、雜稅、兵馬、錢糧各項奏銷冊有蒙溷舛錯者，由戶科指參。」《湖廣通志·諭豁免康熙四十三年以前未完銀米（康熙四十五年）》：「如有不肖有司以完作欠、蒙溷銷算及開除不清者，該督撫即時題參，嚴加治罪。」亦其例。《大詞典》收詞條「蒙混」引《再生緣》第六八回：「今朝敗露難蒙混。」

【狥庇（徇庇）】徇私包庇。

又將知縣張尚忠擅擬降職，更屬率妄。（8/4501b-c）……奉聖旨：是以後不肖有司、道、府、廳有仍前狥庇，不行據實開報者，該督撫按即指名糾參，著通行申飭。欽此。欽遵。（14/7493b）第事干欽贓，卑職斷不爲本犯狥庇，亦不敢爲經承隱諱，更不敢違玩欽案，不行設法，苟圖塞責也。（15/8142a-b）

《世宗憲皇帝硃批諭旨·硃批性桂奏摺》：「今俱已敗露，仍恃職銜所有通同如何商謀狥庇隱情。」《平定臺灣紀略》卷六十三：「如本汛狥庇容隱，准令鄰汛弁目一體舉報，至地方賭博固屬兵丁，不行查禁，而胥役亦不無包庇之事。」亦其例。同時文獻多寫爲「徇庇」，如《大清會典則例·禮部》：「如該旗都統既無知照滿學教官，又無文申報緣由，一任該生捏辭託故抗不赴考，扶同徇隱者一經察出，將本生照例除名外，仍將該管各官照徇庇例一併參處。」《大詞典》收詞條「徇庇」，引清林則徐《密拿漢奸箚稿》：「如目下再有徇庇，是轉自陷於私罪矣。」但未提及異體寫法「狥庇」，似應釋義時補充「又作『狥庇』」。

【庇狥（庇徇）】包庇徇私。

比（禹）昌際既叨清朝甲榜，見此叛逆執法共討爲是，又不合庇狥年伯私情，礙於公法，從中央求本府張知府暫緩報院。（15/8592b-c）

〔註84〕 中國第二歷史檔案館編：《中華民國史檔案資料彙編》第 3 輯金融，江蘇古籍出版社 1991 年版，第 764 頁。

《世宗憲皇帝硃批諭旨‧硃批高其倬奏摺》：「俟年滿之時亦以此考其勤惰，分別保送，按事考勤，似實而有據，即保送之人亦難架空庇徇，所有情節謹繕摺奏臣聞。」清丁日健《治臺必告錄‧治臺藥言》唐壎注：「古云：『慈不掌兵，義不掌財』今日之所謂慈者，乃直是庇徇耳。」〔註85〕清李璋煜《諄諭毋庇族匪示》：「既不綑送於前，復敢庇徇於後，及至釀成巨案，遂致玉石俱焚，豈計之得哉？」〔註86〕亦其例。該詞為「徇庇」的同素逆序詞，參「徇庇」條。

【扶隱】虛構隱瞞。

今據見任吏目龔錦親驗，屍骨確真，取有知州李月桂印結可據，似無扶隱之情。（18/10249b）

「扶」有「虛假、虛構」義，參「不扶甘結」條。《世宗憲皇帝硃批諭旨‧硃批積善奏摺》：「事關地方出首偽箚，臣不敢扶隱率結，相應據實奏聞。謹奏。」《刑法分則實用‧妨害婚姻及家庭罪》：「而詐締結婚姻，又需以與自己結婚者為限，如媒妁相與扶隱，以詐術促成無效或得撤銷之婚姻者，亦非本罪也。」〔註87〕亦其例。

【狥隱（徇隱）】徇私隱瞞。

將犯官杜皓等吊喚到官，逐欵覆審明確，並查前任知縣的於某年月日因何自縊身死，速查明白，一併入招呈司覆詳轉報，毋得徇隱。（7/3814d）至（章）文登之疎縱與家長、鄉保之徇隱，均應按例究處。等因。（8/4213c）

《夷氛聞記》卷一：「沿海營弁，更難保無得規、徇隱、售私、吸食諸弊。」〔註88〕《清外史‧兩淮鹽引案》：「及護鹽政時，又不能據實具奏，殊屬有心狗

〔註85〕〔清〕丁曰健：《治臺必告錄》，參見《近代中國史料叢刊續輯》757～758，文海出版社 1983 年版，第 420～421 頁。

〔註86〕楊一凡，王旭編：《古代榜文告示彙存》第 9 冊，社會科學文獻出版社 2006 年版，第 555 頁。

〔註87〕趙琛著：《刑法分則實用》增訂十三版 1956 年版，第 453 頁。

〔註88〕〔清〕梁廷柟撰，邵循正點校：《夷氛聞記》，中華書局 1959 年版，第 21 頁。亦見於陳錫祺主編：廖偉章，王化三編：《林則徐奏稿、公牘、日記補編》，中山大學出版社 1985 年版，第 24 頁。

隱，應照溺職例革職。」〔註89〕清趙翼《簷曝雜記・冒賑大案》:「放賑時，雖
有委員監放，既賑後亦有委員覆查，然官吏不肖者多，或徇隱，或分肥，終
屬有名無實。」亦其例。《大詞典》首引清林則徐《會諭收繳鴉片增設紳士公
局示稿》:「保鄰徇隱，一併連坐。」

【隱徇】隱瞞徇私。

　　屢行清察，何以前此結稱無弊？顯有隱徇。(31/17295d)

《平定準噶爾方略》前編卷三十五:「有踰限不報及隱徇者，分別治罪。」《世
宗憲皇帝上諭內閣》卷八十七:「倘該督撫等隱徇不舉或失於覺察，經朕訪聞，
定將該督撫等一併交部嚴加議處。」亦其例。《大詞典》首引清黃六鴻《福惠全
書・錢穀・催徵》:「需索作弊，隱徇不得舉首。」

【瞻徇（瞻徇）】徇顧私情。

　　有聞必告，斷不敢少有瞻徇，貽誤地方。(14/7655b-c) 固不敢執拗（拗）
　　以立異，尤不敢瞻徇以求同。(19/10647d-10648a)

《世宗憲皇帝硃批諭旨・硃批王柔奏摺》:「臣於此事始則未獲預議，繼亦未經
奉文，然不敢以浮兵糜餉之事瞻徇隱默以自處。」清張玉書《張文貞集・請行
選拔疏》:「諸臣但患所言不當，何患言之難行，若平時瞻徇推諉，必待奉上諭
而後循例條陳。」亦其例。《大詞典》首引清陳康祺《郎潛紀聞》卷一:「（王鼎）
彈劾大吏，不少瞻徇。」

【賄放】收受賄賂放其逃走。

　　該按察使鄭清看得:韓岫一案，當日口供賄放僞監軍許不惑者，則餘
　　賊王朝俊也。(7/3684b) 除蔣知府已經部覆革職，而么麼下役委無賄
　　放情弊，一杖允足蔽辜。(9/4976b)

《世宗憲皇帝硃批諭旨・硃批李衛奏摺》:「所差巡役兵丁又皆微末下人，更
無身家顧惜，多將大夥賄放，僅拏一二小販塞責，此巡緝之不可恃也。」《活
地獄》第九回:「天天夜裡，親到點名，因之各差役，不得有私自賄放之事。」
〔註90〕亦其例。亦作「賄縱」，如清黃六鴻《福惠全書・刑名・審訟》:「如要

〔註89〕 古零後人薑齋著:《清外史》，五洲書局 1914 年版，第 90 頁。

〔註90〕 〔清〕李伯元著:《李伯元全集》3，江蘇古籍出版社 1997 年版，第 52 頁。

犯不到，原差賄縱，重責，嚴限補拘。」「會看得畢承業因押解叛犯李朝綱在路脫逃，以得贓擬絞，今該撫秋審供止得錢貳千，為眾人飯食之費，實非賄縱。」（18/100122c）

【縱脫】趁把守不嚴而逃脫。

　　詳報前任撫臣李棲鳳，批行安慶道覆查縱脫情由。（8/3987d）

《平定準噶爾方略》正編卷六十二：「及節次奏稿又詰問順德訥，聞有賊眾出城，既不速行稟報，復不悉力追擒，以致縱脫首惡。」《世宗憲皇帝硃批諭旨・硃批邁柱奏摺》：「並派弁兵把守各關隘，嚴加盤詰，毋得縱脫。」亦其例。上舉例句前文稱：「越獄逃走。」（8/3987b）可證「縱脫」不能釋為「釋放」。《大詞典》「縱脫」未及此義，當補。

【造捖（造捏）】捏造。

　　其能潛走楚豫密聯線索者，則舉人朱之理參將黃貞等也。其造捖訛言
　　□□□……（4/1610d）

「捖」有「編造；捏造」義，如元汪元亨《正官・醉太平・警世》：「但新詞雅曲閑編捖，且粗衣淡飯權捌拽。」《詩・王風・兔爰》：「我生之初，尚無造。」毛傳：「造，偽也。」因此，「造捖」為疊架構詞。文獻用例多作「造捏」，《世宗憲皇帝硃批諭旨・硃批高其倬奏摺》：「造捏無影浮言，煽惑人心，無識愚人不辨是非有從之妄行者亦未可定。」清孫承澤《春明夢餘錄・詹事府》：「何意諸臣恃眾藐旨，造捏姦言，歸過君上而無天無地無父無君，一至此極也。」于成龍《于清端政書・申飭保甲論》：「乃好事奸究懼此法一行彼無所匿，從中造捏訛言，妄稱抽丁，恐嚇愚昧。」《大詞典》收「捏造」，與「造捏」為一對同素逆序詞，例多不贅。

【捖說】謊稱。

　　計單開一件，因親叔蓋希聖往山海關解銀，欲姦叔妾盧氏，嗔聖嫡妻欒氏提防，心生機謀，捖說本縣急要迴〔回〕文，使伊腹心附役賈亮將欒氏縛鎖到縣，乘隙強姦盧氏。（2/484a）

《洪武正韻・屑韻》：「捖，捻聚。俗作捏。」「捖」進而獲得「捏」的「編造；捏造」義，如元汪元亨《醉太平・警世》曲之三：「安樂窩養拙，但新詞雅曲閑

編捈，且粗衣淡飯權捌捼。」多作「捏稱」，如：「順治拾年閏陸月貳拾伍日，志和又不合捏稱公費，科詐各行。」（18/10054d-10055a）明何孟春《何文簡疏議‧強賊激變疏》：「又不合主使未到火頭阿白、阿賽光里，各不合依聽，捏稱那受督令賊兵殺死村民、抄搶牛馬家財等項虛情。」清佚名《康雍乾間文字之獄‧曾靜、呂留良之獄》：「前年有人捏稱侍郎舒楞額密奏八旗領米一事，欲以搖惑旗人之心。」《清史稿‧食貨志二》：「其州縣官挪用正款、捏稱民欠，及加派私徵者，罪之。」亦作「捏說」，但使用頻率不高，明王樵《方麓集‧審錄重囚疏》：「顧勤學慌懼，向徐邦奇捏說：『徐堯年怨恨，要糾領胡龍等持鎗殺害。』」清無名子《九雲記》第二十七回：『那假犯人口口聲聲叫青天憲官：「這是十目所視，萬口同聲，豈犯人一毫捏說的？」』

【詭捈（詭捏）】欺詐捏造。

　　失風之報向多詭捈，仰桃園縣據實查覆，勿得扶同，自貽其咎，速確報，等因。（20/11421d-11422a）

《世宗憲皇帝上諭內閣》卷八十八：「乃伊家人王文元舞弊作奸，仍肆詭捏，抗違不法。」《大清律例‧戶律》：「一，應試童生如詭捏數名或頂名入場希圖倖進者，照詐冒律杖八十。」亦其例。

【捏訛】捏造訛騙。

　　明朝萬惡舉人路伸等素以捏訛為事。（7/3471b）

【架稱】假稱。

　　並銀貳百兩被賊劫去，架稱軍中所需，希圖開銷，本官原稟證。
　　（13/7091c-d）

「架」有「捏造、虛構」義，如《封神演義》第六回：「杜元銑與方士通謀，架捏妖言，搖惑軍民。」《金瓶梅詞話》第七四回：「金蓮道：『各人衣飯，他平白怎麼架你是非？』」「架稱」亦見於《清實錄‧乾隆實錄》：「授意書吏、地棍架稱窩娼、窩賭、窩賊，開列到官。」

【架詞】編造言詞。

　　看得王明厚刁頑不法之里季也，專一架詞健訟。（15/8390b）

《世宗憲皇帝硃批諭旨‧硃批常賚奏摺》：「以及衙蠹、訟師巧於舞弊、架詞、

興訟、魚肉鄉民者，種種不法，各府皆有。」清李光地《榕村語錄‧性命》：「如人多端籠絡我，架詞作勢，我只以老實應之。他句句虛，我句句實，自然他通身伎倆都沒用處。」《玉梨魂》第二十二章：「雖然，事有佐證，非架詞以戲姑也。」〔註91〕亦其例。亦作「捏詞」，如明王恕《王端毅奏議‧議太醫院缺官奏狀》：「或有不相應人員捏詞告爭，亦坐以罪。」「比王寰與馬國威俱各酒醉，遂爭嫖相嚷，互相捏詞赴告本道。」（14/7611b）

【指】藉口。

> 一，本官指查東人，假捏東人姜小生，詐銀伍拾兩釋放。（9/4582c）自去年拾壹月內起至今秋止，或指催糧，或指公費，或查艙口，或提行月糧參修輕齎等銀種種，多端節次行詐。（13/6931c）有指不在官生員孟候等壹百柒拾玖名未與陸年分春間丁祭，每名罰銀壹兩與伍錢不等。（15/8352a）

《春明夢餘錄‧薛公子冶遊並請託詞訟案》：「連審數日，毫無端倪，同臺御史竟指查辦為瞻徇。」〔註92〕亦其例。《大字典》、《大詞典》等均未立該義項。

【假指】藉口。

> 狀稱：積惡衙蠹李景光等串通總書孫來鳳，假指新開荒田為由，捏作欺隱地土，詐錢四百餘千，指踏丈荒地，詐錢二百千，夥詐分肥。（2/701d）

《按遼御璫疏稿》：「欽差巡按遼東等處兼理通省學政湖廣道監察御史臣何爾健題：為地方奸惡，假指稅監，殘害無極，人心滋懼，懇乞明旨申飭該監，協同公究，以安人心，以保孤鎮事。」〔註93〕亦其例。

【詐指】藉口。

> （夏時榮）亦不合乘隙詐指經承名色，索鄭子仰、劉必太紙筆銀肆兩

〔註91〕 〔清〕徐枕亞著：《玉梨魂》，江西人民出版社1986年版，第132頁。

〔註92〕 〔清〕何剛德著，張國寧點校：《春明夢錄 客座偶談》，山西古籍出版社1997年版，第69頁。

〔註93〕 〔明〕何爾健著，何全、郭良玉編校：《按遼御璫疏稿》，中州書畫社1982年版，第12頁。原文標點有誤，冒號應從「為」後移至「題」後，「為……事」係固定格式，不能割裂，依文意徑改。

入己。（20/11102a-b）

「指」有「藉口」義，參「指」條。《世宗憲皇帝硃批諭旨・硃批何天培奏摺》：「朕當年在藩邸時從不曾信用一親戚、一門下人，防閑若彼猶有詐指、撞騙、造言生事者，冒稱朕之心腹用人。」亦其例。

【假捵（假捏）】編造。

　　況老人何干而假捵，當日馳報桃源者又非琦乎？（20/11423d）

如《世宗憲皇帝上諭內閣》卷九十六：「該管之大臣等惟有確查明白，不令所屬假捏虛報，斯為盡職。」《大清會典則例・吏部》：「至各項錢糧冊籍等項未完，詐稱完結或假捏印結申詳或增改投遞者，革職。」

【假裝（假妝）】故意表現出一種動作或情況來掩飾真相。

　　研審妖人，假裝活佛。楊藍吐稱：原係陝西長安縣人，妖渠王正世城固縣生員，徐學孔興安州人，以邪教蠱惑多眾，自漢中一帶共有伍拾餘壇，妖渠俱在此內。（7/3894c）

《玉篇・衣部》：「裝，飾也。」亦見於《醒世姻緣傳》第九十五回：「寄姐因素姐新來，勉強假妝賢慧，他竟忘了自己的官銜，是提督南瞻部洲大明國的都督大元帥。」〔註94〕清李漁《奈何天・計左》：「呀，他是極愛我的，怎奈今日見了，忽然冷落起來？哦，是了，他在眾人面前，不好親熱我，故此假妝這箇模樣。」

【耍弄】舞弄。

　　□……□貳人招撫，省令再不許耍弄妖術聚眾吃會去後。（2/791a）

《大詞典》「耍弄」立有四個義項，其中「②戲弄」與例句語義相近但不夠貼切。引《紅樓夢》第六十回：「這會子被那起毛崽子耍弄，倒就罷了。」陳登科《赤龍與丹鳳》二九：「不說我高飛不會說謊，就是會說謊，也不敢耍弄三姑呀！」以「戲弄」釋「耍弄」似有未盡妥帖之處，因為據《大詞典》「戲弄」謂「①輕侮捉弄；②玩耍；逗引。」兩個義項都與語境未諧。從明清文獻用例看，「耍」有欺騙義，如《水滸傳》第六回：「等他來時，誘他去糞窖邊，只做參賀他，雙手搶住腳，翻筋斗攧那廝下糞窖去，只是小耍他。」《初刻拍案驚奇》卷二九：

〔註94〕　西周生撰：《醒世姻緣傳》，上海古籍出版社1981年版，第1358頁。

「（張幼謙）白白守了三個深夜，並無動靜。想道：『難道耍我不成？』」《紅樓夢》第四九回：「若太太不在屋裏，你別進去。那屋裏人多心壞，都是耍咱們的。」在西南官話裏，仍可稱哄騙人為「耍人」〔註95〕。

【勾合】勾結。

> 比王四與夏日弘買炭相爭致隙，王四就不合勾合（陳）名與盛五、徐二於順治五年三月初八日，名等各執器械擁至蔣子成家，盛五自稱千總，名等稱係兵丁，指稱子成窩盜夏日弘，入室搜拿。（10/5687c-d）
> 會看得：張景梁勾合郭四等用強輪姦族嫂，王氏哭訴伊夫，愧恨縊死。
> （23/13199c）

《世宗憲皇帝硃批諭旨・硃批鄂爾泰奏摺》：「烏賊勾合東川諸夷，在府城四境大箐口、土城馬鞍山、馬五寨、挖泥寨等處焚掠村寨，截斷糧運，殺傷塘兵。」《石峯堡紀畧》卷六：「惟是賊人勾合各處新教，聚集多賊，四出滋擾，恐難剋期撲滅。」亦其例。《大詞典》首引《再生緣》第六五回：「那時勾合皇親府，動地驚天鬧起來。」

【搆同】為誣陷而串通。

> 過數月李華生訪知，搆同鄧士龍首稱李文蘭縱盜殃民，差拘伊男繫獄。（25/14182d）

「搆」有「誣陷」義，《漢書・淮南厲王劉長傳》：「故辟陽侯孫審卿善丞相公孫弘，怨淮南厲王殺其大父，陰求淮南事而搆之於弘。」「同」有「串通」義，如《警世通言・金令史美婢酬秀童》：「你若留藏，我稟知縣主，拿出去時，問你個同盜。」故「搆同」為「串通誣陷」，例句謂李華生串通鄧士龍誣陷李文蘭。

【砌陷】誣陷。

> 夫州縣身為民牧，與百姓有何讎怨？苦為砌陷。（21/12032b）

「砌」有「拼湊捏造」義，如清李清《三垣筆記》：「甡又正色曰：『不然，此嗔昌時者所砌，昌時豈至此！』」亦見於李清《南渡錄》卷一：「然皇上知有《逆案》，未知《逆案》之羅織也；知有計典、贓私，未知計典、贓私之砌陷也。」

〔註 96〕《世宗憲皇帝硃批諭旨·硃批張坦麟奏摺》：「今見卑職別案被參，難卸失察之累，突以玩法盜帑大題誣揭砌陷。等情。」《清實錄·乾隆實錄》：「秦鑅，係尚書秦蕙田之侄，妄疑秦鑅通信內部，故為此挾嫌砌陷。」

【圈哄】設圈套哄騙。

其張新令雖受圈哄，亦曾賭博，姑擬不應示懲，竝難寬貸。（6/3291b）

《紅樓夢》第八十回：「薛蟠好容易圈哄的要上手，卻被香菱打散，不免一腔興頭變作了一腔惡怒，都在香菱身上。」《大清會典事例·刑部》：「諭：有市棍不守本分貿易，瞞哄無知，私禁土窖，因而外販人口者，或將旗下婦女圈哄販賣者，或掠賣民間子女者，更有強悍棍徒，託賣身為名，得銀夥分者。惡弊滋害，著嚴行禁止。」亦其例。

【局哄】設圈套哄騙。

順治參年伍月內，（梁）士秀與祝良才各不合局哄在官張新令賭博，張新令亦不合從其賭博，圈贏去錢拾千，貳人分肥，張新令證。（6/3290c）

文獻中多以「設局哄騙（誘）」表示。如《野叟曝言》卷二：「大奶奶因把李四嫂之言略述一遍，道：『凡係設局哄誘之人，無不立遭禍害。』」清李漁《合錦回文傳》卷三：「其中原有好歹不同，若論歹的，逞其奸貪伎倆，設局哄騙大老官，莫說這二十四頭，就比強盜也還更進一頭。」同書卷十三：「聞他昔日曾與時伯喜、賈二、魏七設局哄騙孌雲，嚇詐多金。」

【殺局】殺害欺騙。

（周才）遭百惡土王林炎串中軍官馬惟龍、透貪酷守備周啟元殺局良善，恨夫扶公捉毆，紛番死命，重傷徧體。（23/13055a）

同則材料上文王林炎誣告良民，如「一，本官聽信土宄林炎誣指良民廖可毅、葉明垣為賊，勒索重賂。」（23/13053b）作為地方長官的周才挺身而出卻被捉挈毆打，「原任福州府通判周才為保，狀首名督中軍馬惟龍，統兵數十圍屋捉才。」（23/13053b）可證，「殺局」為「殺害欺騙。」

【脫餙】開脫粉飾。

〔註 96〕〔清〕李清：《南渡錄》，參見《南明史料八種》，江蘇古籍出版社 1997 年版，第 173 頁。

> （顧）湘初不合避匿，未獲照提在卷，嗣後湘初又不合脫餙窩盜事情，
> 出頭連具三狀疊告。（34/19370b）

明焦竑《俗書刊誤》：「餙，俗作餙。」

【玩違】違抗輕慢。

> ……王來用謹揭爲土番搶劫官餉，隱匿不報，特參玩違道將，乞敕嚴
> 究以儆官邪事。（6/2893b）

清孫承澤《春明夢餘錄・六科》：「著該部院特行糾參處分，毋得姑與量陞，別
滋藏垢，各令力行，愼勿玩違取咎。」《授時通考・勸課》：「今後必俟農隙之時
方許放鷹，勿得玩違。」清傅澤洪《行水金鑑・運河水》：「著詳審速圖，並嚴
飭沿河道府有司協力料理，蚤襄運務，如有玩違，參來重治。」亦作「違玩」，
如明劉宗周《劉戢山集・再請申飭京兆職掌疏》：「至五城兵馬司雖非臣屬，實
與有地方之責，其間職事相關，違玩之習更有甚於州縣者。」」第事干欽贓，卑
職斷不爲本犯狗庇，亦不敢爲經承隱諱，更不敢違玩欽案，不行設法，苟圖塞
責也。」（15/8142a-b）

【冒結】提供僞證以求結案。

> 蕭縣官取用物件並日食柴蔬，俱是發價平買，小的不敢冒結。
> （24/13315d）

《滿漢名臣傳・那蘇圖》：「近多請託親族鄉鄰，冒結求准。」〔註97〕《伸雪奇
冤錄・族鄰結》：「不敢冒結，所結是實。」〔註98〕亦其例。

【吞飽】侵吞肥己。

> （王爾煜）受潘登鳳暮夜之金，簠簋不飭，櫻張士鼎非分之物，名節
> 掃地。他如衙役李鼎祚之嚇索，宗仁之吞飽，與夫胡仁、謝國勳之漁
> 騙，有精明之鑑者如是乎？（34/19087c）

該詞僅見於現代文獻，如唐亮《關於貫徹三查三整鞏固土改土改學習勝利的報
告》：「有些款項被私人支用者，本人必須承認錯誤，並決心改正。吞飽私囊者

〔註97〕 〔清〕國史館編撰：《滿漢名臣傳》，黑龍江人民出版社 1991 年版，第 2365 頁。

〔註98〕 即墨市政協文史委員會，即墨市博物館：《即墨文史資料專輯・伸雪奇冤錄》，
2000 年版，第 149 頁。

必須退還。」〔註99〕《無錫工商先驅周舜卿》:「周舜卿並不因爲主人不在,便放縱吞飽私囊,而是更加處事謹慎,每筆賬都記得清清楚楚。」〔註100〕

【吞肥】侵吞肥己。

又尙國祥於四年正月內被去任知縣劉惟謙拘僉庫吏,至三月間縣官卸事,(趙)國璧乘机將庫銀扣除四十兩匿己,後國祥清查前銀,國璧揹作謝禮吞肥。(9/4933d)

《蒙憲檄免鳳邑里民車運平糶社粟及批免派撥軍工鐵炭碑記》:「一時詐騙膽爲,千口成例,欺官舞弊,假公吞肥,民不堪命。」〔註101〕《鄭板橋集·詩詞卷》:「丈丈翁,得錢歸,鼠心狼肺,側目吞肥,千謀萬算伏危機。」〔註102〕亦其例。

【侵肥】侵吞不正當的利益。

仍每畝科派銀陸釐,買官馬貳匹、騾壹頭,瓜分侵肥。(3/1133b-c)該職看得趙國璧以里書而營充庫書,一手握錢糧之柄,侵肥恐詐事其熟徑耳。(9/4935b)一,本官於十五年五月內支放軍餉,指稱造冊銷筭使費紙張,剋扣銀三十兩侵肥入己。(36/20363c-d)

亦見於《世宗憲皇帝硃批諭旨·硃批岳濬奏摺》:「伏念臣職司筦庫,出納維嚴,一絲一毫均係國帑,何敢稍有欺蒙,侵肥入己?」《聖祖仁皇帝聖訓》卷三十二:「向聞地方官指稱御用,私派民間預爲儲備,既不銷算又不還民,貪污官吏侵肥入己,苦累小民,重違法紀。」《大清會典則例·戶部·蠲恤二》:「至若私徵勒派、扣剋侵肥,應據實指參,計贓科罪,不得概准限內完贓減免,其應追銀著落賠補。」

【侵扣】侵吞剋扣。

(杜)皓署縣務,本縣額該大祭銀三十二兩,皓又不合侵扣春祭銀一

〔註99〕 中國人民解放軍歷史資料叢書編審委員會編:《新式整軍運動》,解放軍出版社1995年版,第152頁。

〔註100〕王金中、沈仲明主編:《無錫工商先驅周舜卿》,鳳凰出版社2007年版,第57頁。

〔註101〕臺灣銀行經濟研究室:《石刻史料新編》第3輯《臺灣南部碑文集成》,新文豐出版公司,第383頁。

〔註102〕〔清〕鄭燮著,立人選注:《鄭板橋詩詞文選》,作家出版社1997年版,第64頁。

十一兩，秋祭銀十兩，共二十一兩入己。（7/3813a）看得此案官役侵扣贓私，前審已無遺情，無庸再議。（14/7622b-c）至以過往供應之柴薪及鄉民，而丁銀內應發之價值則侵扣不給。（21/11838a）

《聖祖仁皇帝親徵平定朔漠方略》卷四十一：「若積習相沿，濫受屬員私饋，因而所屬官弁節次求索取償於下，文則加徵無藝，武則侵扣月餉。」《平定金川方略》卷十一：「將各員分別獎罰策勵，令皆留意，毋致胥役侵扣腳價、口糧。」亦其例。亦作「剋留」，如明戚繼光《紀效新書·臨陣連坐軍法篇第三》：「今後臨陣遇有財帛，每隊止留隊中一人收拾看守，待賊平，照隊收拾之多寡各給本隊兵均分，百哨、隊長加一倍，必不許他官剋留。」「比馮起祥亦不合剋留銀肆兩入己。」（9/4927c）

【剋短】剋扣短少。

　　而古師稷則剋短柴價，杜元奇則誆索鄉民。（21/11836a）

《世宗憲皇帝硃批諭旨·硃批田文鏡奏摺》：「（祝兆鵬）指稱完伊前任忻州虧空，屢將屬員應領歲修搶修銀兩勒借扣留，而且發銀剋短，甚屬不職。」為其例。同時期文獻多稱「剋扣短少」，《平定準噶爾方略》前編卷二十二：「差員辦理不得扣剋短少，貽累小民。」《世宗憲皇帝聖訓》卷二十三：「或有扣剋短少等弊，亦著王大臣指參議處。」

【揎吞】刁難侵吞。

　　有寇良卿迎至盧溝橋，向我說：「這絲你們不會賣，可發到我店裡去，我與你賣了，價銀給你們。」我隨將絲發在他店裡，他賣了銀子，我問他要銀，他揎吞不與，我隨將剩下的絲挈回。（20/11136c-d）

「揎」有「刁難」義，如元李文蔚《燕青博魚》第二折：「怎將俺這小本經紀來揎？」

【虧剋】剋扣。

　　據在官楊崗供：小的是禮房，蕭知縣到任，宅內有買辦簿子，俱發價平買，竝無虧剋行戶。（24/13315c）在官秦立供：小的是買辦皂隸，縣官日用俱發價平買，沒有虧剋行戶。（24/13315c）

「虧」有「少」義，《廣雅·釋詁三》：「虧，少也。」引申為「剋扣」。

【虧短】剋扣。

又不合聽信李邦詔梭布每披止發價柒百文，短價參百文；平機布每疋止發價捌百文，短價肆百文，共虧短布價錢壹萬肆千伍百文。（14/7613d）壹，禮書吏古師稷指稱伺候過往上司虧短里下柴價銀捌拾兩，師稷入己。（21/11835a）該本部看得：革職守備周鼎一案，原參徵收均徭銀參百餘兩外，每兩加耗二三分不等，又索逯高杰錢拾吊，並買羔皮價銀未給，買羊皮虧短價銀。（35/19995c）

《世宗憲皇帝硃批諭旨·硃批鄂爾泰奏摺》：「緣正課分數官有考成，贏餘虧短例無參處，若不查核定額，恐日久弊生。」清李光地《榕村集·條陳清查錢糧虧空疏》：「以前止於此半年中親至轄屬秉公清察，如有虧短立行揭報。」亦其例。《大詞典》首引清黃六鴻《福惠全書·涖任·定買辦》：「一絲一粟，俱發現紋，照市價平買，並不賒取舖行，虧短價值。」

【匿吞】侵吞。

別縣每田壹畝□〔定〕價肆兩，本官定價柒兩，□□田上過價銀參千貳百兩，止報貳千五百兩，匿吞柒百兩。（18/100133d-100134a）

《大清宣統政紀》卷之二十五：「以匿吞多漕、加價錢文並欠解交代款項，革江蘇前署金壇縣知縣陳守嶷職，看管勒追。」《中國國民黨四川射洪縣黨部呈文》：「文昌宮道裔自賣業價勒提二百餘元。提賣兜率古寺街房，匿吞業價二百四十九元，錢二百五十釧，外有苞苴，署中員役，各索喜禮數元。」〔註103〕亦其例。

【吞騙】侵吞欺騙。

你將劉謂之絲賣銀參百兩，吞騙不還，是何情由？（20/11136a）我們的絲交與他賣，賣的價銀他竟不還，豈非吞騙？（20/11137a）

明俞汝楫《禮部志稿》卷七十六：「今後宗室虐害婚姻之家及吞騙資產者，許呈告撫按具啓親郡王參奏前來。」《俗話傾談》二集上卷：「姓錢曰：『佢唔係思疑你個的，必定思疑你吞騙錢財，慌你春了落荷包，個樣是眞。』」〔註104〕皆其

〔註103〕中共遂寧市委黨史工作委員會編：《中國共產黨遂寧市黨史資料彙編》1926～1949，1989年版，第145頁。

〔註104〕〔清〕邵彬儒：《俗話傾談》，載齊豫生，夏於全主編：《中國古典文學寶庫》第68輯，延邊人民出版社1999年版，第380頁。

例。亦作「侵驒（侵騙）」，如明何孟春《何文簡疏議・貪官科害疏》：「計夫丁三十名，除該收正數外，共餘七兩八錢，羅輔不合侵騙入己。」「蓋自茲以後不行召買之政，非謂將從前領出之帑金盡行豁免也，乃各委藉口蠲免，肆行侵驒。」（1/277d）亦作「侵欺」，如宋歐陽修《乞一面除放欠負》：「及正身已沒，配流不在，攤在妻男及干係人處理索，自來催納不行者，不以有無侵欺盜用，並特與除放。」「除侵欺庫銀、扣剋工食、牙行取利輕罪不坐外，惟賄縱人命得銀壹百兩，何以有祿人枉法贓全科捌拾兩律真絞監候？」（28/16049c-d）

【平短】剋扣，在衡量時不夠標準。

> 藩經收過倉斗屯糧米、豆共參千貳拾餘石，每石進倉加耗壹倉升，放出平短壹倉升。共放過米、豆貳千倉石，共侵剋倉斗米、豆各貳拾石，每倉斗壹石折市斗陸斗，共折市斗米拾貳石、豆拾貳石。（12/6550a）

「短」有缺少、不足義，如《楚辭・卜居》：「故尺有所短，寸有所長。」亦見於《大清會典事例》卷八百九十一：「嗣後並由該堂官親往抽平督率散放，如有短平短串等事，無論爲數多寡，即將克扣之人訊明，送交刑部治罪。」

【浮短】剋扣，在衡量時不夠標準。

> 官以倉斗進收，民以市斗課入，入有高尖，出有浮短。（12/6552d）

浮在這裏是虛的意思，即不足。該詞與「平短」相較，意義相同但視角不同，「平短」的視角側重指衡量時的實際數量不夠，「浮短」的視角側重衡量時報出的數量大於實際數目。

【多破】以少報多。

> 將蘇紹軾問擬造作多破物料入己者，計贓以監守自盜論律，徒罪。（15/8354a-b）

同則檔案下文「看得蘇紹軾職任寒氈，董修宮牆，自宜敬慎從事以光盛舉，奈何工料多開。」（15/8358a）以「多開」對應例句的「多破」，可資佐證「多破」有「以少報多」義。《明會典・刑部・冒破物料》：「凡造作局院頭目工匠多破物料入己者，計贓以監守自盜論，追物還官。」〔註105〕亦其例。

【冒】虛報。

〔註105〕該條亦見於《大清律例・工律・冒破物料》。

（楊）翱即轉諭今故千總葛爾錫，會因來省具領糧餉，藉口盤費買靴肆拾雙，每雙多開壹錢，共冒肆兩；買鞵貳百雙，每雙多開陸分，共冒拾貳兩；襪壹百柒拾雙，每雙多開肆分，共冒陸兩捌錢，給散肆司收領訖，比葛爾錫共冒銀貳拾貳兩捌錢私自入己。（23/13074b-c）

例句中「冒」與上文「多開」相對應。「冒」是「帽」的初文，帽子。《漢書・雋不疑傳》:「有一男子……衣黃襜褕，著黃冒，詣北闕，自謂衛太子。」顏師古注:「冒，所以覆冒其首。」因帽子是戴在頭上的，取其位置之高，故引申出「多出，超出實際」之義。毛澤東《做革命的促進派》:「好、省我看沒有那個人反對，就是一個多、一個快，人家不喜歡，有些同志叫『冒』了。」《大詞典》釋爲「冒進，超過實際可能行事。」與此例相類。

【扣索】剋扣勒索。

如江寧府江浦縣知縣閻宗尼重耗橫加，扣索公行，朘吸民膏，恣肆無忌。（18/10003c）

《明文海・明郭棐〈都察院左副都御史愷菴龐公行狀〉》:「其禁約則如：公差淩虐驛遞，站頭扣索常規，保家包攬過關錢米，衙門坊里迎春，到任劇雜皆有功於民嵓。」亦其例。

【延掯】拖延刁難。

比靖之又不合不思糧艘重務，開幫急迫，藉倚催徵不前爲詞，延掯不給。（24/13342b）

《清實錄・咸豐實錄》卷三百三十五:「且於幕友相倚爲奸。與兵勇應發口糧。有心延掯。如果屬實。殊出情理之外。」亦其例。

【轄詐】借勢敲詐。

伊有在官叔王宗正聞知，借包頭拾疋抵作身價貳拾伍兩外，費酒禮銀伍兩贖回王忠捌身契，原非轄詐，王忠捌供證。（25/14182a-b）

「轄」有「卡」義，如《太平廣記》卷四二八引唐李復言《續玄怪錄・盧造》:「其西有窻亦甚堅，虎怒搏之，櫺折，陷頭於中，爲左右所轄，進退不得。」

【磕嚇】敲詐恐嚇。

壹款：於順治參年貳月內，本官奉委辛寺鎮查搜犯官王鼎鼐贓物，侵

隱銀捌拾兩，衣服貳拾件，仍磕嚇客民秦槐樓銀參百伍拾兩。
（14/7574a）

《遵義紳民公稟》：「霍聞九、楊希伯主使嚴志受，私造假約，磕嚇黃三銀兩分肥。」〔註106〕亦其例。

【網嚇】編造（罪名）加以恐嚇。

韓氏有夫族先擬杖已發落遠枝孫李發禎，假捏苦死人命虛詞，李養賢亦將飛空網嚇等情俱告。（35/19549c-d）

網的本義指用繩線等結成的捕魚或捉鳥獸的用具。《詩·邶風·新臺》：「魚網之設，鴻則離之。」引申爲編造羅織（罪名）。

【派】分配，分攤。

又多派水腳銀參百陸拾伍兩陸錢，錢啓英與各犯侵分，爲數相若。（9/4714b）蒙前任徐知縣請兵勦撫，派各寨出辦牛、酒犒賞兵丁。（10/5547c）一，本官派拾壹年分拾玖里坐馬貳匹，拾年拾壹月內折銀壹百貳拾兩。（20/11380c）

《正字通·水部》：「派，物均分曰派。」《大詞典》首引《儒林外史》第二回：「你們各家照分子派，這事情就舞起來了。」

【折受】收受（折罪、或折物）銀。

庫吏叢中苢點卯不到，小過也，罰不當及，而豈可折受其銀？（3/1069a）

狀招：聖期奉委帶署，不合指稱免備傘扇執事，折受里甲銀兩，在官公張問政亦不合媚官斂送。（22/12541c）

《大詞典》「折受」謂「因受到過分尊敬或優待而使人承當不起。」〔註107〕引《紅樓夢》第四三回：「生日沒到，我這會子已經折受的不受用了。」似與例句語義無涉。例1叢中苢因點卯未到犯有過錯，而被迫納銀抵過，即貪吏收受折罪銀；例2聖期藉口無需置辦傘扇執事，而收受折物銀。在唐代實行兩稅法時，「折受」還指按錢價收受粟帛等物，如《通典·食貨六·賦稅下》：「諸課役每

〔註106〕王明倫選編：《反洋教書文揭帖選》，齊魯書社1984年版，第43頁。

〔註107〕折受一般作謙詞，是無福承受，於心不安的意思。參見楊爲珍，郭榮光主編：《〈紅樓夢〉辭典》，山東文藝出版社1986年版，第147頁。

年計帳至尚書省度支配來年事，限十月三十日以前奏訖，若須折受餘物，亦先支料同時處分。」從收入的一方看爲「折受」，從支出的一方看爲「折納」，文獻中以使用「折納」爲常。如《舊唐書・本紀第十二・德宗上》：「冬十月壬午奏：關內、河中、河南等道秋夏兩稅青苗等錢，悉折納粟麥兼加估收糶以便民，從之。」《舊唐書・食貨上》：「如大曆已前租庸課調不計錢，令其折納，使人知定制，供辦有常。」

【潤囊】中飽私囊。

看得吳朱禎苟同猛虎，性類貪狼，借買柳而巧取潤囊，吝物價而濫刑小民。（21/12041d）

亦見於清李之芳《請禁雜流委署疏》：「蓋委署官所署之事，原非本等職掌，所署之民，原無情分相關，不過爲一時潤囊肥家之計，於地方之利害甘苦，固無與也。」〔註108〕亦作「潤囊橐」，如明王樵《方麓集》卷十六：「非以賂敵，即以私交而潤囊橐也。」明沈鯉《亦玉堂稿》卷十：「公趨而前曰：『豈其以百姓脂膏、國家府庫爲此輩潤囊橐耶？』」

【分肥】多指分取不正當的利益。

順治參年伍月內，（梁）士秀與祝良才各不合局哄在官張新令賭博，張新令亦不合從其賭博，圈贏去錢拾千，貳人分肥，張新令證。（6/3290c）一、本官捏造訪單令楊弘勳持送日照縣監生辛國衛親看，嚇詐銀一千五百兩與洪勳分肥，受害本人証。（19/10728c-d）一、本官比較屯穀，每屯長科索寬限銀三兩，屯長八名共得銀二十四兩，與書辦李素軒、吳還初分肥，屯頭隋太寰、李坤證。（25/13952d）

亦見於《蘭州紀署・甲申》：「臣復詰訊，其若非通同分肥，豈肯明知屬員違例折收不行嚴參究辦？」《海塘錄・詔諭》：「而地棍衙役於中包攬分肥，用少報多，甚爲民累。」清張玉書《張文貞集・請核兵餉疏》：「此每石所餘三四錢之銀不過節扣使費，上下分肥」。《大詞典》首引《紅樓夢》第一一八回：「那邢大舅已經聽了王仁的話，又可分肥，便在邢夫人跟前說道：『若說這位郡王，是極有體面的。』」

〔註108〕〔清〕魏源：《魏源全集》第14冊，嶽麓書社2004年版，第127頁。

【盤剝】反復剝削；高利貸剝削。

一，舡戶徐欽裝糧赴省，盤剝折糧監禁。（17/9509a）

《世宗憲皇帝硃批諭旨・硃批尹繼善奏摺》：「乃雲南生息銀兩多有營員借用客民借貸及放債兵丁取利盤剝者。」《大清會典則例・戶部》：「嗣後有違禁取利盤剝運軍者，責令地方文武各官及坐糧廳立拏究治。」亦其例。《大詞典》首引《紅樓夢》第一〇五回：「所抄家資，內有借券，實係盤剝，究是誰行的？」

【朘吸】剝削。

如江寧府江浦縣知縣閻宗尼重耗橫加，扣索公行，朘吸民膏，恣肆無忌。（18/10003c）

「朘」有「剝削」義，如唐柳宗元《辨侵伐論》：「古之守臣有朘人之財，危人之生而又害賢人者。」清柯梧遲《漏網喁魚集》：「秋成尚稱中稔，災分直捏至四分外，無非胥吏舞弊，朘吸民膏，以充己囊。」亦其例。

【狐威虎借】喻仰仗別人的威勢或倚仗別人威勢來欺壓人。

如魏縣署官原任順天府學訓導王詵者，險傲乖張，貪婪百出，與縣丞方昇狐威虎借，索詐多端。（2/551b-c）

亦作「狐假虎威」，如北齊魏收《爲後魏孝靜帝伐元神和等詔》：「謂己功名，難居物下；曾不知狐假虎威，地憑霧積。」

【索用】索取使用。

狀招：維皋到任後就不合踵習陋弊，於順治捌年玖月內向所管大水、迎恩、敗虎、阻虎四堡操守索用木炭，每堡貳參百斤不等。（17/9569c）

《清實錄・宣宗實錄》卷二百二十九：「該管遊擊庚音保開送清單，索用轎夫多名，該縣照單付給。」〔註109〕《曾國藩全集・諭紀澤》：「癬癢迄未甚愈。家中索用銀錢甚多，其最要緊者，餘必付回。」〔註110〕亦其例。《大詞典》「索用」謂「盡量用完。」引漢王充《論衡・薄葬》：「喪物索用，無益於世。」似與本義無涉。

〔註109〕《清實錄》第 36 冊《宣宗實錄》，中華書局 1986 年影印版，第 425 頁。

〔註110〕〔清〕曾國藩：《曾國藩全集》家書一、二，嶽麓書社 1985 年版，第 808～809 頁。

【踢斛】用腳踢斛，使穀物充實斛中而增加其數量。為吏役盤剝手段
　　　之一。

　　涂英依倉官斗級不令納戶行概，踢斛淋尖、多收斛面入己者律，以監
　　守自盜論。（7/3980c-d）比有嘉興縣糧長已故湯裕茂名下該兌六十七石
　　三斗九升，（邵）守相糧米於本年三月十七日逞強踢斛淋尖，將米勒揝
　　不收，以致湯裕茂情極不甘，大聲呼號。（10/5689d）一，本官自收漕
　　糧不用糧官、倉甲，竟用家丁李麻子、楊四、來福、蕭二等二十餘人
　　在倉收米，需索淋尖踢斛、酒食使費。（18/10255c-d）

《日知錄‧以錢為賦》：「曰：『子以火耗為病於民也，使改而徵粟米，其無淋尖
踢斛，巧取於民之術乎？』」〔註111〕《大清會典事例‧戶部》：「（康熙）四年題
准：各州縣徵收漕米，如有淋尖踢斛、剗削斛底、改換斛面及別取樣米、並斛
面餘米者，總漕各督撫嚴查題參。」亦其例。

【鑽運】借漕運之機乘間謀取私利。

　　而不肖奸猾又多方鑽運，此輩安心掛欠，一至水次即圖折乾或放債償
　　債或置貨搏飲，恣意花銷，沿途抵壩復行盜賣。（4/1735c-d）

明顧起元《客座贅語‧詮俗》：「乘間而入之曰鑽。」，故「鑽」有鑽營義。

【鑽充】鑽營充任。

　　明朝年間投入泗州衙門鑽充民壯，一切強盜線索俱係騰蛟暗地交通，
　　因此得志，肆行無忌。（11/5987b-c）狀招：（劉）芳標鑽充易州道先存
　　今故副使許可用門下官頭，委因副使。（25/13813c-d）

《世宗憲皇帝硃批諭旨‧硃批鄂爾泰奏摺》：「文生員范紹淹鑽充鎮雄掌案，縱
容夷目劫殺，為害地方。」《世宗憲皇帝硃批諭旨‧硃批趙弘恩奏摺》：「嗣訪有
竈戶私頂場役，梟徒鑽充鹽快暗通煎運，並拏獲鹽犯混援貧難，捏稱獨子，希
圖開脫等弊。」《檄臺灣民人》：「朱一貴內地莠民，為鄉閭所不齒，遁逃海外，
鑽充隸役。」〔註112〕亦其例。

〔註111〕〔清〕顧炎武著；〔清〕黃汝成集釋，欒保群、呂宗力校點，《日知錄集釋》，
　　　　花山文藝出版社1990年版，第506頁。
〔註112〕中國社會科學院歷史研究所明史研究室編：《清代臺灣農民起義史料選編》，福

【媒利】謀取（不法）利益。

　　等因呈詳到職，該職看得，畢維地等貪心媒利，罔畏清法。（7/3829b）
清黃宗羲編《明文海・黃綰〈上西涯先生論時務書〉》：「矧以聖經爲學假之媒
利，名似實非，昏蠱眩惑，皆爲患得患失之鄙夫，其弊可勝言哉！」《世宗憲
皇帝硃批諭旨・硃批憲德奏摺》：「臣非敢出入其間，上下其際，巧爲干譽，
乘機媒利也。」《天史・劉巨容黃金殺身》：「故詐者往往以此媒利而得害。非
特絕其子孫，且殺身焉。」〔註113〕亦其例。

【夤謀】拉攏關係以謀取（利益）。

　　劉鼎臣伊亦不合於本年拾貳月內夤謀管收，每擔加索秤頭陸拾斤賣各他
　　戶，計收草壹千肆百壹拾柒担，共多收秤頭草捌百伍拾担。（13/7160a）
「夤」有「攀附」義，如宋穆修《秋浦會遇》詩：「介立傍無援，陰排密有夤。」
故「夤謀」爲拉攏關係以謀取（利益）。李白《愁陽春賦》：「演漾兮夤緣」王琦
輯注引《韻會》曰：「夤緣，聯絡也。」清石成金《雨花香》第四種《四命冤》：
「這吳先生才疏學淺，連四書還不曾透徹，全靠著夤謀薦舉，哄得幾個學生，
騙些束修度日。」〔註114〕《生花夢》第九回：「轉是葛萬鐘再三寬慰道：『此事
不過壞在富豪之家，夤謀關節。』」〔註115〕亦其例。

【攬收】總攬收取，爲清初吏役敲詐的手段之一。

　　前任知縣丁時任內元年間，因土寇猖獗需用軍糧，闔縣紳衿情願輸助
　　軍糧二百石，比在官快手李景玉、張騰高各亦不合乘機攬收，每石加
　　二，共多收四十石。（4/2062a-b）
亦見於明周起元《周忠愍奏疏・題爲織造舊例當循濫需宜節仰冀聖明俯念時
詘稍寬物力事疏》：「萬曆三十年鹽監魯保招權貪利，將此項攬收監督，各匠
怨詈。」清于成龍《于清端政書・嚴禁漕弊各欵》：「近訪有地方光棍人等住

　　建人民出版社 1982 年版，第 9～10 頁。

〔註113〕〔清〕丁耀亢撰；李增坡主編：《丁耀亢全集》下集，中州古籍出版社 1999 年
　　　　版，第 85 頁。

〔註114〕〔清〕石成金撰：《雨花香》，內蒙古人民出版社 2000 年版，第 28 頁。

〔註115〕〔清〕娥川主人編次，李德芳點校：《生花夢》，北京師範大學出版社 1993 年
　　　　版，第 114 頁。

居倉旁，借開張米舖爲名攬收，里納糧米多勒費用，代爲完交。」《大詞典》「攬收」謂「抓取」，引梁啓超《政治學大家伯倫知理之學說》三：「民主專制政體之所由起，必其始焉，有一非常之豪傑，先假軍隊之力，以攬收一國實權。」此爲隨文釋義，仍可釋爲「總攬收取」，只是「攔收」的對象由實物擴大爲權利。

【賣娼】猶賣淫。

> 衹因本縣南關與水河鋪地方共住水戶玖家帶領娼婦金哥等寄住所屬地方賣娼。（18/100153d）

清張春帆《九尾龜》第二回：「請你們貴上就回一角文書，人也不必去提，只叫他具一個以後不再爲娼的切結，再切實在上海縣存一個案，如金月蘭再在蘇、杭、滬三處賣娼，便要徹底重究。」〔註116〕清八寶王郎《冷眼觀》第十回：「成船累載的運到上海來，揀面孔漂亮的留著自己堂子裏賣娼，或是送去唱髦兒戲，或是收著做小老婆。」〔註117〕辜鴻銘《張文襄幕府紀聞》卷下：「有西人曾謂余曰：『今日上海賣娼者何如此其多？』余曰：『此非賣娼也，賣窮也。』」〔註118〕《大詞典》首引劉半農《恥辱的門》詩：「這一刻——正恰恰是這一刻——我已決定出門賣娼了。」

【有私】謂男女私通。

> （李）逢春聽記在心，後王大保拿了一件衣服與妻縫整，是□想起前言，疑大保與妻有私，因無實跡，並未出口。（11/5743d）

《嬌紅記》第二十九齣：「前日申生盜了我繡鞋，他若不與飛紅有私，怎生又轉落飛紅手內？」〔註119〕《八洞天》卷八：「哪知陶良的妻子卻與吉福有私，吉福竟私開了鎖，放走陶良，倒叫他妻子來莊裏討人；又指引她去投了呼延太尉。」《大詞典》首引清程麟《此中人語・果報》：「某甲者，作小本經紀。妻某氏，徐娘半老，丰韻猶存，與某少年有私。」

〔註116〕〔清〕張春帆著：《九尾龜》，中國文史出版社 2003 年版，第 17 頁。

〔註117〕〔清〕八寶王郎著；風村校點：《冷眼觀》，瀋陽出版社 1994 年版，第 99 頁。

〔註118〕汪堂家編譯：《辜鴻銘化外文錄》，上海人民出版社 2002 年版，第 417 頁。

〔註119〕〔明〕孟稱舜原著，唐玉改編：《嬌紅記》，陝西人民出版社 1997 年版，第 278 頁。

【有奸（有姦）】 即有私，指男女私通。

順治二年間，主母劉氏將使女菊花即杜氏配（蕭）大為妻時，菊花素與（周）光祚有奸，（蕭）大知，懷恨不敢聲言。（11/5745c）審據李九會供稱：李九維與先未被九維毆死李布並已逃未獲李九訒俱與娼婦王玉陸素日有姦，因爭宿各有嫌疑。（22/12210b-c）審據在官蘇天興供稱：「在官杜崇玉妻在官王氏，原在天興家內包姦日久，於順治拾壹年參月內崇玉將王氏搬至在官國柱院內住坐，國柱又與王氏有姦。」（22/12404a-b）

《包龍圖判百家公案》卷八：「張氏聞伯與姆終夜吵鬧，潛起聽之，乃是罵己與大伯有奸。」〔註120〕《二刻拍案驚奇》卷三十五：「方媽媽道：『他與小婦人女兒有奸，小婦人知道了，罵了女兒一場，女兒當夜縊死。』」亦其例。

【輪奸（輪姦）】 謂兩個或兩個以上男子輪流強姦一婦女。

比希湯與張慎思各不合將伊（王三徵）少妾拏住輪奸，以致王三徵並無棲址，逃居外境，俱面質明白並在官孿守孝、小十月等審證。（3/1148b-c）會看得：張景梁勾合郭四等用強輪姦族嫂，王氏哭訴伊夫，愧恨縊死。（23/13199c）

亦見於《大清會典則例·兵部·職方清吏司》：「三年議准：地方有光棍結夥輪姦婦女、孩童之案犯人逃脫不獲，專汛官照盜案例扣，限四月察參。」《皇朝文獻通考·刑考·刑制三》：「其二人強行雞姦並未殺人者照輪姦，是實依光棍例分別首從定擬，從之。」《大清律例·雜犯死罪》：「如因輪姦而殺死人命者，無論成姦與否」《大詞典》首引《大清律·刑律·犯姦》：「輪奸（姦）良婦已成，照光棍例，為首斬決，為從同奸者絞候。」

3.5　口角鬥毆

刑名的發生往往源於細小的糾紛，進而矛盾升級釀成命案。本節考察的詞語主要集中在口角、鬥毆兩個方面。

〔註120〕〔明〕安遇時編集，〔清〕高佩羅著：《包龍圖判百家公案》，崑崙出版社 2001 年版，第 180 頁。

【嗙嘴（拌嘴）】口角，爭吵。

> 盛二供：我同劉忠耍錢，當有郭大問我們要錢，二就與郭大嗙嘴，推了他壹交，大倒在地下就死了。（13/7149c-d）你租錢貳拾伍文，挈去車也沒有給我，錢也沒有給我，爲這箇情由拌嘴，將劉福太打是實。（19/10856a）

「嗙」不見於辭書，本字當爲「拌」。「拌」有「爭吵、鬥嘴」義，《紅樓夢》第一○○回：「兩口子拌起來就說咱們使了他家的銀錢。」《兒女英雄傳》第七回：「忽然聽得女子進來，隔著排插說道：」姑娘，你聽到這隔壁又拌起來了。」《金瓶梅詞話》第二四回：「兩個正拌嘴，被小玉兒請的月娘來，把兩個都喝開了。」皆其例。亦作「爭嚷」，如明王樵《方麓集‧審錄重囚疏二》：「（陶）應登不忿，勒要袁成賠償雞錢，兩相爭嚷。應登就不合向袁成左右腮頰各打一掌，仍用拳將伊兩血盆柞傷。」「順治貳年玖月拾參日未時分，（王）進元撞遇陳孝身背穋秫〔秫〕壹口袋從場往家，進元搊住要將穋秫奪下，壹抵前借粟穀，陳孝不肯放舍，因此互相爭嚷。」（8/4497d）

【爭角】口角，角口。

> 看得唐明誨、唐文正與蔣忭爭角細故，疑族侄唐正倫等唆撥，思逞一朝之忿，將繼母王氏圖賴文正，先以布幅塞口，得余賓吾扯去。（22/12139b）

清于成龍《于清端政書‧簡訟省刑檄》：「茲除一切民間小忿爭角細事概不許濫准拘審騷擾妨工並擅擬罪贖婪追外，如有關係重大或由上發事件，必虛心平聽，俾吐真情，毋逞嚴刑以求必得。」《履園叢話》卷一五：「（馬福）之後與人爭角不勝，投水死。」〔註 121〕清紀昀《閱微草堂筆記》卷十六：「余嘗謂僮僕、吏役與人爭角而不勝，其長恒引以爲辱，世態類然。」〔註 122〕亦其例。亦作「角口」，如明方汝浩《禪真後史》第五十七回：「張家說：『義男張

〔註 121〕〔清〕錢泳：《履園叢話》，《續修四庫全書》子部 1139 冊，上海古籍出版社 1996 年版，第 227 頁。

〔註 122〕〔清〕紀昀著；沈鴻生書法，張景懷，劉雲甲主編：《閱微草堂筆記》，上海古籍出版社 2005 年版，第 292 頁。李世峰主編：《領導藏書》第 12 卷，延邊人民出版社 2001 年版，第 639 頁，該句標點爲「余嘗謂僮僕吏役與人爭，角而不勝，其長恒引以爲辱，世態類然。」因不明「爭角」有「角口」義而致誤。

丙懷銀百兩往程家糴穀，單爲論價角口，登時將張丙打死，銀兩盡行抄劫。現有沈鬼、孟大慧等面證。』」〔註 123〕「看得梁偷漢豺狼成性，虺蝎存心，緣弟梁根漢因爭水細故與宋養心互相角口，伊既無解分之義，而反從傍突出。」（37/20745a）

【角毆】吵鬧毆打。

會看得侯國保與張一璽同脫逃閆福亮合本販粟，因獲利五分係潮銀，分之不均，互相角毆，璽父張整令子赴縣控稟。（36/20347b）

同則材料上文稱「因獲低黑利銀五分，相分不停，互相嚷毆。適有張一璽先存今被國保等同謀共毆身死父張整在旁，遂令張一璽赴縣喊稟去訖。」（36/20345c）同則材料下文稱「審得侯國保少年兇徒也，與張一璽等合本貿易，並無夙嫌，緣分五分低黑利銀不均，彼此互相毆嚷，璽父張整教子喊縣。」（36/20347d-20348a）可證「角毆」與「嚷毆、毆嚷」同義。清汪祖輝《官經》：「詞訟息結，極爲美事，然惟戶婚田土及角毆小事，則可；若關係誣告、命、盜、賭博、風化及卑幼犯尊等呈，皆須究徵，不可輕易准息。」〔註 124〕亦其例。

【毆嚷】吵鬧毆打。

審得侯國保少年兇徒也，與張一璽等合本貿易，並無夙嫌，緣分五分低黑利銀不均，彼此互相毆嚷，璽父張整教子喊縣。（36/20347d-20348a）

【嚷毆】吵鬧毆打。

因獲低黑利銀五分，相分不停，互相嚷毆。適有張一璽先存今被國保等同謀共毆身死父張整在旁，遂令張一璽赴縣喊稟去訖。（36/20345c）

【嚷打】爭吵打鬥。

順治陸年陸月拾伍日，闔社人等叫樂人並王玉陸賽祭關王神會，李布携酒奠神畢，與玉陸酌酒共飲，九維與九訒心懷不忿，彼此嚷打一場，小的同曹自成託解散訖。（22/12210b-c）一起：許八貴瞷許成名馱糧赴集，圈至許孔教家同監故許懶龍及趙滿倉賭博嚷打，八貴持刀將成名殺死孔教房內，棄屍井中，希圖滅跡。（24/13539b）時有耀妻閆氏，

〔註 123〕〔明〕清溪道人編著：《禪眞後史》，大眾文藝出版社 1998 年版，第 451 頁。

〔註 124〕〔清〕汪祖輝著：《官經》，哈爾濱出版社 2007 年版，第 223 頁。

> 高妻劉氏亦各前來護夫嚷打，被高夫妻用磚塊、水擔原將閆氏狠打，胎損傷重，當時身死。（31/17601a-b）

《醒世姻緣傳》第二十回：「這分明是天理不容，神差鬼使叫大尹從他門口經過，又神差鬼使叫他裏面嚷打做鬼哭狼號，外面擁集萬把人淘淘的大勢。」《二十年目睹之怪現狀》第七十一回：「請來的客，也有解勸的，也有幫著嚷打的。」〔註125〕亦其例。

【誶詬】 責難辱罵。

> 緣合貲修井，獨宗盛鄙吝不出，嗔子旺當席面斥，遂而抱憤歸家，逞酒執棍復至街頭誶詬。（36/20156a）

《綠野仙蹤》第五十九回：「奈卿母志在鯨吞，誶詬之聲，時刻刺耳。」〔註126〕《三戲白牡丹》第一回：「第三試，洞賓元日出門，遇丐者求施，洞賓與以物，而丐者索取不厭，且加誶詬，洞賓笑謝不較。」〔註127〕亦其例。《大詞典》首引劉半農《兩盜》：「或者於睡夢中與所歡誶詬，是以苦水盈其目。」檔案材料中與其相類的亦有「爭詬」，如明王世貞《弇山堂別集·中官考七》：「（于）喜怒相爭詬，遂奏（卻）永專權自恣，似為不軌。」「順治陸年伍月拾陸日，林陳招到科家索取魚銀，言語爭詬，致觸科怒。」（12/6641c）

【嘵辯】 辯解。

> 又蒙巡按王御史詳批，據詳王世福刃人於當下，依律擬抵，自是不枉，但人命重情，不厭詳慎，有何飾詞嘵辯，按察司再一勘報，等因。
> （23/12706a）

「嘵」有「爭辯」義，如唐韓愈《重答張籍書》：「擇其可語者誨之，猶時與吾悖，其聲嘵嘵。」故「嘵辯」為疊架結構。《浙閩總督陳錦殘揭帖》：「本犯雖佞口嘵辯，然福寧之覆只在□□，水落石出，旦夕間事耳等因，備詳到職。」〔註128〕《御製詩三集》卷三十：「而我此何為？嘵辯劣與優。」亦其例。

〔註125〕 〔清〕吳沃堯著：《二十年目?之怪現狀》，南海出版公司2002年版，第475頁。

〔註126〕 〔清〕李百川著：侯忠義整理：《綠野仙蹤》，北京大學出版社1986年版，第470頁。

〔註127〕 〔清〕佚名撰，楊愛群校點：《三戲白牡丹》，齊魯書社1990年版，第3頁。

〔註128〕 《明清史料》己編第一本55～56頁。

【相搆】互相詆毀。

> 看得黃玉與趙林乃平素之友也，禍因兩相酒酣，語言相搆，玉遂持兇
> 器向趙林額顱等處狠擊傷重，當晚殞命。（23/12732b）

明余繼登《典故紀聞》卷十八：「邇來屬官不受堂官約束，以語言相搆，少不快
意，輒排陷之。」〔註129〕亦其例。

【撕打】扭扯毆打。

> （陳）元見謝宗彥將醉，欲行，謝宗彥不依，以此語言激犯，互相撕
> 打。（21/11628a）

《檮杌閑評》第三十七回：「王氏時常爭鬧，景陽他出，便與郭氏撕打，彼此俱
不相安。」〔註130〕《包龍圖判百家公案》第一卷：「富十一手扭結，店主不知
其故，乃道：『你這二人無故結人，有何緣故？』兩相撕打。」〔註131〕《大詞
典》首引《紅樓夢》第四四回：「一腳踢開門進去，也不容分說，抓著鮑二家
的撕打一頓。」亦作「採打」，如明何喬新《椒邱文集·奏議集畧》：「本年（成
化十九年）六月初三日王坐弟王均要赴本司訴理，有把門皂隸羅庸阻當，王均
不合將羅庸叫罵，因而互相採打喧鬧。」「到縣竟行採打，呼吸喪命，伊甥左良
弼證。伊惡滔天，罄楮難書。」（2/483d）

【打仗₂】打架。

> 鄭慶陽看見打仗，自合再行善處為是，亦不合怒說：你等既不依我，
> 任你們打，你們告我不管你們，等語。（16/8784a）據伏有德供：小的
> 老子與他打仗，小的沒見。（29/16306a-b）於拾伍年拾貳月內不記日
> 子，往西大道截劫標客，打仗不過，散了，都往南行。（34/19166c）

該義項在現在文學作品中頻見，如《少帥夫人》第二十五回：「唔，可我明白，
兩人打仗，我抱住他腿，他就動彈不了。」〔註132〕《五路巷》第四章：「你若

〔註129〕〔明〕余繼登撰：《典故紀聞》，中華書局1981年版，第339頁。

〔註130〕〔清〕佚名著，劉文忠校點：《檮杌閑評》，人民文學出版社1983年版，第421
頁。

〔註131〕〔明〕安遇時編集；〔清〕高佩羅著：《包龍圖判百家公家》，崑崙出版社2001
年版，第27頁。

〔註132〕趙春江、竇應泰著，《少帥夫人》，吉林人民出版社1987年版，第118頁。

只顧聽只顧看，回家肯定落埋怨，小倆口兒鬥嘴打仗你別怨俺。」〔註133〕《大詞典》未立該義項，當補。

【扯退（扯褪）】扯脫。

> 比名全窺見呂大姐獨居屋內，名全入室將侄女呂大姐抱摟，扯退底衣，硬行強姦跑走。（20/11427c）

「退」通「褪」，即「脫下」之義。《紅樓夢》第四九回：「（平兒）樂得玩笑，因而退去手上的鐲子。」在現代文獻中有「扯褪」的用例，如《紅粉干戈》：「敢情葛翠翠已一手扯褪了白瑤琴的下裳，使她的下半身完全赤裸。」〔註134〕

【攏命（拼命）】豁出性命去幹某事。

> 又於拾捌日黃夜，率家人闖進內宅，立逼退房，聲言攏命。（20/11004b）

《大詞典》首引清趙翼《子才過訪草堂喜賦》之二：「好詩拼命換，雖癡固未錯。」

【破死】拼命，冒死。

> 劉秉懿說：南面火砲攻打甚惡，北面韓營靠山，今晚攢銀買路，他們不受，破死亦要衝出逃命。（7/3684a）

《兒女英雄傳》第二十一回：「況且，世路上又怎樣指得准有這等一位破死忘魂衛顧人的安老爺呢？」〔註135〕同書第三十五回：「今日在舅太太屋裏聽得姑爺果然中了，便如飛從西過道兒裏一直奔到這裏來，破死忘生的乍著膽子上去，要當面叩謝魁星的保佑。」亦其例。

【硼】（用頭）撞。

> 又審潘可遠供稱：小的原見蘇鈜來到河灘，伏孔倫用手拃住壹頭，硼倒我與你跳河，拾起壹塊石頭打殺了，是實。（29/16305c）據伏孔倫供：小的合他做了拾參年親家，小的怎麼忍的打死他？他使頭來硼小的，小的把石打了他壹下是實。（29/16306b）

《龍龕手鏡·石部》：「硼」，「砰」的俗字。〔註136〕依例句文意當爲動詞，「硼」

〔註133〕范廣君著：《五路巷》，濟南出版社 2007 年版，第 47 頁。

〔註134〕司馬翎著：《紅粉干戈》，浙江文藝出版社 1999 年版，第 912 頁。

〔註135〕文康：《兒女英雄傳》，人民文學出版社 1983 年版，第 360 頁。

〔註136〕參見（遼）釋行均編：《龍龕手鏡》，中華書局 1985 年版，第 440 頁。

係「（用頭）撞」之義。《大字典》「磤」謂「象聲詞」，似與例句未諧。

3.6　處置彙報

本節討論的詞語涵蓋彈劾、處罰、文件的上傳下達等方面。

3.6.1　處罰任免

【參處（參處）】彈劾和處分。

如正糧已完而行月不給者，官以誤漕參處，吏以侵剋究罪。（4/1735c）

若悠忽從事，謂賊離本境遂不關心，彼此推卸，本院定行參處，斷不姑宥。（33/18421b-c）

《平定金川方略》卷十：「臣聞督臣於貴州官兵素有偏袒，是以未肯即行參處，致傷和氣。」清傅澤洪《行水金鑑・河水》：「如領帑不即辦料以致遲延誤工者，查出嚴加參處。」清葉夢珠《閱世編・科舉五》：「伏乞太宗師、大老爺，親提嚴究，並賜拘米漢雯質審情形，按律參處。」亦皆其例。《大詞典》立詞條「參處」，引《儒林外史》第二四回：「況他這件事也還是敬重斯文的意思，不知可以求得大老爺免了他的參處罷？」

【糾除】懲治清除。

今本年參月內，有被害李藝、張毅等壹拾伍名將肅振憲紀、糾除奸婪呈詞粘連單款赴院首告。（8/4287c）

亦見於《清史稿・成克鞏列傳》：「督撫舊無考成，請令疏列事蹟，消弭盜賊，開墾荒田，清理錢糧，糾除貪悍，定為四則，以別賞罰。」《說文・丩部》朱駿聲《說文通訓定聲》：「糾，假借又為究。」據此，「糾除」同「究除」，如《世宗憲皇帝硃批諭旨・硃批喬世臣奏摺》：「若不亟為究除，恐日後漸生事端。」

【收管】監督。

有左鄰龍三者亦係泗州人，趁食住此莊，比屋而居，其各人行事，實不關心收管。應科國初曾剃頭貳次，嗣後貧病連綿，自為賤廢之人無關輕重，豈知四海混一，有不遵剃者即為悖逆乎？（6/3266b）

《大詞典》「收管」謂「①收存保管。②收押看管。③舊時押解犯人交驗後給予

的證明文書。」均與例句未諧。

【舉報】檢舉報告。

> 至順治貳年間，清朝鼎新，奉旨剃頭，如有不遵，鄉約、鄰佑舉報。
> （6/3263d-3264a）

《剪燈餘話》卷四：「我隨即問路進城，到平江府舉報。」《石峯堡紀畧》卷七：「此等誠實民人既肯舉報賊情，李侍堯剛塔若將該民人留於軍營作爲鄉導，自可得進兵路徑。」亦其例。《大詞典》該義項下自造例句。

【公講】當眾評判。

> 一，通學生員見本官病商貪婪，以多報少，人心不平，將情赴縣公講。
> （12/6666b）

《世宗憲皇帝硃批諭旨·硃批鄂爾泰奏摺》：「如調處詞訟，則原有戶婚田土細事先批鄉鄰公講息結之例。」亦其例。

【黜名】猶除名。

> 知縣張元祚、劉霖、程雲步都革了職，分司孫光啓著革職拏問，王林玉等黜了名。（7/3881c）

《大清會典則例·禮部》：「又議准：由部會同內院將見在貢、監生嚴加考試，除選取存監外，其餘革去貢、監發回原學，分別照廩增附肄業及行學、黜名有差。」《清高宗實錄》卷六百四十七：「兵部議覆、臣部右侍郎張映辰奏稱內場黜名冊。」亦其例。《大詞典》首引清蒲松齡《聊齋誌異·馬介甫》：「學使案臨，以劣行黜名。」

【退革】開除、斥退。

> 查郭大猷獲於茶店寨，在陸月初陸日曾供「係府堂快手」，而楊惠心退革果否在正月拾伍日？（19/10821c）

清富俊道光二年七月初四日奏摺：「此項地畝隨缺交代，若兵丁老病、事故、退革，便無容身之處，續將北面閑荒東西展長一百二十七里，南北展寬五里，挖立大封堆一百二十七個，以備退革兵丁恆產之用。」〔註137〕《清實錄·宣宗實

〔註137〕李澍田主編：《東北農業史料　雙城堡屯田紀略　東北屯墾史料》，吉林文史出版社，第56～57頁。

錄》：「其餘地畝，或係隨缺收租，以作公費，或留備無業可歸之退革兵丁，作為恆產。」亦其例。「退革」為「革退」的同素逆序詞，如明李東陽《奏為自劾失職懇辭重任事》：「況該部（吏部）查出革退之人，俱係夤緣傳奉。」《大清會典事例》卷一千七：「告退、革退之吏，勒限回籍，五城司坊官督率總甲認眞查報。」〔註138〕

【起用】重新任用已退職或黜免的官員。

夫卑職在江南做官時，無壹日不近內院；及回家養病時，無壹日不在本縣地方。既非城會，卑職又非營頭，且是立候起用之官。（8/4306d-4307a）

《平定金川方略》卷七：「臣以大臣罷斥，起用必須另蒙恩賜方可頂戴答之，不敢壅於上聞，謹代陳明奏入。」《八洞天》卷七：「正歡詫間，家人傳稟說：『報人在外，報老爺原官起用了。』」〔註139〕亦其例。《大詞典》首引清昭槤《嘯亭雜錄・岳青天》：「（岳起）後與將軍某抗，罷官。今上親政，首起用為山東布政使，俄調任江蘇巡撫。」

【裁缺】謂官吏免去原任官職，等候補缺。

據該司呈，問得壹名常永勝，年參拾玖歲，河南河南府洛陽縣人，由行伍順治貳年投誠立功，除授興安鎮標後營遊擊，裁缺補黑水路遊擊，拾貳年推陞宜君營遊擊，管參將事。（32/17960a-b）

明李應昇《落落齋遺集・敬循執掌廣察吏恤民之議以裨萬一疏》：「其收參在裁缺之前者，仍照前議，聽其告假回籍，假滿赴銷。」〔註140〕《兵部殘題本》：「呂士基，十三年五月升遊擊，管舟山副將左營遊擊，九月裁缺，十四年六月改歸水鎮……」〔註141〕《大清會典事例・吏部》：「嘉慶十一年定。督撫有

〔註138〕該則材料亦見於陳樺編寫：中國人民大學清史研究所編：《清史編年》第 8 卷道光朝，中國人民大學出版社 2000 年版，第 198 頁。

〔註139〕〔清〕五色石主人著；陳翔華、蕭欣橋點校：《八洞天》，書目文獻出版社 1985 年版，第 142 頁。

〔註140〕〔明〕李應昇：《落落齋遺集》，《叢書集成續編》第 148 冊，新文豐出版公司 1989 年版，第 434 頁。

〔註141〕《明清史料》己編第六本 547～549 頁。

裁缺、革職還職、降級還級者。」《大詞典》首引清施閏章《蠖齋詩話‧鐵佛寺袈裟》：「又聞有宮繡千佛袈裟，佛頂各一珠，領以玉環。兵後僧貧，質之民家，二十餘年矣。丁未，予裁缺將行，爲贖而歸之。」

【卸事】（官吏）離任。

> 又尚國祥於四年正月內被去任知縣劉惟謙拘僉庫吏，至三月間縣官卸事，（趙）國璧乘机將庫銀扣除四十兩匿己，後國祥清查前銀，國璧揹作謝禮吞肥。（9/4933d）比倪斌因本縣捕官卸事，親身同各處捕官於參月拾玖日前到祥符營，查得郭大猷、李虎山潛逃無踪。（19/10817a）

《兩淮巡鹽御史高爾位揭帖》：「職欽遵卸事，將一應鹽課錢糧造冊完日呈送都察院轉咨戶部。」〔註 142〕《大清會典則例》卷九：「其舊任卸事以後，新任未到之前，或本身交代未清，或因患病稽留時日，及往返程途候闕日期，悉行扣除，不准計算。」清佚名《癡人福》第四回：「又向鄒小姐作揖道：『還仗你勸他轉去，若還項缺無新吏，就是你這卸事的官兒，也離不得印。』」〔註 143〕亦其例。

【寄膺】擔任。

> 狀招：良幹由吏員除授湖廣長沙府瀏陽縣丞，於順治肆年參月貳拾日到任。比良幹委署縣篆，寄膺民社，自合潔己奉公、撫綏殘黎爲是。
> （19/10831b）

「膺」有「承當，擔當」義，《書‧武成》：「誕膺天命。」孔傳：「大當天命，以扶綏四方中夏。」《字彙補‧肉部》：「膺，當也。」該例「寄膺民社」即指擔任地方長官（縣官）。

【題推】具題推授。

> 順治貳年陸月內，題推永泰影遊擊，本年玖月貳拾貳日到任。（8/3999d）

《大清會典事例‧兵部》：「未經到部考驗引見之前，概不准題推擬補，亦不得專摺請補實缺。」《福建總督李率泰揭帖（順治十六年十一月二十二日到）》：

〔註 142〕中央研究院歷史語言研究所編：《明清史料》己編第五本第 496 頁。
〔註 143〕〔清〕佚名：《癡人福》，載《明清豔情小說精選系列》卷三，中州古籍出版社1994 年版，第 298 頁。

「查有職標都司僉書駐防江東橋署左營遊擊張文成，於順治七年內隨職湖南進剿馬進忠等有功敘錄，十三年正月內蒙兵部題推湖廣撫標遊擊未任，七月內蒙部改推，九月內撤回本旗，十五年十月內隨徵福建，蒙委署左營遊擊事防守江東。」〔註144〕亦其例。

【起解】舊時指犯人被押送上路。

> 時因本按出巡安慶，重罪人犯未敢遠行起解，備由詳請批候。（7/3607c）
> 從杭州起解，見批文係差人押送到定，未知是何罪名，心中驚懼，行至寧波西門，假作肚痛解手脫逃，等語。（27/15130c）

《平定兩金川方畧》卷一百四：「該犯係金川頭人，其於賊中情事知之尤應真切，如此時尚未起解，即應嚴加訊鞫。」《大清會典則例·兵部》：「若於定衛充發之時恭遇恩赦者，咨送刑部援免，軍犯起解時或於途中病故，即委官相驗。」皆其例。《大詞典》首引《二刻拍案驚奇》卷三八：「獄中取出李三解府，係是殺人重犯，上了鐐肘，戴了木枷，跪在庭下，專聽點名起解。」

【點解】點名起解。

> 取具各該管地方甘結並本縣印結申解到府點解間，止拘獲見在被害張子孝、徐明寶、張魁梧、馬棟宇、范應奎、王宣、吳國興等。（8/4017d-4018a）（沈）起龍就不合稽遲一批，差不在官吏馮震昌、差役梁瑞等肆名押解接眷船貳拾隻；又批差不在官原署巡檢盧國昌押解接眷船貳拾伍隻，貳項共點解過船肆拾伍隻內，馮震昌等管押一批少船拾伍隻到伍隻。（15/8100a-b）

《世宗憲皇帝硃批諭旨·硃批王紹緒奏摺》：「今情願投撫並納姓名冊，內開謝恩榮等一百二十三人，隨即按名全數點解前來。」《大清會典則例·吏部》：「又議准：州縣遞解人犯點解之後，或私行雇替，或解役短少，該管官皆不能覺察，直待人犯脫逃而後嚴參究審，已屬無及。」亦其例。《大詞典》首引清袁枚《隨園詩話》卷四：「姊名宛玉，嫁淮北程家，與夫不協，私行脫逃。山陽令行文關提，余點解時，宛玉堂上獻詩。」

〔註144〕中央研究院歷史語言研究所編：《明清史料》己編第五本 498 頁。

【究比】限期交稅、交差或交代問題，過期以杖責、監禁等方式繼續
　　　　追逼。

　　該卑職遵依，隨提那借河銀人犯，逐一研刑究比。（25/13941d）

《世宗憲皇帝硃批諭旨・硃批查郎阿奏摺》：「倘不能如數徵起，定拏親信家人
同經承赴轅究比。」《清實錄・高宗實錄》卷一百九：「臣按案數多寡，定限嚴
緝，逾限無獲，役則親提究比。」亦其例。亦作「追比」，如明倪元璐《倪文貞
奏疏・雜折事宜疏》：「因而追比株牽，家號路哭。」「至糧完之日，掛欠追比，
每比一次不過納銀幾兩，本色亦僅交數石。」（4/1735d）

【飛刑】在法律規定之外施行殘酷的肉體刑罰。

　　牽伊甥左良慶等夜及壹更，將應旌綁縛村外，飛刑打死，擲屍井中，
　　旌妻楊氏證。（2/484c）

《文選・盧諶〈贈崔溫〉》：「恨以駑蹇姿，徒煩非子御。」李善作：「恨以駑蹇
姿，徒煩飛子御。」李善注：「非與飛古字通。」《字彙補・飛部》：「飛，借作
非。」故「飛刑」即「非刑」，如《警世通言》第十五卷：「我實不曾為盜，你
們非刑吊拷，務要我招認。」「馬惟龍統兵數十圍屋捉（周）才，沿途踢毆，復
綑至啟元署中，非刑亂打，七孔流血，微喘，攛歸身死。」（23/13053b）「因朱
猴赴營欲告梁五等洩忿，遂乘機誆引馳赴工所指拿傭夫梁五等柒人，拘禁私室，
非刑酷拷，逼令頂認前賊姓名，捏報緝獲，等因。」（32/17959d-17960a）

【蔽辜】猶抵罪。

　　然積蠹悖旨害民，罪較各犯尤重，按律擬絞庶足蔽辜。（9/4714b-c）陳
　　文開扛幫助勢，並杖蔽辜。（15/8354a）看得下時睿叨授衛篆，不自愛
　　鼎，匪惟溺酒廢政，抑且黷利忘公，即其侵匿庫銀柒拾餘金，贓證明
　　確，擬以城旦允足蔽辜。（21/11830b）

《明史・陳演列傳》：「帝怒曰：『汝一死不足蔽辜！』叱之（陳演）去。」《平
定金川方略》卷十四：「雖蒙皇上如天好生猶崇寬大，但令革職効力，實不足以
蔽辜。」《大詞典》首引明沈德符《萬曆野獲編補遺・臺省・御史阿內侍》：「能
之稔惡，天下所恨，瑞以憲臣奏保，寸斬不足蔽辜。」

【准與】准許，同意。

　　奸委侵欠銀兩，當嚴行追比。周道昌著提問究擬，其產盡人亡的，准

與開豁。該部知道。（1/277a）

《大詞典》「准」謂「准許；允許。」《二刻拍案驚奇》卷十二：「晦翁准了他狀，提那大姓到官。」《公羊傳・隱公七年》：「曷爲大之？不與夷狄之執中國也。」陳立義疏：「與者，許也。」「准與」亦見於《烈皇小識》卷二：「士俊給假歸家，稱觴，有旨：『准與建坊，錫名熙朝人瑞。』」《今言・三百二十九》：「復奉旨，是郭琥准與原授職銜，以榮終身，不許干預祀事。」《廣東新語・事語・全作五經題中式者》：「知貢舉者左宗伯林某疏聞，奉旨，今其該博，准與謄錄。」又作「准予」，清俞樾《茶香室三鈔・童生捐銀入學》：「有旨令各直省童生，每名捐銀一百兩，准予入泮。」許地山《危巢墜簡・人非人》：「她便仗著三年間的鐵牢生活，請黨部移文給大學，說她有功黨國，准予畢業。」

【省釋】釋放。

比有監故俞二係是已被殺死家主黃瑞家人，向與已省釋病故主母何氏通姦。（22/12436a）餘審無辜各行省釋，問擬招呈到道，該帶道王副使覆詳無異。（23/12731c-d）

《世宗憲皇帝硃批諭旨・硃批法敏奏摺》：「臣飭各州縣於檢驗時當場備錄口供，如驗無別傷及訊無威逼因姦等情者，律得免罪，即行省釋，報明在案。」《大清會典・宗人府》：「犯徒罪者於空室拘禁，犯軍流於空室鎖禁，皆於滿日省釋。」亦其例。《大詞典》首引清黃六鴻《福惠全書・刑名・自首》：「今老而知非，諒無他逞，自應憫其歸意，取具連名公保，逕行省釋。」

【回贖】用錢物或其他代價換回人身或抵押品。

照依原價賣與（楊）志和收割爲業，約立回贖時仍種田禾交與孫克思收割。至順治玖年玖月初玖日，孫克思仍用原價將地贖回，地內所種田禾志和又不合違約不令孫克思收割，自行收打食用訖。（18/10054a）

《世宗憲皇帝上諭內閣》卷四十八：「又諭戶部：去年莽鵠立奏稱：長蘆竈地久未清查，以致民竈爭控不已，請將竈戶灘地從前售與民人者許其回贖。」《醋葫蘆》第十八回：「都氏道：『……只是可惜嫁了他人，若肯回贖，便費百金我也情願。』」〔註145〕亦其例。

〔註145〕〔明〕西湖伏雌教主著；辛澤校點：《醋葫蘆》，百花文藝出版社 1992 年版，

【示創】表示懲戒。

> 爲逆棍悖旨違法，擬辟示創，以儆頭梗事。（4/1987b）

《書・益稷》：「予創若時。」孔傳：「創，懲也。」《集韻・漾韻》：「創，懲也。」故「示創」同「示懲」。文獻中「創懲」連用，如宋綦崇禮《北海集・謝降官表》：「雖幸脫於刑名，而經乘責備之文欲法行於貴近，姑從降絀以示創懲。」《明史・劉校列傳》：「今幸聖皇御極褒恤忠良，諸給事御史更何顏復立清明之朝，請加黜罰以示創懲。」《平定兩金川方畧》卷十一：「蓋兩金川之敢於抗違，實由阿爾泰等連年姑息因循，致逆酋毫無忌憚，即前次辦理金川之事亦不過將就完局，未能大示創懲。」亦可資佐證。《大詞典》收詞條「示懲」，引明葉盛《水東日記・奏黜寺丞馮必政》：「南京寺丞馮必政邪妄，進身不繇其道，當黜以示懲。」檔案中如「其張新令雖受圈哄，亦曾賭博，姑擬不應示懲，竝難寬貸。（6/3291b）」

【站配】刑徒被發配充當驛卒服役。

> 孫喜聖、張三與任巳任各應站配，似無枉縱。（7/3871c）陳其恩與席國機按以遺失制書之條站配，允當厥辜。（7/3887c）

「站配」即「擺站」。上舉例2下文「取問罪犯貳名，一，議得陳其恩、席國機各所犯依遺失制書聖旨者律，各杖玖拾，徒貳年半，詳發衝要驛遞擺站滿放。」（7/3887c-d）可資佐證。

【站徒】刑徒被發配充當驛卒服役。

> 章文登既不解驗，復削去原髮，有心庇縱，站徒允宜。（8/4214b）

《豆棚閑話》第十則：「也照顧清之一案，問了站徒，送到京口驛去。」〔註146〕亦其例。

【站滿】被發配爲驛卒的刑徒期滿釋放。

> 岳枝秀係前案站滿回家賊犯，與伊兄一同被獲，強劫原未入夥，應開釋。（23/12871c）

為「擺站滿放」的縮略。如明楊一清《關中奏議‧一為地方賊情事》：「（趙剛等人）俱民，審俱無力，各照例發衝要驛分照徒年限擺站滿放。」「取問罪犯貳名，一，議得陳其恩、席國機各所犯依遺失制書聖旨者律，各杖玖拾，徒貳年半，詳發衝要驛遞擺站滿放。」（7/3887c-d）

【冥誅】在依法處刑之前死去。

今陶奇擬斬，冥誅。（11/5796d）汪廷聘已服冥誅，何四壽按律梟斬，四壽與已故汪廷聘家產頭畜等物變價並妻孥一併解部入官，房地造冊報部。（19/10431d）

《刑部等衙門題本》：「蒙督該府嚴緝，而經年不獲，以致宗道等陸續冥誅，未膏鈇鑕。」〔註147〕《平定兩金川方畧》卷一百三十三：「僧格桑早伏冥誅，索諾木兄弟及助惡之大頭人現俱擒獲解京。」〔註148〕清靳輔《文襄奏疏‧題明宋鑣案》：「李元成、湯明、李節、張云、湯君赤已服冥誅，應無容議，各犯人產均應查籍分別入官。」亦其例。《大詞典》首引清陳康祺《郎潛紀聞》卷三：「倘或為利營私，徇情欺主，明正國法，幽服冥誅。」

【服冥刑】在依法處刑之前死去。

夥賊俱服冥刑，懷亮擬斬，依律非枉，番役蘇國勳易贓有據，杖贖允宜。（20/11334c）

《世宗憲皇帝上諭內閣》卷二：「今雖已服冥刑，如有子弟在京者，亦即奏明驅遣，爾等毋得徇私隱蔽。」亦其例。

【藁街】示眾。

奈現存盜犯只有韓福西、來虎兩人，其前審憲臺前供口受贓甚多，執此以罪啓元，即藁街亦不為枉。（8/4517a）

《平定準噶爾方略》卷首：「遂先後擊殺二酋而以霍集占之首遣使詣軍門獻馘，罪人斯得懸示藁街。」《平定金川方略》卷二十三：「若帶至內地獻俘闕下，勢不得不懸首藁街，非所以示威信也。」《大詞典》「藁街」謂「漢時街名，在長安城南門內，為屬國使節館舍所在地。」未及此義。

〔註147〕《明清史料》己編第一本91～100頁。

〔註148〕「𡩋」同「冥」。如《新語‧慎微》：「暴天下之濡濕，照四方之晦𡩋。」

【梟屍】割掉死屍的腦袋懸掛示眾。

等因到院，據此為照，趙雲奉旨正法，雖斃在獄，仍應梟屍。（7/3675c-d）

亦見於《明史通俗演義》第九十八回：「（張）獻忠又陷寶慶、常德，掘故督師楊嗣昌墓，梟屍見血。」〔註149〕《隋楊淚》第三十七回：「楊素又從石窟中尋到了王頍的屍體，運回太原城，梟屍示眾。」〔註150〕

【浮埋】淺埋。

屍責令地方呂孟祥暫領浮埋看守，仍將一干犯証帶回本州當堂逐一研訊。（16/8920c）相驗得本屍面黃肌瘦，胷高肚塌，渾身上下並無別故，原係傷寒病故，仍令該村小甲將玉身屍浮埋看守，聽候批允發落，等情。（34/19149d）

根據明清律法，驗屍必須有三次，所以往往在初次驗屍後將所驗之屍淺埋，以備隨時挖出以供再度相驗。與「淺殯」同，如明王守仁《王文成全書·獻俘揭帖》：「隨差官吏仵作人等前去相驗，責付淺殯，撥人看守。」埋葬較淺，為防死屍被狼狗吞噬或意外失蹤，故必須撥專人「看守」。

【浮坵】淺埋。

檢畢屍令浮坵看守外，當場審，據証佐邢俊供稱：「張守德生前因赴馬圈遲緩，尚文索錢不遂，先叫史二將張守德身上帶衣打去。……」（20/11388b-c）檢畢屍令浮坵看守外，□三研□□情□□□……（21/11816b）

「坵」同「丘」，「丘」有「墳墓」義。《方言》第十三：「冢，自關而東謂之丘。小者謂之壟，大者謂之丘。」故「浮坵」同「浮埋」。

【壅埋】埋葬。

隨請（向）登高及（馮）應榮在官叔祖馮玉燦等眼同用棺壅埋訖。（13/7124b-c）

清無名氏《金石緣》第十八回：「四府又恐百姓還要來打材，立刻叫扛到壇中，

〔註149〕蔡東藩著：《明史通俗演義》，山東人民出版社1980年版，第372頁。

〔註150〕王樹森著：《隋楊淚》，中國文聯出版公司1998年版，第214頁。

亂葬地上壅埋。」〔註151〕清周燾《敬籌除蝻滅種疏》：「（蝗）若最盛則蔽日遮天，盈地數尺，壅埋人間房屋，遠望如山，縱行撲捕，亦苦人力難施，其為害殆不可勝言矣。」亦其例。又作「埋壅」，如《韻府拾遺》卷三十二引《馮子振十八公賦》：「何千古之埋壅，靡片刻之笙鏞。」

3.6.2 彙報溝通

本節所討論的詞語，主要包括下對上的報告，平級間的信息溝通以及上對下的指示等。

【叩述】報告，敬詞。

該臣看得青州情形，臣前後五次叩述甚詳。（2/438b）

《廣韻·厚韻》：「叩，叩頭。」《集韻·俟韻》：「叩，以手至首。」進而引申為表敬詞。亦見於乾隆《詩餘集·命子皇帝詣黑龍潭謝雨疊前韻》：「祈澤雨其覃，謝教帝詣潭，恩施臣父子，叩述已處慚。」

【會稿】會同起稿。

順治肆年拾貳月初柒日准按臣劉今尹會稿，內稱：臣惟東南財賦之區，而蕪關為商賈匯歸之地。（7/3605b）順治伍年肆月拾捌日准撫臣高士俊會稿，據按察司署司事糧儲道副使臣白士麟問擬黃錫福，依官受財者律。（8/4061a）順治柒年玖月貳拾日准撫治鄖陽臣趙兆麟會稿。（12/6421b）

清王士禎《居易錄卷》三十一：「九月初七日秋審畢，九卿會稿中有河南司閆煥、山西司郭振羽、廣西司寶子雲三起初擬情真。」《大清律例·吏律》：「會稿係吏禮兵工及各衙門主稿者，定限四十日，戶刑二部定限五十日內，所會各衙門各定限五日，戶刑二部各定限十日，逾限即行參處。」皆其例。《大詞典》首引清孔尚任《桃花扇·阻奸》：「明日會稿，一同列名便了。」

【彙報】彙集材料向上級報告。

今據該司按察使流散元彙報，各府州縣尚有未經京詳重獄共壹百伍拾捌起。（20/11417d）先年曾造冊彙報咨部，作何議覆？該有司有無底

〔註151〕羅書華主編：《中國古代禁書文庫》2，中國文聯出版公司 1998 年版，第 2059 頁。

案可查？仰再逐一確查，候各院詳行繳。（29/16500a）巡按陝西監察御史爲恭報決過重犯日期事。順治拾陸年貳月初捌日，奉都察院勘箚，爲彙報成招事。（34/19041b）

明孫傳庭《白谷集・題紫陽縣官老病疏》：「弟員缺雖經彙報，尙未銓補，司議以興安州州判史采陞補。」清于成龍《于清端政書・籌黃安饑民論》：「仰生員某等逐戶細查饑民緩急確冊彙報，以便本府設法量給升斗，苟延時日。」《大詞典》首引《清會典事例・戶部・關稅》：「及一年期滿，彙報稅銀贏虧數目。」

【具報】備文上報。

參日內確招具報，立等覆覈繕疏，等因。到道。（7/3607d-3608a）又據副將先啓玉報稱：遂溪守備陳琪棄城投賊已經具報外，所有近日情形合再臚列塘報。（20/11062c）大辟攸關，恐留辯竇，該道再一詳審，嚴緝張來雲對質明白，妥招具報。（23/13017d）

《平定三逆方畧》卷十六：「前以地遠不能詳悉賊情，故令爾（傅喇塔）將逆賊情形具報。」《世宗憲皇帝硃批諭旨・硃批田文鏡奏摺》：「臣復另委千把員弁往來稽查，隨據管河道祝兆鵬、河北道朱藻陸續具報。」爲其例，《大詞典》首引平佚《臨時政府成立記》引《中華民國臨時政府組織大綱》：「第十二條，參議院議決事件，由議長具報，經臨時大總統蓋印，發交行政各部執行之。第十三條，臨時大總統，對於參議院議決事件，如不以爲然，得於具報後十日內，聲明理由，交令覆議。」

【京詳】向皇上報告。

今據該司按察使流散元彙報，各府州縣尙有未經京詳重獄共壹百伍拾捌起。（20/11417d）奉上諭：京詳自今以後逐件分疏具奏，欽此。（34/19045c）

清魏裔介《兼濟堂文集・明藩臬之職掌疏》：「故死刑皆由按察司轉京詳者，蓋必該司以爲可殺而後以聞，誠重之也。」清孫承澤《春明夢餘錄・大理寺》：「其死罪京詳外，詳俱五起一題，曰『類題』。」亦其例。

【詳稱】在公文中報告說。

今據該道臣羅爌詳稱：察得甘鎭喧呼之變原係奸人王興因剃頭初（？）

催，爲首倡惡。（4/1926a-b）今據按察使臣郭鳴鳳詳稱覆審，看得陳見伯之因姦致殺也，先以其子結義余茂林之妻程氏爲母繼。（32/17980c）清于成龍《于清端政書·請復臨湘驛站詳》：「本月二十七日，據蒲圻縣詳稱：鳳官港三驛馬夫徐但陳等稟懇詳迅起岳站等事。」清傅澤洪《行水金鑑·淮水》：「今據詳稱：裏河同知常維禎堵閉唐埂南壩用銀四千二百餘兩。」皆其例。

【照詳】對下級詳文加以肯定性批覆。

於順治捌年柒月拾參日蒙巡撫兩院照詳。（23/12706d）

《世宗憲皇帝硃批諭旨·硃批劉世明奏摺》：「臣隨細查各案並無人命盜劫重大事件，當即照詳批司轉飭銷結訖。」《世宗憲皇帝硃批諭旨·硃批管承澤奏摺》：「臣隨轉詳撫臣，已經照詳准行。」亦其例。

【移會】送達公文。

遊擊唐國臣領兵接剿，又移會河南鎮臣高第、張應祥遣兵偵探截後訖。（6/2905d）備咨前督臣張存仁，隨移會山東撫按，並票行按察司東昌道嚴究追擬去後。（15/8345c）抄部送司核議呈堂，移會院寺覆核無異。（22/12627b-c）

《平定三逆方畧》卷五十四：「至兩路分兵恢復鎮遠、夔州事宜應移會在蜀大臣並檄知廣西大將軍賴塔等，乘此機會速定雲南。」清王士禎《居易錄》卷二十：「康熙二十八年閏三月，准翰林院移會，內稱：顏曾思孟贊詞已蒙御製發出……」《大詞典》「移會」謂「舊制官府文書的一種」，未立動詞用法「送達公文」，當補，引《清會典·禮部四·清吏司四》「凡官文書，上行下行平行各別其制」原注：「通政司大理寺行文，除各部院用咨外，餘皆用移會。」

【轉報】轉達報告。

蒙行到道，備牌仰州即將趙雲屍首割級星速具報，以憑轉報施行。（7/3675d）凡行鹽地方該管州縣悉聽統理，所屬各官如貪污溺職、縱役侵漁，應審問者先行審問，應參奏者轉報巡鹽御史參奏。（14/7597c-d）隨案行開封府理刑官吳崇熹，即將劉玉瓚、孫魁吾、張秀會官處斬梟示，仍將決過日期先行報司，以憑轉報。（23/12810a-b）

《大清會典事例・刑部》：「州縣既經揭報，而上司不行轉報者，降四級調用。」
《野叟曝言》第一百三十四回：「鐵丐即命一艇回去，轉報海面各軍。」〔註152〕
亦其例。《大詞典》首引《新華月報》1950 年第 5 期：「中共和大行政區的通令、
公告及對某一縣、市的指示均由省轉發，縣、市的報告，請示或請求亦由省轉
報。」

【飛票】迅速傳遞公文。

> 又一款開，一，勳田變價，本縣實止田捌百餘畝，本官飛票四出，得
> 此脫彼，遷延壹載，勒詐殷實約銀柒千餘兩。（18/100133d）

《湖廣通志・清王士俊〈請上江下江各州縣南漕抵兌疏〉》：「軍需所關在上不得
不飛票催提，立刻完解，官吏一時手足莫措，未免百計哀求，冀緩旦夕，然其
所費又過半矣，其苦三也。」亦其例。

【完報】繳納（賦稅）呈報。

> 奉聖旨「這本說的是。著嚴責該總督並巡按御史將應徵、應解、應賠
> 各項錢糧作速完報，毋復通同朦混，戶部知道。」（17/9243d-9244a）

據《大詞典》，「完」有「繳納（賦稅）」義，如清方文《喜雨》詩：「私廩尚不
實，公稅何以完？」「完報」亦見於《廣東巡按張問政題本》：「隨該按察使嚴正
矩查看得：原署普甯縣典史林向榮，奉旨查緝另結，本司督行，亦既惟勤惟謹，
期以早為完報，免干稽緩之懲。」〔註153〕《世宗憲皇帝上諭內閣》卷一百四十
四：「（雍正十二年六月）十七日戶部議覆：甘省紳衿未完錢糧，應將順慶府知
府潘祥等斥革，仍照數催徵完報。」

【存案】在政府或有關機構登記備案或存留備查。

> 然向蒙皇恩，止令查明存案。（8/4395b-c）取具不致虛冒結狀存案。等
> 情，到司。（8/4540b）餘下米石盡發毛萬珍藏貯地名地名橫巖崗，變
> 價入己。取獲催派米穀硃票貳紙存案。（22/12318d）

《世宗憲皇帝硃批諭旨・硃批趙國麟奏摺》：「仍將該年各縣派解府庫數目咨部
存案。」《大清會典則例・吏部》：「亦限十日該督撫嚴催，照限令其赴任，令該

〔註152〕〔清〕夏敬渠：《野叟曝言》第 3 卷，中國戲劇出版社 2000 年版，第 816 頁。
〔註153〕《明清史料》己編第六本 544～545 頁。

管官將起程日期報部存案，如不於十日內將文憑給發者，照欽件違限例處分。」清黃六鴻《福惠全書・升遷・吊案卷》：「如不應存案文卷，悉繳貯本官備查，不必發房。」亦其例。《大詞典》首引《清會典・戶部倉場衙門・侍郎職掌》：「每年新漕進倉，倉場酌量舊存各色米多寡勻派分儲，將某倉存儲某年米色數目，造冊先期咨部存案。」

【在案】公文用語。表示某事在檔案中已有記錄，可以查考。

切職向以房膽兵居棲身無所，查有已撤未用靈臺外廠官房一處，呈乞棲身，已蒙批准受業，遵奉在案。（2/711b）先在我門首打他，看見，故此狀內寫他證見，等情，供吐在案。（20/11018a）小的在家裡，顧文祉約小的去拏的，等情，在案。（34/19372a）

《大清會典則例・禮部》：「（康熙）四十八年覆准，鳴金擊鼓、聚眾燒香、男女溷雜等弊曾經嚴禁在案。」《二十年目睹之怪現狀》第五六回：「有人告了他在案，我不傳他，親來拜他，他倒裝模做樣起來了，莫非是情虛麼！」亦其例。《大詞典》首引中國近代史資料叢刊《太平天國・天父下凡詔書》：「秀全曰：『拿獲否？』清等對曰：『早已拿獲在案。』」

【合名】共同簽名。

比朱極甫就不合借公報私，欲洩夙恨。於貳拾伍日備酒肆席，相約朱贊玉、朱七十、朱泰來等指稱宗文父子兄弟為盜，共立合名文約，協力除害。（22/12173d-12174a）

【具領】向主管或有關方面備文領取。

……斗杓一個，藤枕一個，衣服一×口，俱經沈電認明具領。（10/5668b）（楊）翱即轉諭今故千總葛爾錫，會因來省具領糧餉，藉口盤費買靴肆拾雙，每雙多開壹錢，共冒肆兩；買鞵貳百雙，每雙多開陸分，共冒拾貳兩；襪壹百柒拾雙，每雙多開肆分，共冒陸兩捌錢，給散肆司收領訖，比葛爾錫共冒銀貳拾貳兩捌錢私自入己。（23/13074b-c）

《世宗憲皇帝硃批諭旨・硃批蔡良奏摺》：「續於七月初一日有殷實商民具領借銀，當據協領申文貴等查明確實，稟請借給。」《大清會典則例・理藩院》：「今既歸入正額，仍令土默特等照每年應用之數具領關支，該監督於任滿時一並造冊報覈。」亦其例。《大詞典》首引魯迅《兩地書・致許廣平四六》：「要我開帳

簽名具領，於是就給碰了一個釘子而又大發其怒。」

【開列】逐一寫出。

> 撫標又蒙借馬十四匹，共少三十七匹之數皆（賀）國相所自備者，開
> 列毛齒呈驗請價。（8/3995c）今准該撫咨稱，審擬斬犯壹名黃國興，續
> 擬重犯龔成宇等壹拾貳起，但查各犯例應該督撫逐件開列全招，徑自
> 具題。（22/12577d-12578a）

《平定三逆方畧》卷四十三：「吏兵二部開列應補者以聞，尋吏兵二部以應補官
列名具奏。」《清會典・吏部八・考功清吏司》：「京察之制，三品京堂由部開列
事實具奏。」清薛福成《庸盦筆記・史料一・咸豐季年三奸伏誅》：「一切罪狀，
均經母后皇太后，聖母皇太后面諭，議政王軍機大臣逐條開列。」亦其例。《大
詞典》首引清孔尚任《桃花扇・迎駕》：「只空銜名，取本縉紳來，快快開列。」

【開明】開列清楚。

> 前後招情互異，且檢驗未見開明，挖目之傷事干極刑，仍應請敕。
> （33/18615d）

《世宗憲皇帝硃批諭旨・硃批王朝恩奏摺》：「即將紳衿所欠糧銀數目無論多寡，
另造一冊開明。」《平定兩金川方畧》卷六十五：「其在別省者即開明姓名、營
籍、錄敘、眾供，移咨所發省之督撫訊實，奏聞正法。」《大詞典》首引清黃六
鴻《福惠全書・蒞任・定買辦》：「即開明實價，當堂具領給發。」

【憲裁】上司裁定。

> 內查：夏時榮、葉僎昌貳犯贓私事犯赦前，應否邀恩追贓免罪，伏候
> 憲裁，等因。（20/11104d）不引正律，致煩部議查，係前任高梓援引，
> 應否寬宥，伏惟憲裁，非卑府所敢擅便也。（35/20021c）

敬詞，多用於上行文的結語。亦見於清于成龍《于清端政書・上張撫臺籌報各
屬情形稟》：「（于）成龍為地方起見，非敢乘機怠緩軍務也，統惟憲裁。」清陸
隴其《三魚堂外集・復議捐納保舉》：「先試之畿輔次，推之天下，興唐虞三代
之治，此其首務也，伏候憲裁。」清俞森《荒政叢書附錄上・詳請賑濟流民》：
「除應行事宜尚在細酌再報外，合先備敘，未敢擅便，伏候憲裁。」《大詞典》
首引清黃六鴻《福惠全書・蒞任・詳文贅說》：「夫詳文者詳言其事而申之上臺
者也，貴在原委清楚，詞意明切，而陳以可否之義，仰候憲裁！」

【憲奪】上司裁定

至於承問不引正律，致蒙部議查，係前縣令高梓已經別案革職，應否宥免，惟候憲奪。（35/20021d）查署事與放餉時日懸殊，扣剋無憑指實，刑訊各犯始終不承，似難深求，應從原擬，伏候憲奪。議得高彌高等所犯，高彌高合依「監臨官於所部內買物不即支價者，坐贓論一兩以上，律笞三十。」（36/20364d）

《吏部殘題本》：「以上文武各官功罪，逐一據實分別備敘，並開簡明文冊呈報，伏候憲奪。」〔註154〕《浙江巡撫陳應泰揭帖》：「至鼎疏防之罪，推敲已盡，坐以邊遣，情孚罪協，委無可加，仍如原擬，伏候憲奪。」〔註155〕亦其例。

【批示】上級對下級的公文用書面表示意見。

斷令原發銅價退給貴雲，行文本廳，牒請本府，轉詳院道批示，將原買銅斤行本廳變價拾兩。（6/2924c）通詳院司批示繳遵即通詳去後，蒙按察司批：獲盜必先究贓。（15/8588a）但其驚疑不定，未敢遠解軍前，隨安置各營，聽候批示。（20/11086a）

《世宗憲皇帝硃批諭旨·硃批王柔奏摺》：「奏爲備陳苗疆情形，仰懇皇上迅賜批示以便清理事。」清黃六鴻《福惠全書·蒞任·看須知》：「某詞訟，或欽件，或憲件，爲某事，於某年月日，奉某衙門批審，曾否詳覆批示。」亦其例。《大詞典》首引清昭槤《嘯亭雜錄·聽報》：「每有軍報，上無不立時批示。」

【批閱】閱後加的評語或批示；閱讀並加以批改或批示。

本年二月二十四日三更時分，職在衙署批閱詳文。（8/4261b）

明徐宏祖《徐霞客遊記·西南遊日記十五》：「下午文各就，余閱其作頗清亮，二把事復以主命求細爲批閱。」《平定兩金川方畧》卷八：「奏報一至，無分早晚，靡不詳悉批閱，再三訓諭。」亦其例。《大詞典》首引清平步青《霞外攟屑·論文下·文章圈點》：「《結鄰集》陳石莊與張天生云：古人之批閱，皆能與其書並傳。宋之謝疊山、樓迂齋，近時之唐荊川、茅鹿門，皆以著書之精神，而爲批閱。其批閱，亦即其著書之一種也。」

〔註154〕《明清史料》己編第三本 201～210 頁。

〔註155〕《明清史料》丁編第二本 176～177 頁。

【詳示】指示；批示。

其割下首級責交地方看守，聽候詳示懸掛。（7/3675d）

明張國維《吳中水利全書・蔡乾計處導河夫銀呈》：「要見已完者見貯、支解，那移未完者侵欠、停徵，務救下流，仰惟詳示。」清黃宗羲《明儒學案・甘泉學案》：「嘉之所見或亦偏墮而不知，伏惟詳示。」亦其例。

【嚴檄】嚴令。

該職看得監獄重囚，防守最宜加愗，職屢經嚴檄申警，乃印捕等官玩愒踈虞，致逃盜犯二十八名，節次緝獲二十七名。（8/4261d）今該巡按王御史查催未完號件，嚴檄該司牌行彰德府，轉行磁州知州胡懋敬逐細確訊。（15/8330d）

明范景文《文忠集・撫賊未可輕信叛形業已漸彰疏》：「並咨江楚鳳、應皖操各撫，嚴檄所屬鎮道府縣緊要處所防備去後。」清宋犖《西陂類稿・特糾貪恣監司疏》：「臣屢次面加詰責，復又嚴檄申飭，令其自勵廉隅。」亦其例。

【票差】行票文派遣。

順治四年十月十三日值蒙督學察院蘇御史經臨本縣，票差周貴呼喚金元前赴交界處所承值執事。（9/4823d）一，本官票差趙少吾、孟姜吾在於所轄馬土官、晉土官處各要馬參匹，值價銀壹百貳拾兩，其價分文不償，差役並本人證。（14/7709c-d）又票差今不在官承差路希聖往完縣買豆伍拾石，被路希聖發價每斗短價錢捌拾文。（25/13814a）

《江南總督馬國柱揭帖》：「蒙票差至該場，查得本月初六日早晨，天色霧露，被海賊登岸。」〔註156〕《八旗通志・楊廷璋傳》：「遇催徵錢糧公事票差黎頭，飭令交出，禁差役入黎滋擾。」《安平縣雜記》：「如本年之租至次年六月十五日以前近奏銷之時，所有未完各戶，縣中應即票差催完。」〔註157〕亦其例。

【托勸】解勸。

順治陸年陸月拾伍日，闔社人等叫樂人並王玉陸賽祭關王神會，李布

〔註156〕《明清史料》己編第二本172～173頁。

〔註157〕盧建幸編：《中國地方志集成・臺灣府縣志輯》5，上海書店出版社1999年版，第172頁。

携酒奠神畢，與玉陸酌酒共飲，九維與九訒心懷不忿，彼此嚷打一場，小的同曹自成托解散訖。（22/12210b-c）

【接談】交談。

看得李九維與李布同飲廟中，憤布與娼婦王玉陸接談對酌，頓起兇心，既鬭於廟又毆於家，肆日身死，絞抵非枉。（22/12209d-12210a）

《明史‧王文列傳》：「（王）文為人深刻有城府，面目嚴冷，與陳鑑同官，一揖外未嘗接談。諸御史畏之若神，廷臣無敢干以私者。」《醒世姻緣傳》第八十回：「與接談敘話，成了相知，於是要舉薦了他同狄希陳去。」

【表話】表白，聲明。

十四日鄭文明取酒往成功家同飲，表話並無姦情之事。（18/10219d）

【說信】傳遞消息。

狀招：（王）明於順治肆年間前來河南彰德府磁州地方下窯與人掏炭傭工，偶遇同縣不在官鄰人李槐說信叫明回家收田。（15/8527b）

《刑部殘題本》：「又據陳暹等後告狀稱：一款，雖稱周全斌密差陳駿前去河南通報陳駿回來說信。等語。」〔註158〕《醒世姻緣傳》第七十五回：「狄周謝了那說信的鄰翁，復上了頭口，竟往翰林院門口奔來。」〔註159〕《姑妄言》第十一卷：「忽然一日，家人傳進來說，二舅老爺奉差往雲南去，如今從水路回來，已到上新河，差人來說信。」〔註160〕

【贅議】多餘地議論。

胡秀奉已經杖釋，無容贅議，供擬（王）世福鬭毆殺人，絞罪。（23/12706b-c）

《湖廣巡撫張長庚為驛站夫馬錢糧小建不扣遇閏不增事揭帖》：「該本道查看得，各屬馬匹條議冊，每年每馬工料減至貳拾三兩柒錢零，不分正閏大建小建，已經前詳明，悉無容贅議矣。」〔註160〕《湖廣巡按張朝瑞為鄖襄水師營

〔註158〕 《明清史料》己編第七本 606～611 頁。

〔註159〕 〔清〕西周生撰：《醒世姻緣傳》，上海古籍出版社 1981 年版，第 1064 頁。

〔註160〕 〔清〕曹去晶著：《姑妄言》，中國文聯出版公司 1999 年版，第 567 頁。

〔註160〕 中國第一歷史檔案館編：《清代檔案史料叢編》第 7 輯，中華書局 1981 年版，

宜酌增兵將事揭帖》：「至敕印操賞，原有舊例，無容贅議，擬合移覆等情過道。」〔註162〕

3.7　經濟行為

本節討論的範圍主要是買賣活動以及相關的經濟活動詞語，主要涉及買賣完稅、日常行為等。

3.7.1 買賣完稅

【買備】 購買。

即會總督臣祖澤遠動支庫銀，發德安府買備糧草給各官兵住歇、喂馬去後。（18/100111c）及伍月初壹日進寶慶，先聲所至賊塘退回，惟城內俱屬蒿草，房屋絕少，柴荣諸物買備無出，兵丁各下帳房露處。（20/11082c-d）每年索幫里下豆陸拾石，草壹萬貳千斤給與馬戶買備支銷，里甲賠累不堪。里民李義等證。（21/11833d）

《世宗憲皇帝硃批諭旨・硃批田文鏡奏摺》：「值今二麥豐收，秋成可望，（草）每觔一釐儘可買備。」《銀瓶梅》第三回：「但彼（老人）有寶物在身，待有親誼人來承認，方免被旁人奪盜他財寶，且買備衣棺，連同財寶二物同葬，得汝九泉心息。」〔註163〕亦其例。

【平買】 以公平的價格購買。

本月初九日，奉部牌差滿洲夏禮到縣支應廂白旗下糧料，因倉儲不敷發價，差役馬進忠往大口屯同斗戶蕭金奎、白奉坤等市價平買去後。（4/1855b-c）於拾年拾月內原發價向獵戶買了幾張狐皮，每張價銀陸錢，照民價平買，原不相虧。（22/12541d-12542a）據在官楊崗供：小的是禮房，蕭知縣到任，宅內有買辦簿子，俱發價平買，並無虧剋行戶。（24/13315c）

第 140 頁。

〔註162〕中國第一歷史檔案館：《清代檔案史料叢編》第 6 輯，中華書局 1980 年版，第282 頁。

〔註163〕〔清〕不題撰人著：《銀瓶梅》，華夏出版社 1995 年版，第 9 頁。

《南贛巡撫佟國器殘揭帖》：「該道公審，如係契價平買者不許訐告攘奪，如並無中契用強佔奪者，即行追還原主。」〔註164〕《世宗憲皇帝硃批諭旨‧硃批陳時夏奏摺》：「臣謹遵聖諭，飭令收買人員公平估色，較準部秤平買，毋許剋估短價。」清墨憨齋新《醒名花》第十二回：「（眾賊人）見是滿載糧米，便問：『你們哪裡客商？不要害怕，這貨不必載往別處，可送到我寨裏，待我報與大王，將銀子平買你的便了。』」〔註165〕亦其例。

【公買】公平購買。

> 前後止兩月有餘，所用米麵等項俱是見發紋銀公買，原無取行戶郝守貞酒麵價銀二十餘兩經年不與，將貞責三十板送監，叩首銀十兩等情。
> （7/3812a-b）

《世宗憲皇帝硃批諭旨‧硃批許容奏摺》：「一切心紅、紙張、筆墨並家伙鋪墊等項俱用現價公買。」《負曝閒談》第二十二回：「龍門道：「哥哥你不知道，你兄弟在福建做了幾年生意，公買公賣，從不欺人，別人也不來欺我。」〔註166〕亦其例。

【開銷】花費，支付。

> 該本道石參議覆看得：蘇紹軾寒氈之身而同市儈之行，如修葺學宮開銷之日虛冒公費伍拾兩零捌錢參分，將誰欺乎？（15/8355b）比有在官書識張子英自應明白開銷，亦不合附從混支，致（孫）確並剋入己訖。（28/15843d）先該臣部以（祁）登第任內擅徵私派銀捌千餘兩，未奉上司批允，且將餘銀壹千壹百陸拾伍兩官吏侵冒開銷。（29/16381c）

《儒林外史》第四十回：「蕭采承辦青楓城城工一案，該撫題銷本內：磚、灰、工匠共開銷銀一萬九千三百六十兩一錢二分一釐五毫。」《大清律例‧戶律》：「至驛遞所需草豆，令有驛各官平價採買，亦不得派發里遞，苦累小民，應需運價准令開銷。」亦其例。《大詞典》首引清李漁《凰求鳳‧墮計》：「明知事無反覆，故意禱告神明，只說賠錢了，願開銷一副三牲。

〔註164〕《明清史料》己編第四本 339～343 頁。

〔註165〕參見侯忠義等主編：《中國古代珍稀本小說》6，春風文藝出版社 1994 年版，第 111 頁。

〔註166〕〔清〕蘧園著，《負曝閒談》，上海古籍出版社 1985 年版，第 114 頁。

【開兌】支付。

借口原米開兌務須如期，無使官旗逍遙。（4/1735a）

明周起元《周忠愍奏疏·題爲水災半載不消小民艱食堪憫乞照勘報特普弘仁事疏》：「以守凍之船議折，而以明年秋冬開兌爲限，漕規可復，凍開米亦抵灣也。」《聖祖仁皇帝聖訓》卷四十：「及今漕米尙未開兌，截現收之糧以濟待哺之眾，實於民生大有裨益。」皆其例。「開」有「支付」義，如《紅樓夢》第一百一十二回：「外頭拉的賬不開發，使得嗎？」巴金《兄與弟》：「明天吃茶，我開茶錢。」「開銷」連用亦可資佐證。《大詞典》「開兌」謂「開始支付」，以「開始」訓「開」，有望文生義之嫌。

【開價】買者或賣者報出（貨物的）價格。

在官黃鄉約供：家中原有虎皮一張，被蒲輝買去，只與了小的銀二兩五錢，不知他向官開了多少價。（36/20363a）

《廣西通志·清高熊徵〈廣西行鹽議〉》：「縣官既畏考成之獲罪，又與商多有交，於是任商開價，按丁發鹽，追呼遍及雞豚，敲扑盡於閭里，民不聊生，甚於青苗之害矣。」此爲買主開的價格；《皇朝文獻通考·市糴考一》：「假有狡猾之人以開價少者爲錯誤，多者爲實數，該部又何以辨其虛實邪？」前文稱「則從前所報之價顯係浮開。」據此，該句「開價」是買主向工部報的價格。檔案中的「開價」亦爲買主（蒲輝）報出的貨物價格。統而言之，「開價」當爲「買賣者報出的價格」，《大詞典》「開價」謂「（售貨者）提出（貨物的）價格。」不盡妥當。引阿英《城隍廟的書市》：「不過這種人家，無論西書抑是中籍，開價總是很高。」

【行鹽】運銷食鹽。

舊制山西太原汾州、遼州、沁州等處，食本地煎鹽每引折刷小票，每張行鹽壹百斤，以小販擔負，不能多也，此又照引折票也。（2/855d）
至順治元年新制未定，鄧興未曾行引，至貳年方做生意，行引伍百貳拾伍道，參年，行鹽伍百柒拾捌道。（7/3823d）凡行鹽地方該管州縣悉聽統理，所屬各官如貪污溺職、縱役侵漁，應審問者先行審問，應參奏者轉報巡鹽御史參奏。（14/7597c-d）

《世宗憲皇帝硃批諭旨·硃批田文鏡奏摺》：「今張體仁身爲監司，伊父即在治

下行鹽，雖無招搖之處，而嫌疑所在未免，有礙於官聲也。」《大清會典則例·戶部·鹽法上》：「以乾隆十八年奏銷冊計之，共行正鹽九十六萬六千四十六引，每引行鹽三百斤。」亦其例。《大詞典》首引清顧炎武《日知錄·行鹽》：「余少居崑山、常熟之間，爲兩浙行鹽地，而民間多販淮鹽。」

【行引】使用鹽引運銷食鹽。

> 至順治元年新制未定，鄧興未曾行引，至貳年方做生意，行引伍百貳拾伍道，參年，行鹽伍百柒拾捌道。（7/3823d）

《皇朝經世文續編·戶政二十二》：「統昔之官鹽、私鹽皆輸國課，較之行引課數，必當大有增加。」《清會典事例·戶部》：「又覆准：崇明縣地居海外，向不行引，亦無包課。今以十三丁派一引，按引包課。」亦其例。

【開當】以經營當鋪為業。

> 又郭宇華係福建人，久在全椒開當，因與江寧府生員李培我、全椒吳生員同飲醉後相爭，欲要稟官，國璧使黨戚至伸指宇華富藏流來（？），詐銀三十兩。（9/4934a）

《世宗憲皇帝硃批諭旨·硃批積善奏摺》：「又聞案犯係開當富家，費去夤緣銀兩甚多，紛紛傳說。」《二刻醒世恒言》第十七回：「（淳于智）呆想半日：記起這條街叫做黑心街，街西有條弄，弄內有個當鋪，乃是他一個至親，姓詹名知炎，最是有錢的，在此開當。」〔註167〕亦其例。

【上稅】繳納稅款。

> 其王尙仁買賊馬壹匹，驢壹頭，李二買賊驢肆頭，牛參隻，俱宰賣訖，其價未全給與，又不上稅。（20/11316a-b）王自友爲賊奴僕，屢審未同行劫，呂化滋、許爾述與未獲賊李五、醜鬼等同樓吃飯，且化滋賣馬與爾述未曾上稅。（23/12808a）

《世宗憲皇帝硃批諭旨·硃批勵宗萬奏摺》：「臣奉命巡察山西至太原縣地方，訪得知縣龔新於本年二月間有陽曲縣民續其先在太原縣買有白布二疋半，例不上稅。」《大清會典則例·戶部》：「前撫臣改爲計石上稅，而將銅補商補歸入石

〔註167〕〔清〕心遠主人著：《二刻醒世恒言》，載李克等編：《明清言情世情小說合集》第 4 卷，中國文聯出版公司 1998 年版，第 116 頁。

頭徵解，是名革而實存也。」亦其例。《大詞典》首引老舍《四世同堂》三八：「他須開著鋪子，似乎專為上稅與定閱官辦的報紙。」

【傾錠】把散銀或銅等熔鑄成錠。

> 石明月不合指稱行頭田得林尚有掛欠，及零星交納色數不足，添湊傾
> 錠交兌需用，侵隱入己。（37/20910a-b）

《皇朝文獻通考・錢幣考一》：「其將銀鑿孔傾入銅鉛，及將銅鉛傾錠外包以銀使用者，仍照杖徒。」亦其例。

【逋逋】拖欠不交。

> 黃岡縣白雲寨寨主易道三負固稱兵，號召王光淑等肆拾捌寨聯絡英山
> 土寇，阻逋糧餉，抗違剃令，叛形顯著。（3/1487b）

「逋」有「拖欠」義。《廣韻・模韻》：「逋，懸也。」《洪武正韻・模韻》：「逋，欠也。」如《漢書・昭帝紀》：「三年以前逋更賦未入者，皆勿收。」

【逋價】拖欠錢款。

> 因欺取楊應選布疋貨物，逋價不給，而應選久待向討，即酒言以相激，
> 未為過也。（20/11168a）

亦見於清梁廷枏《夷氛聞記》卷五：「乃在省夷商，自聞議和，即縱兵役，或在街市攫物逋價，或引娼婦逐隊鞭人。」

【壓欠】拖欠。

> 但據疏稱，舊餉既多壓欠，新餉又復愆期，甘鎮餉銀自有額數，匱缺
> 如此，飢軍何堪？（16/8737c）

《吏部殘題本》：「而撫臣以為舟山糧餉，自受事以來，俱係預給，並無壓欠。」〔註168〕《聖祖仁皇帝聖訓・蠲賑一》：「向因新舊兼徵錢糧不完，以致兵餉亦多壓欠。」清劉可書《范忠貞集・請察土地以除積弊疏》：「故各丁承領實種田畝所收籽粒不足納糧，以致節年逃亡，屯糧壓欠。」亦其例。

【添湊】補充。

> 石明月不合指稱行頭田得林尚有掛欠，及零星交納色數不足，添湊傾

〔註168〕《明清史料》己編第三本251～252頁。

錠交兌需用，侵隱入己。（37/20910a-b）

《平定準噶爾方略》續編卷三十一：「此內八旗滿洲爲八佐領，六旗蒙古添湊兵二百名爲兩佐領。」《世宗憲皇帝硃批諭旨·硃批石雲倬奏摺》：「至於修葺衙署及鋪墊供應名色，止許量行添湊，不准於公費項內任意開銷。」皆其例。

【垃丈】丈量。

狀招：維善居官貪縱，不遵法紀，順治十二年二月內，本縣奉文垃丈地畝，因造各社冊籍，紙張無湊，曾借支本府庫銀一百二十兩買紙使用，訖。（35/20003c）楊知縣因奉上司批委，在岳陽縣踏丈故宗王田。（32/18265c）

【丈勘】丈量。

明末知縣陸一鵬稔悉其弊，先經丈勘共清出田蕩壹千參拾伍頃有奇。（7/3867b）

亦見於《清史稿·貽穀列傳》：「清查舊墾，招闢生荒，派員丈勘繪圖，酌留蒙員隨缺地畝及公共牧廠，其餘乃悉開放之。」亦作「踏丈」，如明章潢《圖書編·議墾田畝》：「邇者令丈地乃魚鱗踏丈，首以清額報者，山東也。」

3.7.2 日常行爲

【度活】過活；過日子。

後（胡）應科日漸消乏，食用不敷，逢鎮遇集，乞化度活。（6/3263c）又在官熊老患癱病，難以度活，將妻蔣氏賣與養鱗馬夫劉禿子爲妻，得銀捌兩。（34/19347a）

《包龍圖判百家公案·陰溝賊》：「家中以織席爲生，妻勤紡績，僅可度活。」《世宗憲皇帝硃批諭旨·硃批鄂彌達奏摺》：「查各犯生長海濱，駕船度活，熟識水性，海中俱能潛行數十里。」亦其例。《大詞典》首引《二刻拍案驚奇》卷十九：「（寄兒）生來愚蠢，不識一字，也沒本事做別件生理，只好出力做工度活。」

【做活】從事體力勞動。

有已死魏氏、姑夫劉汝青、姑娘魏氏，同子韓才妻陳氏一處做活，說

道傭工人王大保做人勤緊，極好。（11/5743c-d）

亦見於石玉昆《七俠五義》第五回：「吳良聽說，吃驚不小，回道：『小人以木匠做活爲生，是極安分的，如何敢殺人呢？望乞老爺詳察。』」《兒女英雄傳》第十七回：「卻說他站在那棺材的後頭，看了兩個長工做活，越是褚一官這裏合人說話，他那裏越吵吵得緊。」﹝註169﹞亦作「做工」，如明王恕《玉端毅奏議・大理寺・申明律例奏狀》：「伏覩景泰三年五月初二日詔書內一欵：官吏軍民人等爲事問發運米做工等項，悉行放免。欽此。」「招稱：原係赤貧，專一遊蕩，見朝內興工，是五因無營計，於捌月內失記的日投入做工度日。」（2/621d）

【做戲】演戲。

順治拾壹年柒月內，武昌縣城內百姓接去做戲還願，唱了貳拾日。有一晚馮知縣巡夜，說夜深不該做戲，拏戲子去打。（27/15264d）

《鼓掌絕塵》第三十九回：「盡說道：『老積年做戲的，未必如他！』」﹝註170﹞清李光地《榕村語錄・治道二》：「即如做戲，然竟把國子輩演成一箇樣範。」亦其例。《大詞典》首引《儒林外史》第二五回：「鮑文卿也就收拾，帶著鮑廷璽，領了班子，到天長杜府去做戲。」

【看唱】觀劇，聽戲。同「看戲」。

順治拾年正月拾壹日晚本村唱戲，（劉）黑子、劉墓並劉振生同在看唱。（22/12181c）文進與周兒同行，說去西南貳里看唱。（25/14137d）

《歧路燈》第八十五回：「巫氏道：『他小舅背的看唱去。回來時，叫他同興官跟你回去。』」《鍾馗斬鬼傳》第十回：「乜斜鬼道：『楞睜大王使小人打探鍾馗，小人昨日在這邊看唱，就忘了。』」亦其例。

【看理】管理；打理。

據看理霸州兵備道事霸州知州張民望呈前事，內開，卑職奉委道篆，惟弭盜防奸，恪遵功令及前道申嚴。（4/2005b）

﹝註169﹞文康：《兒女英雄傳》，人民文學出版社 1983 年版，第 282 頁。

﹝註170﹞〔明〕金木散人著；蕭凝山點校：《鼓掌絕塵》，華藝出版社 1993 年版，第 339 頁。

亦見於《乾隆南巡記》第三十三回：「惟廟堂很小，並無司祝看理，乃得村人朝夕香燭供奉。」〔註171〕《包公案·聿姓走東邊》：「潘僕去後，（張）遲與弟商議道：『臨安縣潘故人出來相請，我已許約而去，家下要人看理，汝當代我前往周家說知，就同嫂嫂回來。』」〔註172〕《大詞典》釋「看理」爲「探聽」，未發明此義。

【持拿】拿。

> 張子良嗔踏伊地，將張家盛辱罵，又拿木掀趕打不已，張家盛一時憤激，持拿便宜鐵鑊照張子良頂心偏左、偏右等處狠打。（20/11431a-b）

「持」有「拿」義，如《禮記·射義》：「持弓矢審固，然後可以言中。」

【搭看】往下看。

> 比有在官地方李清聽說，隨向鄰人借麻繩壹根，鐵鈀鉤壹把，赴井搭看。（36/20535d-20536a）

「搭」有「往下按壓」義，如《清平山堂話本·快嘴李翠蓮記》：「張狼因父母作主，只得含淚寫了休書，兩邊搭了手印。」引申爲往下。故「搭看」爲「往下看」。

【中氣】為氣所傷，精神抑鬱。

> （馮）應榮因而含羞中氣，於初玖日不知何時用索在樓房下牛棬內自縊身死。（13/7124b）

明李中梓《醫宗必讀·生薑》：「凡中風、中暑、中氣、中毒、中惡、霍亂一切卒暴之症，用薑汁和童便服之，薑汁能開痰，童便能降火也。」〔註173〕清劉獻廷《廣陽雜記》卷第二：「萬氏依其說苦責其夫。時三鄉屢以兵北報，而內又掣之肘。兼陡發瘡恚，閱三日中氣而死，人幸禍根絕矣。」〔註174〕亦其例。

〔註171〕〔清〕（撰者不詳），《乾隆南巡記》，北京燕山出版社1997年版，第270頁。

〔註172〕天津古籍出版社編：《包公案·於公案》上，天津古籍出版社2006年版，第742頁。

〔註173〕〔明〕李中梓原著；唐俊琪等解析：《醫宗必讀校注》，三秦出版社2005年版，第134頁。其中注云：「中氣，病證〔症〕名，類中風類型之一。」似可備一說。

〔註174〕〔清〕劉獻廷撰；汪北平，夏志和點校：《廣陽雜記》，中華書局1957年版，

【吆叫】大聲叫喊。

> 宋計方欲行吆叫，李氏將口掩住，段廷起將李氏束腰帶解下，將宋計方脖項絞住，不多一時宋計方氣絕身死。（22/12449a-b）有李明鳳聞知李明科在縣與石天富相打，前來迎看，隔溝大聲吆叫走到一處。（32/18266a）

明孫傳庭《白谷集‧報兵部擒獲逃丁正法揭》：「當即查出家丁尚自友在村聞知東來兵馬吆叫人馬起身，自友即出，沿街催督步兵並蔣宏明奪騎騾頭同行。」《粉妝樓全傳》第五十回：「才要動身，忽聽得一聲吆叫，進來四名外委、一員中軍，手拿令箭一枝，大喝道：『奉鎮海將軍之令，著參將李全速到轅門回話！』」〔註175〕亦其例。亦作「嗷叫（喊叫）」，如《舊五代史》卷一百十：「十二月二十日將登澶州，軍情忽變，旌旗倒指，喊叫連天。」「復差官執令高聲嗷叫：『有投戈順降者，即免殺戮。』」（3/1488d）「周七在外，陶奇同宋氏進入堂後，至格板內，陶奇陡起淫心逼姦，宋氏喊叫不允。」（11/5790b）

【得沾】受傳染。

> 羅丑於順治拾年閏陸月初陸日在監染病身故，又張二於順治拾壹年參月初陸日在監得沾傷寒病故，俱經呈報取結相埋訖，等因。（20/11415c-d）

【療看】看病治療。

> 因張元跌昏，張鳳鳴請奇畧療看，奇畧方到門首，張元已死，只聽喧嚷啼哭，奇畧即回，原未灸病，亦不知艾疤情由。（18/10262a）

亦作「療視」，如《東觀漢記‧馮勤傳》：「因病喘逆，上使太醫療視，賞賜錢帛。」

【縫整】縫補。

> （李）逢春聽記在心，後王大保拿了一件衣服與妻縫整，是日想起前言，疑大保與妻有私，因無實跡，並未出口。（11/5743d）

《大字典》「整」謂「修理。」如整修；整舊如新。

【補洗】一種修改文字內容的方法。洗去原來的文字補寫新的文字。

> 是（盧）華於順治陸年肆月內乘在官黃眾舉報戶丁催糧，就不合枉法

第 103 頁。

〔註175〕〔清〕無名氏撰：《粉妝樓全傳》，華夏出版社 1995 年版，第 155 頁。

　　徑將官牌上戶丁貳字補洗，改填不在官「用涵」名字，遂騙用涵銀肆
　　拾兩入手。（13/7155c-d）

《清代六部成語詞典》「刮補」謂「清代文書書寫制度。清制，文書在謄寫過程
中，如有謄錯之字，准將錯字用刀挖去，貼紙另寫，是爲刮補。不得將錯字塗
抹另寫，否則即爲違制，酌情處分。」〔註176〕可參。

　　【套寫】模彷他人筆跡書寫。

　　　　奸宄之徒套寫字樣，小則冒發錢穀，大則竊弄兵權，爲誤非小。
　　　　（18/9983d）

清錢彩《說岳全傳》第六十回：「（秦檜）就同進書房中去，喚過慣寫字的門客
來，將岳飛的筆跡，照樣套寫，更改了數句。」清石昆《小五義》第四十八回：
「公孫先生專會套寫人家筆跡，就將詩句抄將下來交與盧爺。」亦其例。

　　【修工】興修工程。

　　　　順治柒年拾壹月貳拾日，本州委（楊）志和管押夫役赴河修工，志和
　　　　又不合指稱使費，在本州拾里每里派錢陸千，共派收錢陸拾千，志和
　　　　入己。（18/10054b）

《世宗憲皇帝硃批諭旨·硃批張楷奏摺》：「又臣前奏海塘修工玩誤人員一摺，
奉到皇上硃批諭旨：此內多有狥情開除者。欽此。」《巡臺退思錄·詳覆奉批籌
議臺北觀音山基隆仙洞等擇修營房並鎮海後營調回臺南遣用由》：「仙洞營房修
工，可從緩議矣。」〔註177〕亦其例。

　　【捉補】修補。

　　　　其收藏冰塊，雇募夫役，修艌龍鳳等舟船，修理鰲山四柱牌坊等燈，
　　　　培養花卉，買辦瓜鮮，造辦花爆盒子，清理宮內溝渠，捉補滲漏等項
　　　　應用工料，及搬臺器物腳價，咸皆難緩之需。（1/249a-b）

「捉補」即例句前文的「修艌」。亦見於明戚繼光《紀效新書卷十八·治水兵篇·
平居號令禁約》「如此輪拿，一年不獲，全甲兵夫俱革其一年工食，通扣在船修

〔註176〕李鵬年等編著，《清代六部成語詞典》，天津人民出版社 1990 年版，第 84 頁。
〔註177〕〔清〕劉璈著：《巡臺退思錄》，參見《臺灣文獻史料叢刊》第九輯，臺灣大通
　　　　書局 1987 年版，第 130 頁。

艙船隻。」清錢謙益《山東青登萊海防譚公墓誌銘》:「福藩之國,詔需馬快船五百艘,船尚艤通灣,待其歸,修艙復往。」

【幫脩】增補修理。

　　查董口迤北一帶河岸雖遇今歲洪水泛漲,衝開決口甚多,值今水勢稍涸,其決口大者必候河水消涸方可幫脩。(7/3465b-c)

「幫」同「幫」,有「增補、增加」義,宋戴侗《六書故》卷三一:「幫,裨帖也。」《聖祖仁皇帝聖訓‧治河一》:「朕著張鵬翮會同阿山將泗州、盱眙泛溢之水作何設法築隄幫修。」清靳輔《文襄奏疏‧敬陳經理第二疏》:「該臣看得高家堰等一帶臨湖堤岸無論石埽、板工莫不殘缺單薄,幫修之舉萬不容緩。」亦其例。

【支搭】搭建。

　　即各兵又為寶慶當搶攘之餘,城內城外無民無房並蔬菜,買賣俱無,兵丁支搭帳房,上蒸下濕,水土不服,疾病日多。(20/11087b-c)

《爾雅‧釋言》:「支,載也。」引申為「建造。」《蘭州紀畧》卷四:「臣和珅即於是日至蘭州北門外用船渡過黃河,登白塔山察看,賊人盤踞華林,山梁雖有支搭帳房,俱係虛設。」《宦海升沉錄》第十三回:「但各處天階,俱用鐵枝支搭,以外就有門戶,俱已緊閉,反覺無從下手。」〔註178〕亦其例。

【收打】收割。

　　照依原價賣與(楊)志和收割為業,約立回贖時仍種田禾交與孫克思收割。至順治玖年玖月初玖日,孫克思仍用原價將地贖回,地內所種田禾志和又不合違約不令孫克思收割,自行收打食用訖。(18/10054a)

例句「收割」與「收打」對文,可證「收打」即「收割」。《岐路燈》第九十三回:「三十兩銀子淨了,這贖的地收打的糧食,便接續上了。」〔註179〕亦其例。今西南官話、湘南土語等稱「收割(水稻)」為「打禾」,亦可資佐證「打」有收割義,因此「收打」為通語與方言的合璧詞。

〔註178〕周心慧主編:《中華善本珍藏文庫》第 1 輯,中國致公出版社 2001 年版,第514 頁。

〔註179〕〔清〕李綠園著:《岐路燈》,大眾文藝出版社 2002 年版,第 853 頁。

【望親】探望親屬或親戚。〔註180〕

（焦三傑）於順治柒年貳月內給假回籍望親。（12/6731b-c）

《紅樓夢》第四回：「薛蟠素聞得都中乃第一繁華之地，正思一遊，便趁此機會，一為送妹待選，二為望親，三因親自入部銷算舊帳，再計新支，——其實則為遊覽上國風光之意。」〔註181〕《夢中緣》第十三回：「此時（吳）瑞生望親之心急如星火，十日的路恨不的要並成一日走，連宵帶夜，兼程而進。」〔註182〕清周永銓《義卒行》：「苦哉遠徵人，陟山望親還望兄，嗟嗟行役萬古情。」〔註183〕亦其例。

【探家】猶探親。

有汾州府李參將家人趙衍徹、梁成因往河南衛輝府輝縣探家，由上店鎮山上路過。（20/11441d）

清李百川《綠野仙蹤》第二十九回：「過了幾天，林桂芳到任，諸事俱畢，林岱、（朱）文煒陳說要回虞城縣探家。」〔註184〕《雍正劍俠圖》第十五回：「因為柳未成、吳得玉在雲南八卦山後山當小頭目，每年探家一次，可今年沒來。」〔註185〕亦其例。《大詞典》首引《人民日報》1959年1月4日：「戰士當兵幾年能探家，部隊是有明文規定的，不能想叫回來就回來。」

【討妻】娶妻。

又云營斡官頭仍許將田稞捌拾石及討妻與洪榮甫，又許到本月貳拾邊把銀過年，等情。（21/11982b）

亦見於《後水滸傳》第十五回：「（殷尚赤）今年二十一歲，父母早亡，並沒討

〔註180〕 該詞《紅樓夢語言詞典》已收錄，參見周定一主編：《紅樓夢語言詞典》，商務印書館1995年版，第887頁。

〔註181〕 曹雪芹、高顎著：《紅樓夢》，人民文學出版社1964年版，第48頁。

〔註182〕 〔清〕李修行編次；付德林，李晶點校：《夢中緣》，北京師範大學出版社1993年版，第115頁。

〔註183〕 〔清〕沈德潛編：《五朝詩別裁　清詩別裁集》下，嶽麓書社1998年版，第957～958頁。

〔註184〕 〔清〕李百川著；侯忠義整理：《綠野仙蹤》，北京大學出版社1986年版，第220頁。

〔註185〕 常傑森著：《雍正劍俠圖》上，華齡出版社2002年版，第170頁。

妻。」〔註186〕諺語「種瓜先挑秧，討妻先挑娘。」〔註187〕今湘南土語稱「娶妻」為「討親」。

【醮化】設壇祈禱以消災。

　　即日同到敖家，約有初更時分，醮化祈禳。（23/13192d）

「醮」指道士設壇祈禱。《紅樓夢》第二九回：「原來馮紫英家聽見賈府在廟裏打醮，連忙預備豬羊香燭茶食之類的東西送禮。」故「醮化」即設壇祈禱以消災，與「祈禳」同義。

【穿眼】穿耳洞。

　　不意督捕、通判、差役押發起行，為滿洲營盤阻，因本婦兩耳已照滿洲式穿眼，認為滿洲走失人口。（6/3008d）

亦作「穿孔」，如清袁枚《續子不語》卷四：「三次輪回為宮詹公，生而美貌，耳有穿孔，故乳名『姐哥』。」清鵬雲、曾逢辰《新竹縣志初稿·風俗》：「兩耳穿孔，實以竹圈；圈漸舒，則耳漸大；垂至肩，乃實以木板、嵌以螺錢。」

【逞酒】猶縱酒。

　　看得蔡宗盛與張子旺同井汲水，因井塌毀，公議攢銀修砌，宗盛恃強不出，嗔子旺面斥，宗盛逞酒持棍，將子旺頂心一擊，當地身死。（36/20155a-b）緣合貲修井，獨宗盛鄙吝不出，嗔子旺當席面斥，遂而抱憤歸家，逞酒執棍復至街頭詬詬。（36/20156a）

《隨園食單》第一節：「萬不得已，先於正席嘗菜之味，後於撤席逞酒之能，庶乎其兩可也。」〔註188〕《續紅樓夢新編》第三十七回：「周鳴歧倒也罷了，鄭子富又添了幾句話道：『他不請卻無要緊，只他背地說周老哥逞酒誤公，叫上人攛出，不給事管，叫人甚瞧不起。』」〔註189〕《大詞典》首引徐志摩《夏日田

〔註186〕〔清〕青蓮室主人著；呂安校點：《後水滸傳》，黑龍江人民出版社 1997 年版，第 125 頁。

〔註187〕中國民間文學集成全國編輯委員會，中國民間文學集成浙江卷編輯委員會編：《中國諺語集成》浙江卷，中國 ISBN 中心 1995 年版，第 349 頁。

〔註188〕〔清〕袁枚著；初志英編譯：《隨園食單》，雲南人民出版社 2004 年版，第 24 頁。

〔註189〕〔清〕海圃主人撰；於世明點校：《續紅樓夢新編》，北京大學出版社 1990 年

間即景》詩:「不再整天無聊,不再逞酒使氣,回家來有說有笑,疼他女兒——愛他妻。」

【喫煙(吃烟)】 即抽煙、吸煙。

(許)元等託言討火喫煙,乘機蜂擁褚永華等船上,劫得被囊壹箇並馬草價、盤費銀共壹百參拾兩柒錢,盡被元等各分得。(20/11204b-c)又於拾伍年肆月拾貳日,復同前賊柒人在三河縣城南,白日裝滿洲大人,借吃烟進入孫相公院內,劫銀參百兩,分訖。(34/19164c)順治拾肆年玖月初參日,進城行至溫峪聞喜縣地方獅子鋪吃煙,有不在官防守兵丁將進城拿獲。(37/20749a-b)

《平定臺灣紀畧》卷六十一:「其傳授暗號只是喫茶、喫烟俱用三指。」《國朝宮史·訓諭二》:「今隆冬有風之際,各宮燈火著用心謹慎,不許任意喫烟,著不時嚴察。」亦其例。

【吃會】 指教徒聚集在一起會齋。

□⋯⋯□貳人招撫,省令再不許耍弄妖術,聚眾吃會去後。(2/791a)

又作「大會齋」,同則檔案稱「王參將將經翻看,原是刊印的經,又見張思赤窮,吩咐:『汝既不是妖道,放爾回去,今後只准汝持齋,不准汝大會齋。』」(2/793d)《佛光大辭典》「大齋會」謂「指廣設齋食以供養僧眾及諸佛、菩薩、人、天、神、鬼等之大法會。又作無遮會、大會齋、大施會。上至佛、菩薩,下至地獄、餓鬼、畜生等,乃至於人中,不分賢愚、凡聖、上下、道俗等,皆須以財、法二施,平等供養。」〔註190〕後來,義域擴大,不再限於僧眾,普通人群聚集在一起會餐,都以「吃會」稱之,如民國間河北《高陽縣志》載,清明為「祭祀節」,各家土墳祭祖。有族會者,殺豬宰羊會食一日,俗謂之「吃會」〔註191〕。五常府商民抵抗稅局勒索子母稅及自治車捐,聚眾吃會、罷集,持續二十天之久,經先後電稟省公署准予緩徵。〔註192〕現代漢語裏,把借會議之名行公款吃

版,第378頁。

〔註190〕 慈怡主編:《佛光大辭典》第1冊,佛光文化事業有限公司1988年版,第892頁。

〔註191〕 參見華國梁等主編:《中國飲食文化》,東北財經大學出版社 1992 年版,第148頁。

〔註192〕 參閱黑龍江省檔案館編:《黑龍江歷史大事記(1900~1911)》,黑龍江人民出

喝之實的現象稱爲「吃會」，「會」一語雙關，既指「聚集」，又指「會議」。

3.8 其他行爲

【僉派】指派。

> 往時領班各官借名冒破僉派民壯，往往擾民。（3/1326c）

「僉」有指派義，如《元史·兵志一》：「雲南闊遠，多未降之地，必須用兵，已僉爨、僰人一萬爲軍。」《元典章·刑部八·弓手犯贓次丁當役》：「里正人等常以僉捕爲由，煽惑擾害百姓。」「僉派」亦見於明周起元《周忠愍奏疏·撫吳奏疏》：「舊例：僉派匠役本監牌行該廳，轉行局官查明申報，所從來久遠矣。」清于成龍《于清端政書·羅城書·條陳引鹽利弊議》：「一面行文僉派里商赴東領運，一面催開未完鹽引州縣職名。」清傅澤洪《行水金鑑·夫役》：「今若仍行派夫修理似屬累民，應將豫省河夫停其僉派。」

【輪日】逐日輪流。

> 看得鮑應龍頂補關役，輪日收銀，即爲監守之人，乃見利生心，瞽不畏死，侵拐稅銀柒百壹拾貳兩，實犯監守自盜之條。（7/3608d）

下文「鮑應龍頂補名缺，關役共額捌人，每人輪流收銀，足肆千兩報完起解，又更一役輪收，周而復始。」（7/3608a-b）可證，「輪日」逐日輪流。亦見於《大清會典事例·禮部》：「提調監試輪日稽查，俟謄錄對讀完日，方許撤封。」清佚名《思文大紀》卷八：「敕行在禮部：『天道亢陽，穀騰民疫，皆朕不德所至。除自初五日朕在宮中行禮虔禱雨澤，爾部即察潔淨處所設立壇位，六卿以序，輪日瞻拜，以祈甘霖，濟我百姓』。」《大詞典》「輪日」謂「猶時日」，未及此義。

【滋擾】製造事端進行擾亂。

> 這本說除害事情，亦有可採。里長照舊催糧，不許衙役下鄉滋擾。該部即與議覆。（1/271a）徵收錢糧令花戶自封，切催頭名色盡行禁革，以免紛差滋擾，違者拏問重治，戶部知道。（2/521a）

亦見於明張翰《松窗夢語·東倭紀》：「余覘知賊載小舟，僅百餘艘，計賊眾

版社 1984 年版，第 213 頁。

不過數百人，而所掠男女尙居十之五六，白天寵速出師剿除，毋使滋擾。」《明史・錢龍錫列傳》：「龍錫言：『實錄所需在邸報及諸司奏牘，遣使無益，徒滋擾，宜停罷。』」《大詞典》首引淸俞正燮《癸巳類稿・緬甸東北兩路地形考》：「（緬）與我師相尾，滋擾永昌、騰越之間無寧日。」

【犯露】（壞的）事情敗露。

　　各賊屢行劫奪，俱未犯露。（20/11330b）

亦作「事犯」。如「（張貴）惟恐眾賊事犯扳害，先行出首間，撞遇在官番役李進才等挐獲稟報。」（20/11330b）「一、問得壹名畢進城，係平陽府解州夏縣人，充應平垣營拾壹隊兵丁。招稱：進城素不守分，專一合夥作歹爲非，向未事犯。」（37/20747b）亦作「事露」，如「顯義與劉太等見得事露，恐怕拿獲，遂與伊弟劉時忠商議，邵三得同顯義等逃至湖廣黃梅縣地名獨山鎮不在官鄉約鄧輝白家住下，安頓妻小。」（34/19522c-d）

【犯夜】違反夜禁。

　　比時王祚國搦稱犯夜誣稟，登祥即差在官皁隸馬行乾同去拘挐。
　　（12/6706d）

同則材料上文稱「在官快手王祚國因賒取紬段不遂，懷恨在心，後見楊贊宇家與父做生日飲酒，有在官娼婦秀雲在席。」（12/6706d）可知「犯夜」指「楊贊宇家與父做生日飲酒，有在官娼婦秀雲在席」一事。《大詞典》「犯夜」謂「違禁夜行」，未及此義。

【落水】比喻淪落、墮落。

　　審據劉永盛供稱：於順治拾壹年參月內有不在官高氏因左衛城破，夫
　　妻失散，被已故水戶劉永增假稱商客賺哄落水爲娼。（25/14018c-d）

《大詞典》自造書證，「如：落水爲娼。」

【咀咬】叮咬。

　　兼以時當溽暑，陰雨連綿，濕氣上蒸，蚊蟲咀咬，通宵難寐。
　　（20/11083c）

該詞僅見於現代文獻，《苦菜花》第十二章：「就爲此，那些毒蟲最愛咀咬它，

牲畜也最愛吃它、踐踏它。」〔註193〕亦其例。

【附貼】緊密相近。

> 又見先存今故錢塘縣儒學生員鍾義圖房屋一所，計四進上下共二十七間，附貼寺墙。（16/8794a）

《世宗憲皇帝硃批諭旨·硃批高其倬奏摺》：「茲據臣張適稟稱：附貼石塘之土塘工程，原定每土一方給發工價銀共九分，加夯硪緊貼石塘堅築。」該句前後文「附貼」與「緊貼」對稱，可資證明「附貼」有「緊密相近」之義。

【挨鄰】相鄰。

> 又審據楊廷供稱：我與逃人張大住的俱是官房，挨鄰居住是實。
> （23/13098a）

同則材料上文「……出來就把楊廷隔壁的壹間官房租了住兩箇月，被王海告了拿獲。」（23/13097a）可見「挨鄰」即「相鄰」之義。考「挨」有「靠近」義，如前蜀貫休《覽姚合〈極玄集〉》詩：「好鳥挨花落，清風出院遲。」該詞僅見於現代文獻。聞錄《小河小漲》：「前任會計陳華庭與他挨鄰隔壁。」〔註194〕《蠅》第十七章：「但來打牌的都是挨鄰側近的老者兒老媽子們，打五分、一角一盤的「倒倒胡」，純粹是消磨時間，有時打半天輸贏只有幾角錢，還好收人家的場租費？」〔註195〕亦其例。

【搭界】交界。

> 據祥符申稱，祥符營雖隸祥邑，相去隔離中牟、鄭州共有貳百里之遙，坐落祥符、滎陽搭界境內，等情。（19/10820b）據張雲供稱：潼川原去成都搭界，其河南半面百姓與賊甚近。（21/11921d）又丹陽縣有在官民人張華甫居近本縣搭界，玖年間開濬河塘掘出小砲壹門，未經報官。（25/14182b）

《隋史遺文》第二十八回：「尤員外說的長葉林，是尤員外從來做生意的去處，乃兩州搭界地方，又服齊州，又服兗州。」〔註196〕清郭小亭、坑餘生《續濟

〔註193〕馮德英編：《苦菜花》，解放軍文藝出版社1990年版，第340頁。

〔註194〕聞錄：《小河小漲》，《四川文學》，1963年第8期，第11頁。

〔註195〕周雲和著：《蠅》，中國文聯出版社2003年版，第216頁。

〔註196〕〔明〕袁于令編撰：冉休丹點校：《隋史遺文》，中華書局1996年版，第172頁。

公傳》第一百四十五回：「只因江南同安徽搭界的地方有個洪澤湖，這湖同淮水貫通，內中有一大黿已住在這湖裏五萬多代，奈因生數眾多，恐湖中容納不下，因此分為五支，在淮河一帶居住。」〔註197〕亦其例。《大詞典》自造例證。亦作「岐界」，如明章潢《圖書編‧鴈蕩山》：「嶺為鴈山東西二谷岐界，數僧拱伺迎導。」「隨蒙總捕曹同知查係強劫重情，係蘭湯岐界地方，即差捕役前往蘭溪縣著落捕官嚴緝間。」（32/17928b）

【卸脫】推卸（責任）。

> 如周思義等詐各行戶錢壹拾陸千，原疏昭然，豈可聽蠹役之狡口代為卸脫？（18/10057a）

《浙閩總督殘揭帖》：「其殺顏宦而奪其女媳，當日同徵之官兵甯無一在者乎？何得云移會唯稽，遂思卸脫耶？」〔註198〕《世宗憲皇帝聖訓》卷二十三：「但其中有或本係該地方官虧空，而希圖卸脫捏作民欠者；或糧戶已經交納，而姦胥蠹役侵蝕入己仍作民欠者。」《狄青演義》第五十一回：「焦廷貴聽了，即卸脫哄瞞李成之言，冒功在己之語，卻將被李成父子灌醉，拋下山澗，得樵夫相救等情一一訴說。」〔註199〕亦其例。

【閱宿】經過一晚。

> 今已獲者強賊王繼安、王天才也，閱宿而來者張建寅、馬應兌、朱五十、郭奇也，信宿而歸者，魏之榮也。（24/13332a-b）

《詩‧豳風‧九罭》：「公歸不復，于女信宿。」毛傳：「再宿曰信；宿，猶處也。」可知「信宿」為過兩晚。上舉例句「閱宿」與「信宿」對文，可以推論「閱宿」為過一晚。「閱」有「經過」義，如《大詞典》「閱日」謂「度日；過日子。」「閱月」謂「經一月。」

【闖太歲】冒犯太歲之神，指犯諱。

> 比海瀾欲闖太歲，假稱說知允諾，不意存誠原未受囑。（6/2923d）

〔註197〕〔清〕郭小亭、坑餘生撰：《續濟公傳》，浙江古籍出版社1991年版，第140～141頁。

〔註198〕《明清史料》己編第四本353～357頁。

〔註199〕〔清〕西湖居士著；石仁和校點：《狄青演義》，三秦出版社1996年版，第315頁。

「太歲」指太歲之神。古代數術家認爲太歲亦有歲神，凡太歲神所在之方位及與之相反的方位，均不可興造、移徙和嫁娶、遠行，犯者必凶。此說源於漢代，傳至後世，說愈繁而禁愈嚴。漢王充《論衡‧難歲》：「方今行道路者，暴病僕死，何以知非觸遇太歲之出也？」又作「犯太歲」，《協紀辨方書‧諸家年月日吉凶神附論》：「楊筠松曰：『太歲可坐不可向。』又曰：『吉莫吉於修太歲，凶莫凶於犯太歲。』」

【得空】有空，有閒暇。

> 據魏尊朱供稱，後被禁子崔之洪、蘭三思、丁養浩受錢伍千，參人均分，縱容尊朱參人得空用青碗揸〔渣〕並石頭將長髮截去。（7/3689d）
> 據供：我帶了馬伍匹，因馬疲了，聖上來的又遲，因這箇得空我往家裡換馬，是實。（17/9752a）

清痩嶺勞人《蜃樓志》第六回：「史氏道：『他害羞，躲在房裏。我不得空，叫丫頭陪你去罷。』」〔註200〕《野叟曝言》第一百二十八回：「兩人得空，便講究經書，上下今古，旁及九流。」〔註201〕亦其例。《大詞典》首引《醒世姻緣傳》第二二回：「他們昨日得空兒就使，怎麼怪的？」

【點監】巡查牢房。

> 肆年拾貳月貳拾玖日黃昏點監之後，不意監犯汪元功等各持棍斧磚石等物挖倒圍墻，齊擁殺出。（7/3985b-c）

《東度記》第五十六回：「（狐妖）說道：『官長差來點監，恐怕禁子賣放刑罰，便把刑法上起來。』」〔註202〕《希夷夢》第四回：「各役道：『不遲，老爺適點監回去，囚犯方才鬆刑哩！』」〔註203〕亦其例。

【工竣】完工；工程告成。

> 又檄委照磨、胡學張從鞏昌至寧禮等縣，亦同修平路道，於拾陸日辰時方報工竣。（4/2208b）

〔註200〕〔清〕痩嶺勞人著：《蜃樓志》，吉林文史出版社1999年版，第50頁。

〔註201〕〔清〕夏敬渠：《野叟曝言》第3卷，中國戲劇出版社2000年版，第778頁。

〔註202〕〔明〕清溪道人著，唐華標點，《東度記》，上海古籍出版社1996年版，第315頁。

〔註203〕〔清〕汪寄著，廖東、黎奇校點，《希夷夢》，遼瀋書社1992年版，第51頁。

《明史・湯和列傳》：「明年閩中竝海城工竣，（湯）和還報。」《平定準噶爾方略正編》卷六十：「又屯田各處現在築堡、蓋廠，派兵看守，俟工竣之日續行具奏。」是其例。《大詞典》僅收「竣工」，引清王士禛《池北偶談・談獻一・葛端肅公家訓》：「於是年期起室一進，約數年竣工。」

【刻緩】片刻拖延。

> 報查毋得刻緩。（33/18421c）內有一十二萬係援勦江南大兵應用，難以刻緩，臣日夜焦思，竭蹶措處，接濟軍需。（35/19974b）

《皇清開國方略・太宗文皇帝》：「爾若猶豫不出，則地方蹂躪，芻糧罄竭，生民濱於死亡，禍變日增，誠不容刻緩者也。」清苑劉可書編《范忠貞集・請買穀平糶疏》：「竊照嘉、湖、杭、紹四府被災雖有輕重，而小民總無儲蓄，嗷嗷待哺，拯救似難刻緩。」亦其例。「刻緩」多用於否定句中，逐漸定型爲成語「刻不容緩」。如《平定金川方略》卷二：「官兵起程一切行裝、馱載、借支以及鹽菜賞需等費均難刻緩。」同書卷七：「民間不能永遠幫貼，未免畏縮不前，而軍糧緊急，刻不容緩。」可堪比對。

【應用】使用。

> 其收藏冰塊，雇募夫役，修艌龍鳳等舟船，修理鰲山四柱牌坊等燈，培養花卉，買辦瓜鮮，造辦花爆盒子，清理宮內溝渠，捉補滲漏等項應用工料，及搬臺器物腳價，咸皆難緩之需。（1/249a-b）比有在官戶房書手王太寰即王太和，亦不合指稱丈地扯坵，出票僉報各社公直戶頭寫手籌手等役攤派丈量雜差應用，每社詐銀三錢。（35/20003a）

清錢謙益《太常寺少卿鹿公墓誌銘》：「一併催解貯庫，悉備各邊應用，不許別項那借。」清黃六鴻《福惠全書・清丈・定步弓》：「丈田以步弓爲準……照式各備數張，呈縣驗明印烙，方許應用。」是其例。

【竭智畢能】指絞盡腦汁，用盡心思。

> 往來交際，靡不竭智畢能，傾囊倒庋，以結其懽悅。（1/385d）

亦見於明孫傳庭《白谷集・報甘兵抵鳳並請責成疏》：「臣非敢擇便，非敢避難，惟有竭智畢能以求仰分聖憂於萬一而已。」又作「畢智竭慮」，宋蘇洵《嘉祐集・衡論上・御將》：「近之論者或曰，將之所以畢智竭慮犯霜露蹈白刃而不辭者，

冀賞耳。」朱軾《史傳三編・循吏傳三・董和》：「然則與人共事而匿其情，不肯畢智竭慮者，誠（董）和之罪人。」宋沈遼《雲巢編・代人獻利害書》：「上出於論思左右之臣，下逮於市井芻蕘之士，皆能畢智竭慮以申其說。」

【傾囊倒庋】指盡其所有。

　　往來交際，靡不竭智畢能，傾囊倒庋，以結其懽悅。（1/385d）

「傾囊」謂盡出所有。宋蘇轍《王氏清虛堂記》：「鍾、王、虞、褚、顏、張之逸迹，顧、陸、吳、盧、王、韓之遺墨，雜然前陳，贖之傾囊而不厭，慨乎思其人而不得。」「倒庋」指倒出板或架子的東西，亦喻爲盡出所有。該詞例不多見，清吳偉業《梅村集・蕭孟昉五十壽序》：「退而與無可大師精研性相疏通證明，刹廟之倡施，伊蒲之供養，傾囊倒庋，惟恐或後。」《梅村集・葉公傳》：「最後有葉公子者浪跡吳越間，吳越間推中人爲之主，而招集其富家傾囊倒庋、窮日並夜以爲高會。」又作「傾筐倒庋」，宋祝穆《古今事文類聚後集・人倫部・妻戒弟勿來》：「王右軍郗夫人謂二弟司空愔中郎鑒曰：『王家見二謝傾筐倒庋，見汝輩來平平耳，汝可無煩復往也。』」金元好問《中州集・李右司獻能》：「雖小書生以愛兄之道來，亦殷勤接納，傾筐倒庋無復餘地。」又作「倒庋傾囊」，明胡應麟《少室山房集・二酉山房記》：「余弗好即好之，胡暇及也，至不經見異書，倒庋傾囊必爲己物。」

【灣船】停泊。

　　初拾日午時即灣船宣洲，本日未時分即令把總李有成、陳九志領快船拾隻前往藤縣，上下撒探賊信。（18/100115c）

《世宗憲皇帝硃批諭旨・硃批田文鏡奏摺》：「凡遇西北風起之時可以灣船數十隻，亦止可暫時停泊。」清薛鳳祚《兩河清彙》卷四：「又東北七里曰斗溝口，岸高八九尺不等，水深五尺，俱宜灣船。」亦其例。

【落】坐落。

　　因王澄肆有腴田落其門首，垂涎之意久萌於心。（15/8630a-b）

同則材料的上文稱「因先存今被（王）忠壹等打死王澄肆蓄有腴田數畝坐落忠壹門首，久意垂涎，欲謀未就。」（15/8627c）可證「落」即「坐落」。

【披塌】開裂倒塌。

　　今查邊東至五眼井界兔兒窊截頭起，西至□梁山界柳溝截頭止，節年

披塌。（3/1323c）西牆石崑土墩正敵臺披塌四丈伍尺，有西空披塌大牆
玖丈，西空敵臺披塌伍丈伍尺，連女牆壹丈。（3/1324a-b）

考「披」有「開裂」義，《集韻·紙韻》：「披，裂也。」《史記·魏其武安侯列
傳》：「枝大於本，脛大於股，不折必披。」張守節正義：「披，分析也。」唐柳
宗元《籠鷹詞》：「雲披霧裂虹蜺斷，霹靂掣電捎平岡。」「披塌」亦見於《宣府
巡撫李養沖題本》：「城樓七座、裏面大牆三十六丈，俱搖披塌，公館、廟宇、
倉廠房屋搖損七八，壓死男婦七名口，倒損腹裏墩台一十九座。」〔註204〕《山
西通志·關隘三·大同府》：「原額堡規度狹小，氣概不雄，況經歲久風雨披塌。」
《寧陵縣志·清宣統三年》：「自垛牆鋪頂溜溝拆磚之後，開六七十年頹壞修補
之端，歲歲披塌，年年幫築。」〔註205〕

【攤壞】倒塌。

於順治元年遵旨移城，伍月初玖日遷至順城門外宣北坊無主攤壞空房
壹所。（20/11003c-d）

「攤」同「坍」，即倒塌，如《醒世恒言·錢秀才錯占鳳凰儔》：「天攤下來，自
有長的撐住。」該詞亦見於清王炳爕《與吳清卿論治永定河書》：「總而言之，
即使經費不充，城多塌陷。則盛漲之時，水乃入城，小戶土牆，自有攤壞，居
民必漸遷移。」〔註206〕亦作「灘塌」，如明章潢《圖書編·黃河圖敘》：「近黃
河南徙徐邳，渾濁已非清河流冷，灘塌則漫入寶應下河草灣，淤塞則直沖淮安
二城。」「狀招：本縣土城低矮，居民稀少，順治肆年間夏月霪雨，城垣灘塌甚
多。」（7/3931c）

〔註204〕轉引自河北省地方志編纂委員會編：《河北省志·地震志》，河北人民出版社
1993 年版，第 64 頁。

〔註205〕河南省寧陵縣地方志編纂委員會：《寧陵縣志》，中州古籍出版社 1989 年版，
第 440 頁。

〔註206〕參見《皇朝經世文續編》卷一百十《工政七》。

4 順治檔案的性狀類詞語

本章主要討論名物類和行爲類以外的詞語，包括色彩狀貌、性格情態和其它詞語。

4.1 色彩狀貌

【水紅】比粉紅略深而較鮮豔的顏色。

續後查獲破小稍連貳箇，內裝白花紬裙壹腰，大紅潞紬夾蘇衣壹件，藍絲紬夾襖壹件，水紅胡羅蘇衣壹件，月白秋羅裙壹腰，月白紗裙壹腰，大紅潞紬主腰壹箇，藍青梭布肆疋，銀釵壹對，重捌錢，銀螃蟹壹箇，墨壹塊，破梳匣壹箇，破梳籠壹副。（21/11616a-b）

《型世言》：「姨娘不像在船中穿個青布衫，穿的是玄色冰紗衫、白生絹襖襯，水紅胡羅裙，打扮得越嬌了。」〔註1〕《天工開物·諸色質料》：「大紅色、蓮紅、桃紅色、銀紅、水紅色……藕褐色。」〔註2〕亦其例。《大詞典》首引《紅樓夢》第四九回：「一件水紅妝緞狐肷褶子。」

【醬色】深赭色。

止追獲月白女襖壹件，醬色道袍領壹條，見經失主王常存認領訖後。（5/2781d）

〔註1〕 〔明〕陸人龍著：《型世言》，遼寧古籍出版社 1995 年版，第 254 頁。
〔註2〕 〔明〕宋應星著：《開工開物》，蘭州大學出版社 2004 年版，第 60～61 頁。

亦見於《世宗憲皇帝硃批諭旨・硃批鄂爾泰奏摺》:「欽賜臣御服:天青寧紬羔羊皮褂一件,醬色寧紬羔羊皮袍一件。」《大詞典》首引《儒林外史》第二四回:「只見外面走進一個人來,頭戴浩然巾,身穿醬色綢直裰。」

【月白】帶藍色的白色。因近似月色,故稱。

止追獲月白女襖壹件,醬色道袍領壹條,見經失主王常存認領訖後。(5/2781d)分月白紬夾襖、青夏布直裰、白單被、裙幅、包裹,賣與不在官任魁軒,得銀九錢。(9/4840a)

《醒世姻緣傳》第六七回:「那回回婆從裏頭提溜著艾前川一領紫花布表月白綾吊邊的一領羊皮襖子,丟給那覓漢。」清何剛德《春明夢錄》卷上:「宮女與人家婢女無異,一律穿紅布衫,以月白緞鑲邊,余隨扈東陵時曾親見之。」亦其例。《大詞典》首引清李斗《揚州畫舫錄・草河錄上》:「白有漂白、月白;黃有嫩黃,如桑初生。」

【高尖】在稱量時被稱量之物(米、豆等)高堆於斛面之上貌。

官以倉斗進收,民以市斗課入,入有高尖,出有浮短。(12/6552d)

《皇朝文獻通考》卷三十七:「而家人書役刁難需索,舟車守候,斗斛高尖,其弊靡所不至。」亦其例。

【淋尖】(米、豆等)高堆於斛面之上貌,為吏役盤剝手段之一。

涂英依倉官斗級不令納戶行概,踢斛淋尖、多收斛面入己者律,以監守自盜論。(7/3980c-d)比有嘉興縣糧長已故湯裕茂名下該兌六十七石三斗九升,(邵)守相糧米於本年三月十七日逞強踢斛淋尖,將米勒捎不收,以致湯裕茂情極不甘,大聲呼號。(10/5689d)一,本官自收漕糧不用糧官、倉甲,竟用家丁李麻子、楊四、來福、蕭二等二十餘人在倉收米,需索淋尖踢斛、酒食使費。(18/10255c-d)

《閱世篇・徭役》:「計諸雜費,共約每石五錢有餘,加以踢斛淋尖,幾於平米二石,始完漕串一石,而鋪倉租廒腳米,承上接下,送迎官長之費在外。」
〔註3〕《大清會典事例・戶部》:「(康熙)四年題准:各州縣徵收漕米,如有

〔註3〕 〔清〕葉夢珠撰;來新夏點校:《閱世編》,上海古籍出版社1981年版,第148頁。

淋尖踢斛、剗削斛底、改換斛面及別取樣米、並斛面餘米者，總漕各督撫嚴查題參。」亦其例。《清代六部成語詞典》「尖量」謂「即淋尖。量米之時。使米高堆於斛面之上，謂之淋尖。」〔註4〕

【飽騰】士飽馬騰。形容軍需充足，士氣高。

　　爲議增馬匹草料乾銀以資飽騰事。（8/4047a）

明孫傳庭《白谷集・疆事十可商疏》：「一日商餉夫未籌兵先籌餉士馬，所以貴飽騰也。」清《湛園集・誥封韓母何夫人祔葬墓誌銘》：「（何）夫人括家貲給飽騰，鼓敢死之氣。」亦其例。《大詞典》首引清許承欽《偏頭關》詩：「飽騰超距士，佻捷射雕兒。」

【肥潤】（土地）濕潤肥沃。

　　後因水退地閑，居民利其肥潤，私自墾種。（4/1915c）

亦見於《平定準噶爾方略前編》卷十六：「自察罕托輝至石嘴子一百里，其野廣平，土脈肥潤，籽種易生。」《世宗憲皇帝硃批諭旨・硃批石麟奏摺》：「今復得雪一尺有餘，則土脈肥潤，將見麥隴青蔥，更加茂盛矣。」《大詞典》「肥潤」謂「①肥壯潤澤，②猶油水。」與例句語義未諧。

【荒殘】荒涼殘敗。

　　村落半爲坵墟，民居盡皆瓦礫，其荒殘凋敝之狀，眞令人見之而不忍視者。（19/10745b-c）

《萬曆野獲編》卷十七：「但二城廢棄已久，今欲城河外以爲守，出孤遠之軍，涉荒殘之地，彼或佯爲遁逃，潛肆激伏，或抄掠其前，躡襲其後，進不得城，退不得歸，一敗塗地，聲威大損矣。」〔註5〕明安遇時《包龍圖判百家公案》第四卷：「比及惇娘與姑回時，廳屋被寇燒毀，荒殘不堪居住，二人就租平陽驛旁舍安下。」〔註6〕亦其例。

【狐肆鴟張】比喻壞人放縱妄為。

〔註4〕　李鵬年等編著：《清代六部成語詞典》，天津人民出版社 1990 年版，第 135 頁。

〔註5〕　〔明〕沈德符：《萬曆野獲編》，中華書局 1959 年版，第 432 頁。

〔註6〕　〔明〕安遇時編集；〔清〕高佩羅著：《包龍圖判百家公案》，崑崙出版社 2001 年版，第 91 頁。

今值天清雲淨之日，豈容狐肆鴟張之若此？（1/389d）

「狐肆」指像狐貍一樣肆無忌憚，如「吳衷一沐猴而冠者也，偏嗜龍陽而成疴，怠政已失司牧之體，乃漫無覺察，任聽積胥楊壽齡等狐肆橫行。」（22/12129c）

「鴟張」指像鴟鳥張翼一樣，如《三國志・吳志・孫堅傳》：「卓不怖罪而鴟張大語，宜以召不時至，陳軍法斬之。」該詞文獻用例稀見。

【丟盔棄甲】形容打了大敗仗時的狼狽相。

　　而丟盔棄甲滾溝落崖，間有中傷跌斃者，間被官兵活擒者，未遑勝記。
　　（5/2565d）

《粉妝樓全傳》第四十八回：「那三千人，一個個丟盔棄甲，四散逃生，哪裏還顧甚麼糧草，落荒逃走去了。」〔註7〕《三春夢》第二十八回：「眾將三軍聽見傳令棄營，各自丟盔棄甲，尋路奔逃走出。」〔註8〕是其例。亦作「丟盔卸甲」、「丟盔棄甲」。

【掩旗息鼓】卷起軍旗，停擂戰鼓。指軍隊隱蔽行動，避免暴露目標。

　　本官縱役與之相通，見今猖獗，一入湖剿賊宜掩旗息鼓、出其不意，
　　本官盛陳鼓樂，儀從艫帆相望，是名為剿賊，而實以闚賊矣。（7/3673b）

《官場現形記》第五十三回：「他（尹子崇）一想，上海也存不得身，而且出門已久，亦很動歸家之念，不得已，掩旗息鼓，徑回本籍。」《鄭氏史料初編》卷一：「隨於正月二十六日，長樂掩旗息鼓，坐船而來。」皆其例。《大詞典》首引《明史・流賊傳・張獻忠》：「獻忠因得與山民市鹽筯米酪，收潰散，掩旗息鼓，益西走白羊山。

【苦累】困苦勞累。

　　驛遞苦累，孔道尤甚，騙詐刁難弊竇多端，以後奉差員役，非有真題勘合火牌，不許應付。（2/465a）又據劉吉招稱：本府皂隸郭世禎等肆拾玖名因在監內守宿苦累日久，說要哀稟張通判復役歸班，小的係快

〔註7〕　〔清〕竹溪山人著；林蕪校點：《粉妝樓全傳》，江蘇古籍出版社 1996 年版，第 178 頁。

〔註8〕　〔清〕佚名著；廖生，金婭麗整理：《三春夢》，四川文藝出版社 1996 年版，第 270 頁。

頭，即向眾人說「若與我銀壹百兩，替你眾人暗稟明白，你好遞狀。」（12/6478d）一，現夫應役、曠夫打草三折爲一束，苦累不前，將夫馬啓元責三十板立斃杖下。（25/13952a）

《平定三逆方略》卷四：「如有苦累百姓、稽遲糧餉者，即行題參議處。」《世宗憲皇帝硃批諭旨・硃批高成齡奏摺》：「臣職司錢糧，既知丁徭苦累，敢不殫心籌畫？」亦其例。《大詞典》首引清黃六鴻《福惠全書・編審・總論》：「窮民常處其苦累，而紳衿常處其樂利。」

【硬行】強行；強制。

比名全窺見呂大姐獨居屋內，名全入室將侄女呂大姐抱摟，扯退底衣，硬行強姦跑走。（20/11427c）

《檮杌閑評》第四十二回：「又將監裏堆的舊料，道是公物，硬行變賣。」〔註9〕《熱血痕》第八回：「惡賊見小婦人不從，便把小婦人推倒在地，硬行強姦。」〔註10〕亦其例。《大詞典》首引《太平天國歌謠傳說集・王忠報仇》：「還有一樁，這個小王一見到漂亮的婦女，不管是誰，就硬行霸占。」

4.2 性格情態

【性氣】性格剛烈。

李寡回說：「自修平昔不良，我女性氣，倘有差錯，何人承當？」（15/8462a）

《世宗憲皇帝硃批諭旨・硃批石禮哈奏摺》：「毛文銓與司道言曰：『李孝居官本無不好之處，不過有些性氣，我向來認得他這件事作何審法甚覺難處。』」《二刻醒世恒言》下函第八回：「李判官性氣起來，就大怒罵道：『你這奴才，欺心是眞了，什麼妻子不妻子！』」〔註11〕亦其例。《大詞典》「性氣」謂「①性情脾氣。②志氣。」未及此義。

〔註9〕　〔清〕佚名著；劉文忠校點：《檮杌閑評》，人民文學出版社 1983 年版，第 477 頁。

〔註10〕　克敏著：《熱血痕》，吉林文史出版社 1987 年版，第 42 頁。

〔註11〕　〔清〕心遠主人著：《二刻醒世恒言》，載李克等編：《明清言情世情小說合集》第 4 卷，中國文聯出版公司 1998 年版，第 141 頁。

【介性】性格善良。

　　臣生平介性孤踪，所居門戶單薄。（20/11004d）

《爾雅‧釋詁》：「介，善也。」郭璞注引《詩》：「介人維藩。」故「介性」為「性格善良。」

【肆無忌畏】任意妄為，無所畏忌。

　　比有在官衙役周文、彭八各亦不合朋附為非，肆無忌畏。（19/10831b-c）

《歷代職官表‧鹽政表》：「私販之禁既重，民或糾徒挺械，明禁取利，盜劫縱橫，肆無忌畏。」《答李少荃宮保》：「而英領事柏威林則更明目張膽，肆無忌畏，尤令人切齒。」〔註12〕亦其例。《大詞典》收「肆無忌憚」，引宋朱熹《與王龜齡》：「遺君後親之論交作，肆行無所忌憚。」

【麻番】麻煩。

　　趙林說：「我少你壹貳兩銀子，我且沒得與你。」（黃）玉又說：「我不問你要銀子，你麻番甚麼。」玉就一手搊扶出門。（23/12727c-d）

同則材料下文云：「及（黃）玉返家，（趙）林後隨胡言，喇喇不休。」（23/12729d）黃玉針對趙林「喇喇不休」，才說他「麻番甚麼」，可見「麻番」係囉嗦之義。亦作「麻煩」，如《二十年目睹之怪現狀》第七回：「底下人道：『小的見晚上時候，恐怕老爺穿衣帽麻煩，所以沒有上來回，只說老爺在關上沒有回來。』」

【率妄】草率胡為。

　　該湖廣巡撫高士俊署按察司事糧儲道，白士麟狥庇輕議已屬失出，張仲器蓄髮一案，白士麟又將知縣張尚忠擅擬降職，更屬率妄。
　　（8/4501b-c）

亦見於明孫傳庭《白谷集‧恭聽處分兼瀝血忱疏》：「既奉命督師，臣又有面請聖明決定大計之奏，復以請見之意寓書閣部，不一而足，臣之率妄極矣。」《世宗憲皇帝硃批諭旨‧硃批葛森奏摺》：「不知汝具何心思也，可謂愚昧率妄之至。」

〔註12〕　〔清〕左宗棠著：《左文襄公書牘》卷七，清光緒 17 年刻本，第 25～26 頁。

【踈玩（疏玩）】鬆懈玩忽。

　　為路將踈玩邊防，謹據實糾參，請敕亟賜處分，以肅邊防備事。
　　（30/17137b）為縣官不加謹慎，致盜劫餉殺命，謹據報列參，仰祈嚴
　　究以警踈玩事。（36/20121b）

《剿捕臨清逆匪紀略》卷十三：「但無專司督捕之人，恐事無責成，易致踈玩。」
《石峯堡紀畧》卷十二：「並飛飭安定、會寧等州縣及將備等選派兵役於各要隘
嚴密堵截，如有踈玩縱逸者，即行嚴參治罪。」亦其例。

【假詐】虛假。

　　如遇本鎮家丁經過，該府查有票文，止許應付料草、鍋灶，在於關廂
　　駐歇，勿令入城，恐有假詐。（4/1701d）

亦見於《平定兩金川方畧》卷一百十四：「上諭軍機大臣曰：富德究出假詐細作、
賊番，訊供奏聞。」

【積奸】積久成精的。

　　李佐、彭應熙積奸過付，按律各戍，實其應得之罪。（9/4595d-4596a）
　　積奸之役累年盤踞侵欺，如膠州之甚者。（15/8295b）

「積」有「積久成精的」義。《明史‧劉綱列傳》：「臣聞五行之性，忌積喜暢。
積者，災之伏也，請冒死而言積之狀。皇長子冠婚、冊立久未舉行，是曰積典。
大小臣僚以職事請，強半不報，是曰積牘。外之司府有官無人，是曰積缺。罪
斥諸臣，概不錄敘，是曰積才。闕外有揚帆之醜，中原起揭竿之徒，是曰積寇。
守邊治河諸臣，虛詞罔上，恬不為怪，是曰積玩。」該句「積典、積牘、積缺、
積才、積寇，積玩」的「積」釋為「積久」都於義未諧，「忌積喜暢」中「積」
與「暢」相對成文，可知「積」為「不暢、不通」，即「積滯」，引申為「積久
成精的」。《世宗憲皇帝硃批諭旨‧硃批孔毓珣奏摺》：「臣查粵中之販私者，多
屬遊手無賴鬻私者，乃場竈之積奸食私者，由豪強之窩縱，非盡屬無以資生之
窮民也。」清俞森《荒政叢書‧義倉考》：「以營分例，遂使附近積奸包納其穀，
未免僞雜。」〔註13〕亦其例。

【悠忽】輕忽，忽略。

─────────────

〔註13〕 該例「積奸」轉指「積奸之役」，為名詞。

至張爾修職專捕務，禦盜乃其責也，怠惰悠忽，充軍之律不枉。（7/
3933d）未完者俱防按歸併之事，非臣之悠忽不速結也。（19/10485a）
若悠忽從事，謂賊離本境遂不關心，彼此推卸，本院定行參處，斷不
姑宥。（33/18421b-c）

清郭琇《華野疏稿・特參近臣疏》：「乃悠忽蹉跎，遞相傳換，以纂修為捷徑，
視編輯如具文，書未告成，陞遷絡繹，遲延四載始得進呈。」《世宗憲皇帝硃批
諭旨・硃批程元章奏摺》：「臣不敢悠忽從事，亦不敢孟浪輕舉，伏乞聖訓指誨，
俾臣得以祗奉辦理。」是其例。「悠忽」亦可重疊為「悠悠忽忽」，如《世宗憲
皇帝聖訓・訓臣工一》：「若悠悠忽忽安於習俗而不知奮發鼓勵，爾諸臣自待居
何等耶？」《大詞典》首引清王士禎《池北偶談・談獻三・蘇門孫先生言行》：「人
生最繫戀者過去，最冀望者未來，最悠忽者見在。」

　　【飄忽悠悠】輕忽，漫不經心。
　　　　為此仰府官吏，文到轉行所屬州縣，密加護守城池，盤詰奸宄，不得
　　　　飄忽悠悠，洩露事機。（4/1701d）

　　【慢不經心（漫不經心）】隨隨便便，不放在心上。
　　　　伊各不合與先存今被賊殺死松溪縣知縣張朝國輒將地方城守之事慢不
　　　　經心。（10/5289b）

《聖祖仁皇帝親徵平定朔漠方略》卷二十一：「本人則自加體恤，如慢不經心，
致馬匹倒斃，則留於伊處何益？」《平定準噶爾方略》前編卷四十二：「乃先事
不能豫籌，臨事隨人指使，怠忽玩誤，慢不經心，所宜據實糾劾奏入。」亦其
例。《大詞典》收「漫不經心」，引明任三宅《覆耆民汪源論設塘長書》：「連年
修西北二塘，責重塘長而空名應役，漫不經心，以致漸成大患，愈難捍禦。」

　　【罄楮難書】極言事實之多，難以盡載。常指罪惡。
　　　　到縣竟行採打，呼吸喪命，伊甥左良弼證。伊惡滔天，罄楮難書。
　　　（2/483d）

「楮」可代稱紙，《新唐書・儒學傳中・王元感》：「（元感）年雖老，讀書不廢
夜。所撰《書糾謬》、《春秋振滯》、《禮繩愆》等凡數十百篇，長安時上之，丐
官筆楮寫藏祕書。」《洪武正韻・上聲》：「楮，木名，皮可為紙。〈毛穎傳〉『會

稽楮先生』是也。」該詞文獻用例稀見，當爲「罄竹難書」的彷詞。

【天清雲淨】比喻國家太平無事。

今値天清雲淨之日，豈容狐肆鴟張之若此？（1/389d）

「天清雲淨」，本指天空明淨。宋王質《紹陶錄・雪錢子》：「雪錢子雪錢子，非雪非錢但相似，天清雲淨雪驚飛。」宋符載《襄陽張端公西園記》：「每天清雲淨、雨霽風息，山僧羽客泊簦纓好事者亟來從之。」本處喻指國家太平無事。

【分晰】猶分別。

該臣等除見今到部本章逐一分晰具奏外，仍應請敕，直省各該撫按今後不得以十起彙疏具題，每一案作一疏具題。（35/19673c）該臣等除見今到部本章，逐一分晰具奏外，仍請敕直省各該撫按今後不得以拾起彙疏具題，每壹案壹疏具題。（36/20169b-c）

《聖祖仁皇帝親徵平定朔漠方略》卷二十六：「應行文于成龍，將運到拖陵者幾何，不到者幾何，分晰查明，開造清冊，星速具奏。」《世宗憲皇帝硃批諭旨・硃批趙弘恩奏摺》：「臣於四川布政使任內經手一切正雜錢糧交存數目俱分晰造冊，移交接署布政司呂耀曾，並報明督撫訖。」亦其例。《大詞典》首引中國近代史資料叢刊《辛亥革命・關於南北議和的清方檔案》：「其重大理由有六，皆得完全解決，請分晰陳之。」

【明析（明晰）】清楚，不模糊。

但張少宇等科斂與（劉）振分肥，是振知而使之耶？抑覺後索之耶？招中尚未明析。（14/7553a-b）

《世宗憲皇帝硃批諭旨・硃批高其倬奏摺》：「覽所奏軍糈馬匹各情節甚屬周詳明析，知道了。」《世宗憲皇帝硃批諭旨・硃批岳濬奏摺》：「俟查訪明析，應作何題參，完結之處另摺請旨。」亦其例。《大詞典》收「明晰」，引《明史・選舉志一》：「取書旨明晰而已，不尚華采也。」

【蹇病】困苦疾病。

乃云：「琇卑褻微賤，不敢冒瀆，今蹇病日久，衣食弗充，故來討取。」（20/11004a）

《易・蹇》：「象曰：蹇，難也，險在前也。」

【稔悉】猶熟悉。

> 明末知縣陸一鵬稔悉其弊，先經丈勘共清出田蕩壹千參拾伍頃有奇。
> （7/3867b）

《皇清開國方略‧太宗文皇帝》：「我國敬天愛人，久為遠近稔悉，爾國土地人民歸我之後悉已奠定安集。」《平定兩金川方畧》卷四十九：「至丹壩地方為曾頭溝一路通金川要隘，從前曾派兵七百名在彼堵禦，應否再添兵力之處，董天弼稔悉。」亦其例。《大詞典》首引清王韜《淞濱瑣話‧白瓊仙》：「卿家我所稔悉，當送卿歸。」

【信緊】局勢緊張。

> 比元勳聞知信緊，思己一介書生，勢難抵對，就不合攜帶印信、衣囊追趕公營，北下路經長沙府所屬瀏陽縣連界地方，投宿不在官民許楚家。（18/10061c-d）

亦見於《山西通志‧清曹席珍〈題壁詞‧序〉》：「今督部電檄星催，蓋知其西南信緊，且彝陵濱江故也。」亦作「風緊」，如《撚軍史料叢刊‧軍情‧同治七年五月初十》：「凡遇有官兵接仗，相持之間，即往報信，謂之風緊。」

4.3　其它詞語

【勾】比匹小的計量單位。

> 維皋歷官伍載穿用梭布俱向本城鋪戶紅票取用，節年陸續向在官鋪戶張伏取用布捌疋零壹勾，每疋市賣治錢壹千貳百文，維皋又不合止給錢柒百文，每疋短錢伍百文，共短布錢壹百伍拾文，共短錢壹千捌百文，以上共短價錢柒千玖百柒拾文。（17/9570a-b）

古代四丈一匹，合八庹，「勾」應該小於「庹」，當為肘部彎曲時從手到肘的長度。

【庹】量詞。成人兩臂左右平伸的長度，一庹約合五尺。

> 安肅縣所屬十間莊近堤今年修過長壹百伍拾庹，底寬貳庹半，頂寬壹庹半，未曾下樁草，此修過堤不如舊堤。（25/14026a-b）

《字彙補‧广部》：「兩腕引長謂之庹。」《大詞典》首引楊朔《金字塔夜月》：

「塔身全是一廞多長的大石頭疊起來的。」

【阿墩】牛羊的集體單位，相當於「群」。

照得臣部在盛京地方所養牛羊阿墩，順治捌年每壹阿墩牛壹百陸拾壹隻，羊柒百參拾捌隻，各已分給在案。（21/11973b）

【刀】量詞，紙張的計量單位，通常以一百張為一刀。

近奉新例不許科罰，比修甲自捌月起拾貳月止，審理詞訟約有百拾起，每起原被罰紙貳刀，每刀折價銀肆錢伍分，共銀玖拾兩。（7/3734c-d）

《新民公案·劫盜·問石拿取劫賊》：「郭爺曰：『無事入公門，各罰綿紙一刀，將簿下去，俱填了名姓、地方。』」〔註14〕《野叟曝言》第二十回：「又李一面安慰道：『這是必效的！』，一面取一床單被摺作四摺，將粗紙一刀，替素娥墊好。」〔註15〕亦其例。《大詞典》首引清姚衡《寒秀草堂筆記》卷三：「英國造的金邊白紙二百刀。」

【柢緣】因為、由於。

柢緣師承恩侵用稅銀，於陸月初貳日拘執拷追，波及其□□□。（3/1340b）

《說文》：「柢，木根也。從木，氐聲。」桂馥義證引戴侗曰：「凡木命根為氐，旁根為根，通曰本。」因此喻指本源。《廣韻·薺韻》：「柢，本也。」「柢緣」合用，語法化為連詞，亦見於明陳耀文《天中記·醜丈夫》：「柢緣心混混，所以面團團。」明黃淮《省愆集·見飛絮》：「莫怪年來鬢易霜，柢緣愁裏度春光。」

【飛空】即憑空。

韓氏有夫族先擬杖已發落遠枝孫李發禎，假捏苦死人命虛詞，李養賢亦將飛空網嚇等情俱告。（35/19549c-d）

【預期】預先。

狀招：（高明）未到任之先不合預期行票傳本衛二十百戶在官軍伴朱天明、胡宗文向在官金栢枝……科雷強共二十名安置家活。（9/4625d-4626a）

〔註14〕 〔明〕佚名編撰；馬玉梅校點：《新民公案》，群眾出版社 1999 年版，第 70 頁。

〔註15〕 〔清〕夏敬渠：《野叟曝言》第 3 卷，中國戲劇出版社 2000 年版，第 124 頁。

《平定三逆方畧》卷一：「先是，上諭戶部：三藩既撤，其官兵家口安插地方並所需房屋田土等項，俱應預期料理。」《石峯堡紀畧》卷九：「現在軍營需用火藥陝局存貯不敷應用，並囑預期籌備以待飛調。」《大詞典》首引明沈德符《萬曆野獲編・科場二・有司分考》：「事不出於預期，人自難於早見，即欲作弊，安所措手哉？」

【以先】以前。

> 又據李欽准供：「當日原查李欽，小的是李欽准，以先沒見，小的那裡知道？」（35/19631a）

《大詞典》首引魯迅《彷徨・幸福的家庭》：「以先他早已想過，須得撈幾文稿費維持生活了；投稿的地方，先定爲《幸福月報》社，因爲潤筆似乎比較的豐。」

5 單一結構的語義構成

　　本章及下一章將在前文詞語釋義的基礎上，對上列的十七世紀前中期的漢語新詞從語法語義的角度加以分析。討論的範圍限於形式和意義都新的詞，新義詞不在討論之列。〔註1〕旨在揭示該時期漢語新詞衍生的內在特點和數量構成，在窮盡性統計的基礎上總結十七世紀前中期漢語新詞的能產模式。複合詞的語義關係是十分複雜的，詞語所顯現出來的形式往往與詞義之間存在缺位，人們在理解時會常常不自覺地「完形」，才能得以保證交際的順暢。正如呂叔湘在《語文常談》中所言：「語言的表達意義，一部分是顯示，一部分是暗示，有點兒像打仗，佔據一點，控制一片。」〔註2〕

　　呂叔湘在《中國文法要略》揭示了「高山、深水、甘草」等組合式複詞（即今天的偏正結構）與「山高、水深、草甘」具有轉換關係，這說明比照句法關係研究複合詞的結構，在上世紀四十年代已被關注。〔註3〕趙元任在《國語入門》裏明確提出用「成素跟成素之間的造句關係」來給複合詞分類，為構詞法研究開創了嶄新的局面，一直影響至今。袁毓林在研究「的」字結構修飾名詞構成的偏正結構時，也揭示了這種詞法與句法的轉換關係，並指出了「謂詞隱含

〔註1〕　因為新義詞的形式是舊有的，它的語義從原義中引申出來，所以分析出來的語義關係實際是屬於舊詞的。

〔註2〕　呂叔湘著：《語文常談》，三聯書店 1980 年版，第 64 頁。

〔註3〕　呂叔湘著：《中國文法要略》，1942 年版，第 114～123 頁。

（implying predicate）」現象。即「的」字結構中的名詞跟中心語名詞之間有某種述謂關係，該謂詞隱含在詞語中隱含。〔註4〕朱彥把這種謂詞隱含現象推廣到複合詞的研究中，認爲複合詞詞素間也具有一種述謂關係，絕大多數詞語的語義結構也能作述謂關係的描寫，只是有的結構的謂詞是隱含的。〔註5〕對此，邵敬敏在爲《漢語複合詞語義構詞法研究》做的序言中給予了高度評價：「從語義的深層出發，在認知的背景上挖掘複合詞詞素間語義關係曲折複雜的根源，力圖描寫和解釋複合詞構成的一系列語義組合過程，找到其間的語義規律，也即是說，從語義結構的角度來重新審視構詞法問題。」〔註6〕杜曉莉在此基礎上以《摩訶僧祇律》的雙音複合結構作爲考察對象進行了語義複合關係研究，講究了語料來源的統一，以保證結論的可靠性。把並列結構單列出來，以示與偏正、主謂、動賓、動補、量補等複合結構的區別，認爲並列式結構內部的語義關係不能通過句子的形式表現出來，不能納入述謂結構中。因爲並列結構是由單一性質語素構成的，語素之間的語義關係是並列加合的，而且其構成語素在調換順序時一般不會導致結構關係和複合意義的變化。

俞理明師進一步指出，構詞成分的隱含，並不限於謂詞的隱含，在詞語的複合關係中，體詞也同樣可以隱含不現。比如「主席」表示的是施事「主持筵席的人」，即「（人）＋主持＋筵席」，體詞「人」隱含，顯現的是動作「主」和受事「席」，表示具有一定場面的過程性事件。「知己」表示的是施事「瞭解自己的人」，即「（人）＋瞭解＋自己」，體詞「人」隱含，顯現的是行爲「知（瞭解）」和受事「己」，而「己」是與施事相對的另一個人。以詞語表層成分的可分析性以及詞語內含意義的表露程度高低爲標準，我們把整個新詞劃分爲單一結構和複合結構兩大類。單一結構指由單一形式對應一個意義，不能通過表層形式的分析來分析它的意義。語素的意義和形式，就是詞的意義和形式。單一結構的意義隱含程度高，內部的複合意義沒有在形式上表現出來。因此單一結構的特點在於在詞的內部，形式和意義各自以一個單獨的整體互相對應。單一

〔註4〕　袁毓林：《謂詞隱含及其句法後果——「的」字結構的稱代規則和「的」的語法、語義功能》，《中國語文》1995 年 4 期，第 241 頁。

〔註5〕　朱彥：《漢語復合詞語義構詞法研究》，北京大學出版社 2004 年版。

〔註6〕　參見朱彥：《漢語復合詞語義構詞法研究》，北京大學出版社 2004 年版，第 6 頁。

結構包括單純詞、並列式複合詞和部分附加式詞。〔註7〕

5.1 單純詞

單純詞是只有一個語素的詞，詞的意義與語素的意義一致。檔案新詞中所見的單純詞主要有單音詞和音譯詞兩類。主要集中在名物類，行爲類、性狀類新詞無單純詞用例。

5.1.1 單音詞

單音詞是只有一個音節的詞。檔案新詞僅見一個，【鞘】古時貯銀以便轉運的空心木筒，代指餉銀。

5.1.2 音譯詞

音譯詞由於是用漢字記音，因此這類詞語常常對應多種文字記錄形式。

【苦獨力】滿語 kutule 的音譯，跟隨的奴才，牽馬的小廝。亦譯作「庫圖勒、庫特勒。」

【包衣】滿語 booi 的音譯，「包衣阿哈」的簡稱。亦簡稱「阿哈」。「包衣」即「家的」；「阿哈」即「奴隸」。《金史語解》卷九：「阿哈，奴才也。卷五作阿海，卷五十九作阿合，併改。」可見「阿哈」亦譯作「阿海、阿合。」

【牛彔】滿語 niru 的音譯。〔註8〕清八旗組織的最早基層單位，起源於滿族早期集體狩獵組織，設統領官一人，稱「牛錄額眞（nirui ejen）」。

〔註7〕 俞理明，杜曉莉：《論詞語的語義結構》，《漢語史學報》第八輯，上海教育出版社 2009 年版，第 43～53 頁。

〔註8〕 「牛录」還有意譯形式「佐領」，如「巡按陝西監察御史臣盧傳謹題，爲循例舉劾佐領官員事。」（10/5155a）「牛录」在滿語中的原義爲「大披箭」。參見孫文良主編：《滿族大辭典》，遼寧大學出版社 1990 年版，第 89 頁。「牛录」女眞語音譯爲「你魯」。《御製清文鑒》：「niru, kacilan ci amba ningge be niru sembi, gurgu gabtara de baitalambi」（牛錄，比把箭大者叫牛錄，射獸時用）。參見《御製清文鑒》卷四，第 21 頁；金啓孮：《女眞文辭典》，文物出版社 1984 年版，第 145 頁。

還有「擺牙喇、章京」等，共計 5 個。

5.2　並列式複合詞

　　符淮青從合成詞詞義和構成它的語素義的關係著眼，把現代漢語的詞彙歸納為六種類型。第一種類型為詞義是語素義按照構詞方式所確定的關係組合起來的意義，例如「塵垢（灰塵和污垢）、真誠（真實誠懇）、吹捧（吹噓捧場）」等；第二種類型是詞義同組成它的兩個語素相同、相近，這些都是並列結構的合成詞，例如「朋友（彼此有交情的人。朋，朋友；友，朋友）、畏懼（害怕。畏，畏懼；懼，害怕）、昂貴（價格高。昂，高漲；貴，貴重）」等。〔註9〕從語義構成上看，第一種類型的並列式複合詞，其合成意義是構詞語素意義的加合，即 AB＝A＋B，我們把它稱為加合型並列式；第二種類型的並列式複合詞，其合成意義並不是構詞語素意義的簡單相加，其構詞語素間的關係或聯立或並立或不等，我們把它稱為疊架型並列式。

5.2.1 名物類並列式

　　從語義構成來看，名物類並列式可以分為加合型和疊架型兩種情況討論。

5.2.1.1　加合型並列式

　　加合型並列式複合詞由兩個語法屬性相同、語義類別一致的語素構成，詞語意義為構詞語素的意義相加。

　　【疤痣】疤痕斑點。語義關係為「疤＋痣」。

　　發生轉指的有：

　　【操守】一種低級武職吏役名。語義關係為「操守＝操練＋守衛」，轉指承擔這一職責的官吏。

　　【奸婪】指邪惡貪賄的官吏。語義關係為「奸婪＝奸詐＋貪婪」，轉指具

〔註9〕　符淮青：《現代漢語詞彙》，北京大學出版社 2004 年版，第 214～215 頁。嚴格說來，「朋友」與「畏懼」仍有區別：《易·兌》：「君子以朋友講習。」孔穎達疏：「同門曰朋，同志曰友。朋友聚居，講習道義。」「朋友」後來泛指交誼深厚的人，並不限於同學和志同道合的人。其語義關係為朋友＞朋+友；而畏懼的語義關係為畏懼＝畏＝懼。

有這一特徵的官吏。

【書識】一種吏役名，類似「書辦」。語義關係為「書識＝書寫＋記錄」，
轉指從事這一工作的吏役。

【經承】清代各部院役吏的總稱。有供事、儒士、經承三類。語義關係為
「經承＝經管＋承辦」，轉指承擔這一職責的官吏。

【經紀】相當於「牙子」。居於買賣雙方之間，從中撮合，以獲取傭金的
人。語義關係為「經紀＝經營＋紀〔管理〕」，轉指從事這一工
作的人。

【龜鴇】妓院的經營者。「龜」指開設妓院的男子，如徐珂《清稗類鈔·
娼妓·天津之妓》：「北幫女閭自稱曰店，其龜、鴇曰掌櫃。」
「鴇」指開設妓院的女子，如明朱權《丹丘先生論曲》：「妓女
之老者曰鴇。鴇似鴈而大，無後趾，虎文。喜淫而無厭，諸鳥求
之即就。」語義關係為「龜鴇＝龜＋鴇」。

【旗牌】掌旗牌的官為旗牌官，簡稱旗牌。語義關係為「旗牌＝旗＋牌」，
轉指掌旗牌的官。

【刀筆】「刀筆吏」的縮略，指訟師。語義關係為「刀筆＝刀＋筆」，訟
師用筆如人用刀一般犀利，轉指具有這種特徵的人。

名物類加合型詞語共計 9 個，其中 8 個發生轉指。

5.2.1.2 疊架型並列式

新詞的衍生往往基於對舊詞的改造。正如王力所言：「所謂新創詞語，嚴格
說來，是不存在的。一切新詞都有它的歷史繼承性；所謂新詞，實際上無非是
舊詞的轉化、組合，或者向其他語言的借詞，等等。現代漢語的新詞以仿語凝
固化（組合）的一類為最多，其中每一個詞素都有它的來歷。完全用新材料構
成的新詞，不但在漢語裏是罕見的，在世界各種語言裏也是罕見的。儘管有許
多詞來歷不明，那只是我們還不知道它們的歷史罷了。」〔註 10〕順治檔案所見
的疊架構詞，是典型的舊詞組合與分化。深入考察該類新詞的衍生情況，有助
於揭示詞彙歷史繼承性的具體面貌與一般規律。

〔註10〕 王力著：《漢語史稿》，中華書局 2004 年版，第 671～672 頁。王力先生此段論
述儘管是針對現代漢語詞彙而言，同樣適用於近代漢語新詞的衍生規律。

　　在討論之前，有必要交代「疊架構詞」的具體內涵與相關研究情況。王海棻在《六朝以後漢語疊架現象舉例》一文中，詳細討論了疑問詞語、副詞（狀語）、代詞和句子格式的疊架現象，指出從六朝開始，疊架現象大量湧現。所界定的疊架內涵是：意義相同或相類的兩個詞或格式重合交疊起來使用，或構成一種不盡同於「A＋B」的新格式，或成為「A＋B」的並列聯立格式，這種在語義上猶如疊床架屋，為疊架現象，體現這種現象的語言形式，則稱疊架形式。這是漢語史研究中對疊架現象的較早關注。〔註11〕戴昭銘的《疊架形式和語言規範》討論了現代漢語中新出現的一些疊架形式（分為七種類型）的規範資格問題，對「疊架」的界定是：詞彙意義重複和語法意義重複有如疊床架屋，故稱為疊架形式。所使用的「無罪推定」原則，表達出對語言事實的充分尊重，避免「錯殺」有生命力的新形式。〔註12〕該文發表以後，呂冀平給《語言文字應用》編輯部寫了一封長信，認為語言規範化不應該僅僅是對既成的語言事實進行評說，而應有前瞻性的「未雨綢繆」。但是也基本認可了「疊架形式」能夠成立的合理因素。〔註13〕施春宏的《語義疊架原因論析》，引入層次性這一重要概念，對現代漢語的疊架形式在結構上作了進一步細緻分析：語義疊架結構一般由兩個部分組成，其中語義內涵涵蓋或基本涵蓋另一部分的成分，我們稱之為本用部分，它往往是疊架結構的基本的、核心的部分；語義內涵被另一部分涵蓋或基本涵蓋的成分，我們稱之為疊用部分，它往往是疊架結構中的附屬的、強調的部分。〔註14〕曹廣順把疊架現象的討論擴大到語法形式，引入語法化、語言接觸等機制，指出疊架形式一般會經歷在一個句子中重複使用意義相同或相近的語法手段這一中間過程，最後實現交替，稱之為「重疊與歸一」。〔註15〕江藍生從構詞層面和句法層面切入，對否定式與肯定式語義不對稱作出了解釋。針對疊架結構提出概念疊加和構式整合，是在兩個意義基本相同的概念之

〔註11〕　王海棻：《六朝以後漢語疊架現象舉例》，《中國語文》1991 年第 5 期，第 366
　　　　　～373 頁。

〔註12〕　戴昭銘：《疊架形式和語言規範》，《語言文字應用》1996 年第 2 期，第 30～36
　　　　　頁。

〔註13〕　呂冀平：《給本刊編輯部的信》，《語言文字應用》1996 年第 4 期，第 36～37 頁。

〔註14〕　施春宏：《語義疊架原因論析》，《語言教學與研究》1998 年第期，第 48～63
　　　　　頁。

〔註15〕　曹廣順：《重疊與歸一》，《漢語史學報》2004 年第四輯，第 8～15 頁。

間發生的，意義相同的兩個概念疊加後，通過刪減其中的某些成分（主要是相同成分）的方法，整合為一個新的結構式。〔註16〕

　　由此可見，我們討論的「疊架構詞」現象並非空穴來風，學界所作出的富有啟發性的探索，足以基本推論漢語詞彙中的確存在這一較為特殊的構詞現象。為了避免因術語混亂而產生的麻煩，我們把這種詞語在衍生過程中，發生語義重疊或部分重疊的現象，統稱為疊架構詞，把通過這種方式產生的詞語稱為疊架結構。〔註17〕

　　古人儘管沒有明確提出「疊架」這一概念，但對這一構詞現象已從不同側面關注了。《爾雅》是最早自覺運用同訓體例的詞典，把若干意義相同或相近的詞語類聚在一起，用一個共同意義的詞加以解釋，而且這個詞往往是最常用最易理解的。〔註18〕如《爾雅‧釋詁》：「柯、憲、刑、范、辟、律、矩、則，法也。」這些詞儘管稱不上現代語言學意義上的同義詞，但為同義連用的合成詞提供了若干可供選擇的材料，可以說是疊架構詞的準備階段。

　　古代對疊架構詞的稱說名目繁多，散見於訓詁的語言實踐中。唐孔穎達以「重言」稱之。《左傳‧成公十三年》：「芟夷我農功，虔劉我邊陲。」杜預注：「虔劉，皆殺也。」孔穎達正義：「劉，殺，《釋詁》文，《方言》云：『虔，殺也。』重言殺者，亦圓文耳。」顧炎武也注意到了這一語言現象，故在《日知錄》中云「古經亦有重言之者。」王引之以「複語」稱之，《漢書‧賈誼傳》：「臣聞聖主言問其臣，而不自造事。」王引之云：「言，亦問也，連稱言問者，古人自有複語耳。」《經義述聞‧通說下》：「古人訓詁不避重複，往往有平列二字上下同義者，解者分為二義，反失其指。」王念孫以「連語」稱之，《讀書雜誌‧漢書》：「凡連語之字，皆上下同義，不可分訓，說者望文生義，往往穿鑿而失其本指。」王引之、王念孫已經注意到了疊架使用的兩個詞產生了整體義，這是非常敏銳的觀察。俞樾以「同義複用」稱之。《古書疑義舉例》卷四：「古人用助語詞，有兩字同義而複用者。」

〔註16〕　江藍生：《概念疊加與構式整合》，《中國語文》2008年第6期，第483～497頁。

〔註17〕　為了避免捲入對疊架構詞是複合詞還是短語的爭論，我們採用「疊架結構」這一較為籠統的說法，以方便下文的討論。

〔註18〕　趙振鐸：《訓詁學綱要》，四川出版集團，巴蜀書社2003年版，第180～183頁。

較流行的說法是「同義連用」。郭在貽總結了四類古書異例，在「複文」下有一類「同義詞複用」，「有二字複用者，亦有三字複用者。二字複用者最多，此即所謂同義複詞，是古漢語中一種普遍而特別重要的修辭現象。」〔註 19〕「古代漢語裏常常把兩個或兩個以上的同義詞連在一起使用，在閱讀時只須取其中任何一個詞語的意義即可。這種現象叫同義連用。」〔註 20〕鑒於還有一些連用的詞語其組成部分並非同義詞，比如類義連用，而且其語義關係還可細分，因此我們在本文中沒有沿用「同義連用」一說，使用「疊架構詞」這一術語以圖把其它相類的語言現象一併納入考察的範圍。

索緒爾認為，句段關係是在現場的，它以兩個或幾個在現實的系列中出現的要素為基礎。相反，聯想關係卻把不在現場的要素聯合成潛在的記憶系列。〔註 21〕據此，A、B 語素發生疊架，也應有聚合作用和組合作用。聚合作用為新詞的形成提供源源不斷的可選語素，組合作用使語素由同義連用進一步粘合成詞。凝固後的疊架式複合詞與組成成分之間勢必存在語義差別，因此分析構詞成分的意義關係顯得十分必要。正如王力所指出的「詞素的本來意義不能不管，因為分析複音詞中的詞素，不但能夠幫助我們說明這些複音詞是怎樣形成的，而且可以從後代詞義和本來意義不同的比較中看出複音詞的完整性，從而把複音詞和同義詞區別開來。」〔註 22〕

名物類疊架型並列式大致分為並立式、聯立式、不等式等三類。

5.2.1.2.1　並立式疊架結構

朱德熙指出漢語中有一種並立式複合詞。其特點有三：並立式複合詞限於兩項，不能擴展；並立式複合詞的語法功能跟它的組成部分的語法功能不一定一致；並立式複合詞的每一項的意義不是實指的，而是比況性的，整個結構的意義不是各項組成成分的意義的機械的總和。例如任勞任怨、無依無靠、東張西望，等等。〔註 23〕前文提及的「朋友」亦屬此類，其最大特點是產生了大於語素義之和的融合義。

〔註 19〕　郭在貽：《訓詁學》，中華書局 2005 年版，第 11～14 頁。

〔註 20〕　黎千駒編著：《古漢語知識二百題》，甘肅教育出版社 1991 年版，第 285 頁。

〔註 21〕　索緒爾著；高名凱譯：《普通語言學教程》，商務印書館 1980 年版，第 171 頁。

〔註 22〕　王力：《古代漢語》，中華書局 1999 年版，第 89 頁。

〔註 23〕　朱德熙：《語法講義》，商務印書館 1982 年版，第 36 頁。

我們把順治檔案新詞的該類疊架結構稱爲並立式疊架，構詞語素在語義上兩兩對舉，有共同的上位義。其語義關係爲 AB〉A＋B。疊架後的語義不是構詞語素義的相加，是新產生的整體義。如果著眼於構詞語素的性質，大致相當於類義連用。

【保甲】舊時統治人民的戶籍編制。《皇朝文獻通考・戶口考一》：「凡保甲之法，州縣城鄉十戶立一牌頭，十牌立一甲頭，十甲立一保長。」可見「牌、保、甲」爲三級戶籍單位，用「保甲」代表整個戶籍編制，語義關係爲「保甲〉保＋甲」。

【監倉】監獄。《清會典・刑部》：「死囚禁內監，軍、流以下禁外監。」可見清制監獄分內監與外監，而外監其實就是倉，《未信篇》：「罪有輕重之分，則禁有監、倉之別。」「監倉」泛指監獄，爲融合義。語義關係爲「監倉〉監＋倉」。

【快壯】從事緝捕的差役。吳書蔭注「皂快」謂「舊時州縣衙役有皂、快、壯三班：皂班掌站堂行刑；快班又分步快、馬快，原爲傳遞公文，後掌緝捕罪犯；壯班掌看管囚徒。其成員通稱差役，亦稱皂快。」[註24] 語義關係爲「快壯〉快＋壯」。

【血力】辛勤的勞動。血即鮮血，力即力氣，組合後泛指辛勤的勞動。語義關係爲「血力〉血＋力」。

該類並立式詞語合計 4 個。

5.2.1.2.2　聯立式疊架結構

聯立式與並立式大同小異，參與疊架的兩部分存在共同義素，往往對舉，這是相同的一面；疊架後語義及語法功能沒有發生變異，甚至基本保持各自的獨立性。這也許就是我們在前文提到的有的學者把「同義連用」看成是修辭現象的原因之一。檔案中的該類疊架結構一般爲雙音格，其語義關係爲 AB＝A＝B，A 與 B 地位對等。這類疊架結構可以視爲羨餘，僅僅起到湊足音節的作用。如果著眼於構詞語素的性質，大致相當於同義連用。

【本主】本人，當事人。「本」指自己或自己方面的。如金董解元《西廂

〔註24〕 參見馮夢龍編刊，吳書蔭校注：《警世通言》，北京十月文藝出版社 1994 年版，第 228 頁。

記諸宮調》卷二：「念本寺裏別無寶貝，敝院又沒糧草，將軍手下許多兵，怎地停泊？」語義關係爲「本主＝本〔自己〕＝〔主〕當事人」。

【規例】慣例。語義關係爲「規例＝常規＝慣例」。

【頷頰】腮頰。《方言》第十：「頷、頤，頷也。南楚謂之頷，秦晉謂之頷，頤其通語耳。」可知，「頷」、「頷」同義，是同一詞語的地域方言變體。語義關係爲「頷頰＝頷＝頷」。

【花爆盒子】「花爆」即花炮，《紅樓夢》第五四回：「那園子裏頭也須得看著燈燭花爆，最是擔險的。「盒子」也可指花炮，清富察敦崇《燕京歲時記‧燈節》：「花炮棚子製造各色烟火，競巧爭奇，有盒子、花盆……等名目。」疊架後語義不變，仍爲「花炮」之義。語義關係爲「花爆盒子＝花爆＝盒子」。

還有詞語「番快、價值、棚廠、憲臺、無賴棍徒、現夫應役、由票、招告、週環、莊村」等14個。

發生轉指的有：

【宵小】小人；壞人。「宵」有「小」義，《禮記‧學記》：「《宵雅》肄三，官其始也。」鄭玄注：「宵之言小也；肄，習也。」語義關係爲「宵小＝宵＝小」，轉指小人、壞人。

【梳籠】女子用以貫髮的簪子。同「梳攏」。「籠」同「攏」，亦有梳理義，如《紅樓夢》第四二回：「（寶釵道）：『過來，我替你把頭髮籠籠罷。』」語義關係爲「梳籠＝梳＝籠」，轉指用以貫髮的簪子。

5.2.1.2.3　不等式疊架結構

程湘清在研究《論衡》的聯合式複音詞的語義構成時認爲：「構成複音詞的兩個同義語素，其中一個語素的意義比較狹窄、具體，另一個語素的意義比較概括、抽象，則比較狹窄、具體的語素的意義對合成後的雙音詞的意義具有明顯的影響，從而令人感到兩個語素貢獻的意義有大小輕重的區別，即帶有不平等性，我們把這類複音詞叫做不平等聯合詞。」〔註 25〕朱慶之在論

〔註25〕 程湘清：《〈論衡〉中聯合式複音詞的語義構成》，《中國語文》1983 年第 5 期，

述中古漢語並列式雙音詞的表意特點時指出，並列式雙音詞的語義構成除平等關係外，還有不平等關係。有的前重後輕，如劫取、宮舍；有的前輕後重，如壞裂、報赦。〔註26〕檔案中的包含式、交叉式、實虛式疊架結構的語義都屬於不對等關係，我們將其統稱為不等式疊架結構。

5.2.1.2.3.1　包含式疊架結構

疊架的兩個詞語分屬上下位義，在邏輯上為包含關係。語義關係為 AB＝A，B∈A 或 A∈B。這一類型的疊架結構大致與施春宏論述的「疊架形式」相當。

【艟帆】船隻。「帆」為船的一部分，語義關係為「艟帆＝艟」。

【銃器】即銃，用火藥發射彈丸的管形火器。銃為器具的一種，語義關係為「銃器＝銃」。

【番役】從事緝捕的差役。番子為吏役的一種，語義關係為「番役＝番」。

【瓜鮮】新鮮的瓜果。「鮮」指新鮮的食物，如清俞樾《茶香室叢鈔·八鮮行》：「然地各有宜，恐八鮮亦因地而殊，未可概論也。」「瓜」為新鮮的食物之一，語義關係為「瓜鮮＝瓜」。

【壇所】停屍處。《說文》：「壇，祭場也。」「所」有「處所，地方」義，如《詩·衛風·碩鼠》：「樂土樂土，爰得我所。」「所」的義域包含「壇」。語義關係為「壇所＝壇」，語義融合時發生轉指，為「停屍處」。

還有詞語「快役、屍軀、事宜、票文、餉銀」等，共計 10 個。

5.2.1.2.3.2　交叉式疊架結構

發生疊架的兩部分的語義存在交叉關係，疊架後的語義是構詞語素之和的相互交叉重疊的意義。語義關係為 AB＝A∩B。

【砲銃】舊式小型管狀火器。「砲」為本是用來發射石彈的機械裝置，後發展成為金屬管狀火器，用火藥發射金屬彈頭。「銃」是一種用火藥發射彈丸的管形火器。《元史·達禮麻識理傳》：「糾集丁壯苗軍，火銃什伍相聯。」一般來說，「砲」的口徑比「銃」大

又載王雲路、方一新主編：《中古漢語研究》，商務印書館 2004 年版，第 74 頁。

〔註26〕　朱慶之：《佛典與中古漢語詞彙研究》，文津出版社 1992 年版，第 130～132 頁。

一些。語義關係爲「砲銃＝砲∩銃」。

5.2.1.2.3.3　實虛式疊架結構

王雲路分析了「鞭辱、笞辱、捶辱」等詞的意義構成，認爲「鞭、笞」等表示具體含義，「辱」表示抽象概括性含義，所以此類語詞結構屬於具體語素與抽象語素的並列。〔註27〕檔案中亦有此類詞語，一爲具體特徵，一爲抽象義，疊架後的語義傾向於籠統的抽象義，我們稱之爲實虛式疊架結構。可表示爲 AB＝A 或 B，A、B 語義存在具體與抽象之別。

【項級】頸部。「級」即首級，指割下來作爲戰功邀賞的敵人頭顱，泛指割下的頭顱。爲抽象義，「項」本指頸部，與頭相關，語義關係爲「項級＝項」。

5.2.2 行爲類並列式

5.2.2.1　加合型並列式

我們在前文討論名物類加合型並列式複合詞時採納的標準是構詞語素的語法屬性相同、語義類別一致，因此，對於學界認爲的連謂構詞也歸入到加合型中考察。〔註28〕

【幫脩】增補修理。「幫」有「增補」義，如宋戴侗《六書故》卷三一：「幫，裨帖也。」《醒世姻緣傳》第二三回：「他把那邊此邊又幫闊了丈許，上面蓋了五間茅屋。」語義關係爲「幫脩＝幫〔增補〕＋脩〔修理〕」。

【參處】彈劾和處分。「參」有「彈劾」義，如三國魏曹操《與和洽辯毛玠謗毀令》：「和侍中比求實之，所以不聽，欲重參之耳。」語義關係爲「參處＝參〔彈劾〕＋處〔處分〕」。

〔註27〕　王雲路：《試說「鞭恥」》，《中國語文》2005 年第 5 期，第 454～458 頁。

〔註28〕　如「聽寫、批改、洗刷、紡織、耕種」等詞仍保留兩個動素的原義，但不是表示一個動作，而是表示兩個並列的相對的動作，所以也可以看成連動式的合成詞。參見房玉清：《實用漢語語法》，北京語言學院出版社 1992 年版，第 52 頁。類似觀點還可參看彭迎喜：《幾種新擬設立的漢語復合詞結構類型》，《清華大學學報》（哲學社會科學版）1995 年第 2 期，第 35～36 頁；劉中富著：《實用漢語詞彙》，安徽教育出版社 2003 年版，第 28～29 頁。

【披塌】開裂倒塌。「披」有「開裂」義，《集韻‧紙韻》：「披，裂也。」語義關係爲「披塌＝披〔開裂〕＋倒塌」。

還有詞語「庇狥、捕截、補洗、裁缺、傳問、點解、定擬、扼剿、防汛、縫整、扶隱、搆同、詭捏、裹擄、護拒、彙報、夾問、究擬、糾除、拘叫、舉報、具報、具領、勘擬、拷追、磕嚇、攬收、朦瀆、毆嚷、批示、批閱、起解、嚷打、嚷毆、收管、收審、受准、索用、鎖押、提問究擬、提問追擬、題推、投充、投應、完報、躍拏、轄詐、詳示、狥庇、徇隱、隱狥、瞻狥、迎勤、招申、蒸刷、質審、質訊、轉報、追擬、滋擾、阻遏、鑽充」等，共計 65 個。

5.2.2.2 疊架型並列式

行爲類疊架型並列式複合詞仍可分爲三類：並立式、聯立式、不等式。

5.2.2.2.1 並立式疊架結構

【狼奔豕突】形容壞人成群亂闖。「狼奔」爲「像狼一樣奔竄」，「豕突」爲「像豬一樣亂衝」。「狼」與「豕」並立，喻指壞人；「奔」與「突」並立。語義關係爲「狼奔豕突＞狼奔＋豕突」。

【傾囊倒庋】「傾囊」謂盡出所有。宋蘇轍《王氏清虛堂記》：「鍾、王、虞、褚、顏、張之逸迹，顧、陸、吳、盧、王、韓之遺墨，雜然前陳，贖之傾囊而不厭，慨乎思其人而不得。」「倒庋」指倒出板或架子上的東西，亦喻爲盡出所有。「傾」與「倒」並立，引申爲完全拿出；「囊」與「庋」並立，都是具體的盛載錢物之具。疊架後泛指盡其所有，疊架融合後的共同義素爲〔＋拿出財物〕。語義關係爲「傾囊倒庋＞傾囊＋倒庋」。

【竭智畢能】「竭智」謂竭盡智慧。《戰國策‧趙策四》：「臣雖盡力竭智，死不復見於王矣。」「畢能」謂竭盡才能。「竭」與「畢」對舉，「智」與「能」對舉。疊架融合後形容絞盡腦汁，用盡心思。

5.2.2.2.2 聯立式疊架結構

【挨鄰】相鄰。「挨」有「靠近、緊鄰」義，如前蜀貫休《覽姚合〈極玄集〉》詩：「好鳥挨花落，清風出院遲。」語義關係爲「挨鄰＝挨＝鄰」。

【縛鎖】捆縛。「捆」爲「捆縛」，《慧琳音義》卷十八「枷鎖」注引《文字集略》云：「鎖，連鐵環以拘身也。」語義關係爲「縛鎖＝縛＝鎖」。

【扳咬】攀扯誣陷他人。「扳」有「攀扯、牽連」義，如《醒世恒言・張廷秀逃生救父》：「因有個讎家，欲要在兄身上，分付個強盜扳他，了其性命。」「咬」有「誣陷」義，如《京本通俗小說・錯斬崔寧》：「那邊王老員外與女兒並一干鄰右人等，口口聲聲咬他二人。」語義關係爲「扳咬＝扳〔攀扯〕＝咬〔誣陷〕」。

【附貼】緊密相近，本處指房屋挨著寺牆的一面沒有建牆，依賴寺牆而隔開。「附」有「靠近，貼近」義。如《孫子・行軍》：「欲戰者，無附於水而迎客。」曹操注：「附，近也。」杜佑注：「附，近也。近水待敵，不得渡也。」「貼」亦有「靠近」義，如《水滸傳》第七四回：「原來這壽張縣貼著梁山泊最近。」語義關係爲「附貼＝附＝貼」。

【扒剋】攻克。「扒」同「拔」，有「攻取」義，如《孫子・謀攻》：「故善用兵者，屈人之兵，而非戰也；拔人之城，而非攻也。」「剋」同「克」，亦有「攻取」義，如《易・既濟》：「高宗伐鬼方，三年克之。」語義關係爲「扒剋＝拔＝克」。

還有詞語「撥派、持拿、得沾、弔喚、定戳、度活、放舍、羈禁、寄膺、假捏、假指、假妝、檢驗、角毆、吆叫、接談、開兌、開列、開銷、看理、捆綁、療看、朦庇、蒙混、謀捨、砌陷、僉派、審詳、詳訊、問擬、收打、耍弄、提喚、添湊、咬扳、株扳、應用、壅埋、造捏、詐指、丈勘、爭角、支搭、支拒、准與、腠吸」等 51 個。

5.2.2.2.3　不等式疊架結構

行爲類不等式疊架結構仍可從包含式、交叉式、實虛式等三個方面討論其語義關係。

5.2.2.2.3.1　包含式疊架結構

【報供】供述。「報」泛稱報告，告知。唐杜甫《秦州雜詩》之十三：「船人近相報，但恐失桃花。」「供」指招供，特指告知犯罪情節，

故「報」的義域包含「供」，語義關係為「報供＝供」。

【表話】 表白，聲明。「話」即「說」，其義域包含「表白」，語義關係為「表話＝表〔表白〕」。

【告扳】 受審或遭詰問時牽扯誣陷他人，或指（被）陷害誣告。「扳」有「牽連、連累」義，為「控告」的方式之一，因此「告」的義域包含「扳」，語義關係為「告扳＝扳」。

【買備】 購買。「買」為「購買」，「備」有「準備」義，如《字彙·人部》：「備，預辦也。」「購買」的義域包括「預先購買」。語義關係為「買備＝買」。

【捏說】 謊稱。「捏」有「編造，捏造」義，如元汪元亨《醉太平·警世》曲之三：「安樂窩養拙，但新詞雅曲閑編捏，且粗衣淡飯權捆拽。」「說」為「言說」，其義域包含「編造，捏造」。語義關係為「捏說＝捏」。

還有詞語「勾合、架稱、咀咬、鳴報、搶犯、攤壞、誣棄」等 12 個。

5.2.2.2.3.2　交叉式疊架結構

【剋短】 剋扣短少。「剋」為「克扣」，「短」為「短少」，交叉義素為〔＋他人財物受損〕。語義關係為「剋短＝剋∩短」。

【揝吞】 剋扣侵吞。「揝」有「卡」義，如元李文蔚《燕青博魚》第二折：「怎將俺這小本經紀來揝？」「吞」即「侵吞」，交叉義素為〔＋他人財物受損〕，語義關係為「揝吞＝揝∩吞」。

【搶抄】 劫掠，搶奪。「搶」即「搶奪」如《水滸傳》第七三回：「你把劉太公的女兒搶的那裏去了？」「抄」有「掠奪；襲擊」義，如《後漢書·郭伋傳》：「時匈奴數抄郡界，邊境苦之。」「搶」與「抄」語義輕重有別，交叉義素為〔＋使用強力＋奪取財物〕，語義關係為「搶抄＝搶∩抄」。

還有詞語「扣索、侵扣、虧短、虧剋、撕打、誶詬、退革、吞騙、脫飾、玩違、延揝」等，共計 14 個。

5.2.2.2.3.3　實虛式疊架結構

【吃糧當兵】 當兵。因為當兵可以吃皇糧，故稱吃糧，突顯的是具體義；

「當兵」為抽象義。語義關係為「吃糧當兵＝當兵」。

【放搶】搶劫。「放」有「不受約束」義，如「放歹」謂「做壞事。」「放刁」謂「要無賴，用狡猾的手段使人為難。」因此「放」的語義空泛。「搶」即「搶劫」，為具體行為。語義關係為「放搶＝搶」。

【投戈順降】歸順、投誠。「投戈」指放下兵器，是放棄抵抗的具體特徵，以表示投降這一抽象概念。語義關係為「投戈順降＝順降」。

還有詞語「投兵喫糧、曉辯」等，共計 5 個。

5.2.3 性狀類並列式

5.2.3.1　加合型並列式

【肥潤】（土地）濕潤肥沃。語義關係為「肥潤＝肥＋潤」。

【蹇病】困苦疾病。「蹇」有「困厄」義，如《易・蹇》：「象曰：蹇，難也，險在前也。」語義關係為「蹇病＝蹇＋病」。

還有詞語「荒殘、隻頭、率妄、苦累」等，共計 6 個。

5.2.3.2　疊架型並列式

檔案新詞的性狀類疊架型並列式複合詞主要為並立式和聯立式，不等式未見用例。

5.2.3.2.1　並立式疊架結構

【天清雲淨】比喻國家太平無事。「天」與「雲」對舉，重疊的義素為〔＋自然現象〕，「清」與「淨」對舉，重疊的義素為〔＋純潔〕。「天清」與「雲淨」疊架後喻指國家太平無事，義域擴大。語義關係為「天清雲淨＞天清＋雲淨」。

【狐肆鴟張】比喻壞人放肆妄為。「狐肆」指像狐狸一樣肆無忌憚，如：「吳衷一沐猴而冠者也，偏嗜龍陽而成痼，怠政已失司牧之體，乃漫無覺察，任聽積胥楊壽齡等狐肆橫行。」（22/12129c）「鴟張」指像鴟鳥張翼一樣，喻指囂張，兇暴。如《三國志・吳志・孫堅傳》：「卓不怖罪而鴟張大語，宜以召不時至，陳軍法斬之。」「狐」與「鴟」對舉，義域擴大，泛指壞人；「肆」與「張」對舉，泛指放肆妄為。語義關係為「狐肆鴟張＞狐肆＋鴟張」。

【丟盔棄甲】「丟」與「棄」對舉，重疊的義素為〔＋抛棄〕，現代漢語
　　　中有「丟棄」一詞。郁達夫《沉淪》六：「他因為想復他長兄的
　　　仇，所以就把所學的醫科丟棄了，改入文科裏去。」「盔」與「甲」
　　　對舉，重疊的義素為〔＋軍事裝備〕。「丟盔」與「棄甲」同為
　　　動詞性短語，疊架後為形容詞，形容打了大敗仗時的狼狽相，語
　　　法功能發生了改變。疊架融合後的共同義素為〔＋戰敗＋狼狽〕。
　　　語義關係為「丟盔棄甲 > 丟盔＋棄甲」。

【掩旗息鼓】軍隊隱蔽行動，避免暴露目標。「掩」有捲起、隱藏義，
　　　《國語・魯語上》：「毀則者為賊，掩賊者為藏。」韋昭注：「掩，
　　　匿也。」「掩旗」指捲起軍旗，「息鼓」指停擂戰鼓，本來都是
　　　戰爭的具體行為，疊架後語義擴大，喻指停止行動。疊架融合後
　　　的共同義素為〔＋停止〕。而且義域也可由戰爭擴大到日常行為，
　　　如《紅樓夢》第六二回：「秦顯家的聽了，轟去了魂魄，垂頭喪
　　　氣，登時掩旗息鼓，捲包而去。」語義關係為「掩旗息鼓 > 掩旗
　　　＋息鼓」。

還有詞語「飽騰、罄楮難書」等，共計 6 個。

5.2.3.2.2　聯立式疊架結構

【分晰】猶分別。「晰」有「辨明，分析」義，如明徐弘祖《徐霞客遊記・
　　　滇遊日記四》：「余散步村北，遙晰此塢東北自牧養北梁王山西
　　　支分界，東支雖大脊，而山不甚高，西界雖環支，而西北有石崖
　　　山最雄峻。」語義關係為「分晰＝分＝晰」。

【假詐】虛假。「詐」有假義，如《周禮・地官・司市》：「以賈民禁僞
　　　而除詐。」賈公彥疏：「使禁物之僞而除去人之詐虛也。」語義
　　　關係為「假詐＝假＝詐」。

【麻番】麻煩。「麻番」同「麻煩」。「麻」有「紛亂」義，如《水滸傳》
　　　第四十回：「遠遠望見旗幡蔽日，刀劍如麻。」「煩」亦有「紛亂」
　　　義，如《周禮・考工記・弓人》：「凡為弓……夏治筋，則不煩。」
　　　鄭玄注：「煩，亂。」語義關係為「麻番（煩）＝麻＝番（煩）」。

【淋尖】量米穀時，使米高堆於斛面之上，為吏役盤剝手段之一。「淋」

用以形容水、血、汗、淚等連續下滴貌。《水滸傳》第三八回：「（李逵）便伸手去宋江碗裏撈將過來吃了，又去戴宗碗裏也撈過來吃了，滴滴點點淋一桌子汁水。」本處指穀物像雨一樣落在斛面上，形成高尖，以使斛中多容納穀物。語義關係爲「淋尖＝淋＝尖」。

還有詞語「積奸、明析、稔悉、高尖、飄忽悠悠、踈玩、肆無忌畏、悠忽、慢不經心」等，共計 13 個。

5.3　附加式合成詞

附加式合成詞可以分析爲詞根和詞綴兩個部分，單一結構的附加式合成詞的意義就是詞根的意義，詞綴既不表義也不產生附加色彩，僅起到湊足音節的作用。

5.3.1　名物類附加式

【夫匠頭】服役的工匠。語義關係爲「夫匠頭＝夫匠」。

【撦子】用木棒製成的刑具。「杠」指粗棍，如《兒女英雄傳》第二一回：「聽說明日就要出殯，儻有用我們的去處，請姑娘吩咐一句，那怕擡一肩兒槓，撮鍬土也算我們出膀子笨力，盡點兒人心。」亦可特指木棒製成的刑具。語義關係爲「撦子＝撦」。

【老哥】成年男性間的尊稱。語義關係爲「老哥＝哥」。

還有詞語「樂戶頭、鄰舍家、妹子、甥子、青夫頭、皂頭」等，共計 9 個。

5.3.2　行爲類附加式

該類附加式僅見 1 例。

【調取】命令與案件有關的人到案接受訊問。「調」同「吊」，有「命令與案件有關的人到案接受訊問」義，如《醒世恒言・汪大尹火燒寶蓮寺》：「汪大尹次日弔出眾犯，審問獄中緣何藏得許多兵器。」據吳福祥的研究，「取」在唐宋時期由完成體助詞演化爲補語標記，其語法化斜坡爲「『取得』義動詞→動相補

語→完成體助詞→補語標記」。〔註29〕語義關係爲「調取＝調」。

5.3.3　性狀類附加式

【硬行】強行，強制。「行」有「實施；做」義，《書·湯誓》：「非台小子，敢行稱亂，有夏多罪，天命殛之。」《易·繫辭上》：「形而上者謂之道，形而下者謂之器，化而裁之謂之變，推而行之謂之通。」孔穎達疏：「因推此以可變而施行之，謂之通也。」這一實詞義爲「行」的弱化提供了條件，正如英語中的「do」可以由實義動詞虛化爲助動詞一樣。在中古漢語裏，「行」常用在動詞前，進一步語法化爲虛語素。據朱慶之的研究，《中本起經》裏「行照、行作、行淫」等詞中的「行」都不是表意所必須的語素，其作用只在於幫助單音節動詞雙音化。〔註30〕在檔案新詞「硬行」裏，「行」的語法位置爲詞尾，詞根爲形容詞。說明在近代漢語，「行」的語法化程度更高。語義關係爲「硬行＝硬」。

【以先】以前。語義關係爲「以先＝先」。

〔註29〕　吳福祥：《南方方言幾個狀態補語標記的來源》，《方言》2002 年第 1 期，第 26 頁。

〔註30〕　朱慶之：《佛典與中古漢語詞彙研究》，文津出版社 1992 年版，第 138～140 頁。

6 複合結構的語義構成

複合結構表達兩個或多個不同類別的概念形式和意義之間的組合關係。主要包括由實語素構成的非並列關係複合詞和部分附加式合成詞。[註1] 一般來說，複合結構的語義不太透明，通過補充隱含成分，我們可以分析其構成成分間的語義關係，從而揭示該詞的衍生過程以及該詞的理據。

對於語義關係的分析，我們遵循以下幾個原則。第一，最簡原則。只補充表述詞義的必需成分，使用的句式力求最簡明。第二，一致原則。每個表層成分在語義關係中應佔據一個恰當的語法位置，語義關係的語序安排首先考慮詞的中心意思，其次儘量照顧詞語的表層順序。第三，完形原則。儘管漢語主語、介詞及介詞賓語往往省略，為了清晰地揭示構成成分間的語義關聯，在語義關係中一一補出，儘量使用完整的句子結構來表達。

6.1 偏正式複合結構

誠如董秀芳所言，偏正式複合詞中修飾語與中心語之間的具體語義關係幾乎無法窮盡。以名名定中複合詞為例，兩個名詞間可能具有以下關係：「臺燈」是放在臺子上的燈，為放置地點與物體的關係；「足球」是用腳踢的球，

〔註1〕 俞理明，杜曉莉：《論詞語的語義結構》，《漢語史學報》第八輯，上海教育出版社 2009 年版，第 43～53 頁。

為工具與作用對象的關係；「布鞋」是用布做的鞋，為質料與製成物之間的關係；「獸醫」是給家畜治病的醫生，為受事與施事的關係；「王冠」是國王戴的帽子，為所有者與所有物品之間的關係；「垃圾桶」是盛垃圾的桶，為所盛物與容器的關係，等等。〔註2〕這種具體語義關係無法窮盡描寫的原因之一，是不自覺地把隱含成分糅合進來了。仍以前面所舉的名名定中複合詞為例，「臺燈」的語義關係為「燈＋（放）＋（在）＋臺」，糅合隱含的「放」使「臺」具有「放置地點」這一身份；「足球」的語義關係為「（用）＋足＋（踢）＋球」，糅合隱含的「用」使「足」具有「工具」這一身份。「布鞋」的語義關係為「（用）＋布＋（製）＋鞋」，糅合隱含的「用」使「布」具有「質料」這一身份；「王冠」的語義關係為「王＋（戴）＋冠」，糅合隱含的「戴」使「王」具有「所有者」這一身份；「垃圾桶」的語義關係為「（用）＋桶＋（盛）＋垃圾」，糅合隱含的「盛」使「垃圾」具有「所盛物」的身份。〔註3〕因此，分析構成成分的具體語義關係顯得力不從心，加之複合結構的隱含成分千差萬別，無法窮盡地描寫也就不足奇怪了。

為了擺脫這種描寫的尷尬，我們主張結合語義分析和語法分析，重新審視複合詞構成要素間的關係。我們認為，複合結構的語義關係，可以把表層的語素組合還原為句結構，其中反復出現的抽象的概括性語義格式，即為語義模。語義模中不變的詞語或語法關係為模槽，往往不顯現在詞語的表層，可以借用主謂賓定狀補等語法術語加以表達。語義模中可以被置換的詞語為模標，往往顯現在詞語的表層，用該詞的詞性加以表達。

「語義模」是受「詞語模」的啟發類推出來的。「詞語模」由李宇明最早提出，認為藉助這一造詞模子，可以批量生產新詞語。詞語模中不變的詞語為模標，詞語模中的空位為模槽。並根據模標和模槽的位置及彼此間的語法語義關係，把詞語模分為前空型、後空型、中空型三類。〔註4〕後來，董秀芳

〔註2〕 董秀芳：《漢語的詞庫與詞法》，北京大學出版社 2004 年版，第 102 頁。

〔註3〕 「垃圾食品」中構成成分的具體語義關係是性狀與物體之間的關係。「垃圾食品」與「垃圾桶」二語中的「垃圾」意義是一致，但具體語義關係大相徑庭，也是因為糅合了隱含成分所致。「垃圾食品」的語義關係為「食品＋（像）＋垃圾」，「像垃圾一樣」使得該語中的「垃圾」可以分析為性狀。

〔註4〕 李宇明：《詞語模》，載《語法研究錄》，商務印書館 2002 年版，第 1～14 頁。

又提出「構詞模式」，內涵比詞語模更寬泛，不但包括有標誌性語素，也包括沒有標誌性語素但在組成成分的形類和語義類上有規則可循的構詞格式。[註5] 毋庸諱言，「詞語模」或「構詞模式」具有很強的解釋力，揭示了孤立分散的詞語中內在的聚合——「詞語簇」。從側重點來看，詞語模主要關注詞語凸顯的表層成分，是對顯現的線性序列的概括；語義模則兼顧未凸顯的隱含成分，是對隱含的語義關係的概括。

6.1.1　名物類偏正式

為保持體例一致，我們將在前文討論的基礎上，仍分名物類、行為類、動作類三個方面考察其語義關係。具體而言，名物類偏正複合詞的語義模大致有以下六種情形。為簡略起見，以 V 表示動詞，以 A 表示形容詞，以 N 表示名詞，以 P 代表介詞，以「（　）」表示隱含成分，以「〔　〕」表示釋義，以「{　}」表示構詞成分中相當於語素的詞或短語。

6.1.1.1　主謂賓，基式：N_1VN_2

模槽為「主語＋謂語＋賓語」，就 N_1V 而論是主謂關係，就 VN_2 而論是支配關係。模槽為隱含的主謂賓關係，模標在 N_1、V、N_2 中選擇兩個提取。理論上有 $P_3^2＝6$ 種，但是 N_1V 為主謂關係，應排除在外。N_2V 無用例，因此有以下四種模標：N_2N_1；N_1N_2；$V N_1$；$V N_2$ 等。

6.1.1.1.1　模標為 N_2N_1

【保長】清代保甲制度，每十甲為一保，設長一人，謂之保長，舊稱保正。語義關係為「長＋（管理）＋保」，隱含謂詞「管理」。

【地保】清代及民國初年地方上替官府辦差的人。語義關係為「保（保長）＋（管理）＋當地」，隱含謂詞「管理」。

【鹽正】七監中的官職名，負責經管有關食鹽的事物。語義關係為「正〔長官〕＋（管理）＋鹽務」，隱含謂詞「管理」。

【布客】販布的商人。語義關係為「客＋（販賣）＋布」，隱含謂詞「販

原載邢福義主編：《漢語語法特點面面觀》，北京語言文化大學出版社 1999 年版。

[註5]　董秀芳：《漢語的詞庫與詞法》，北京大學出版社 2004 年版，第 103 頁。

賣」。

【平考】清時官吏年終需經考核，根據業績等劃分等級。平考指官員業績平平，獲得考核成績爲「平」一等的評語。語義關係爲「考核＋（判爲）＋平」，隱含謂詞「判爲」。

【行月夫】因運送漕糧的兵丁可以簽領行糧和月糧，故稱行月夫。語義關係爲「夫＋（領取）＋行月〔行糧和月糧〕」，隱含謂詞「領取」。

【內院₂】裏院。語義關係爲「院子＋（位於）＋內部」。

該類詞語還有「辯竇、差役、當戶、斗戶、斗行、弓鋪、公營、花匠、快頭、牢役、服嫂、服兒、馬快、步快、屍所、線頭、線賊、將材、印官、族保、單被、馬快、步快、內監、尾節骨、西洋、坊官、家長、練總、徭總、糧書、漕書」等，共計 39 個。

6.1.1.1.2　模標爲 N₁N₂

【道臣】使臣。語義關係爲「道臺＋（管轄）＋臣」，隱含謂詞「管轄」。

【官房】旅店中的房間。語義關係爲「官人〔註6〕＋（居住）＋房」，隱含謂詞「居住」。

【撫標】明清時巡撫直轄的軍隊。語義關係爲「巡撫＋（直轄）＋標〔軍隊〕」，隱含謂詞「直轄」。

【屍侄】即屍侄。命案中死者的侄兒。語義關係爲「屍〔死者〕＋（呼爲）＋侄」，隱含謂詞「呼爲」，隱含謂詞「呼爲」。

【妖渠】妖人的頭目。語義關係爲「渠〔首領〕＋（統治）＋妖〔邪惡的人〕」，隱含謂詞「統治」。

【公禮錢】指公攤送禮的份額。語義關係爲「公〔眾人〕＋（攤送）＋禮錢」，隱含謂詞「攤送」。

該類詞語還有「道快、館快、縣快、後頸窩、家園、街心、乾銀、欽件、屍兄、屍子、事機、私馬、頭舵、憲票、行價、主女、妖道、部單、清法、人證、狪彝、血瘟」等，共計 28 個。

發生轉指的有：

〔註6〕　官人指對男子的敬稱。舊時住店者多爲男子，故引申爲顧客。

【鷹眼】喻指叛逆的勢力。語義關係爲「鷹＋（有）＋眼睛」，轉指叛逆的勢力。

6.1.1.1.3　模標爲 V N₁

【報人】猶報子。語義關係爲「人＋報＋（信）」，V 的直接成分「信」隱含。

【保戶】擔保之人。同「保人」。語義關係爲「戶〔人〕＋擔保＋（其它），V 的直接成分「其它」隱含」。

【捕役】州縣官署中從事緝捕的差役。語義關係爲「差役＋緝捕＋（罪犯等）」，V 的直接成分「罪犯等」隱含。

【拐子】拐騙人口、財物的人。語義關係爲「子〔人〕＋拐騙＋（人財），V 的直接成分「人財」隱含」。

該類詞語還有「保家、保借人、捕官、捕衙、捕人、捕壯、練長、被犯、收差、署官、歇主、解役、禁卒、逃人、跎夫、逐末小販、纏頭回人」等，共計 21 個。

6.1.1.1.4　模標爲 VN₂

【使婦】供使喚的婦僕，一般較使女年長。語義關係爲「（人）＋使喚＋婦人」。

【寫約】簽立的合約。語義關係爲「（人）＋寫〔簽立〕＋合約」。

從語義關係來看，「使喚＋婦人」、「寫〔簽立〕＋合約」應爲支配關係，但是這兩個詞的中心意義「婦」和「約」都呈現在詞語的表層，並沒有發生轉指，因此，我們仍把它們視爲偏正式複合詞。據殷正林研究，《世說新語》中此類由動＋名構成的偏正式複合詞有「記功、步障、長物、出人、選官」等詞。〔註7〕

發生轉指的：

【總差】收差的頭目。語義關係爲「（人）＋總〔統率〕＋差役」，中心意義爲隱含的「人」，故爲轉指。

〔註7〕　殷正林：《〈世說新語〉中反映的魏晉時期的新詞和新義》，載王雲路、方一新編：《中古漢語研究》，商務印書館 2004 年版，第 102 頁，原載《語言學論叢》第 12 輯，商務印書館 1984 年版。

該類詞語共計 3 個。

6.1.1.1.5　主謂賓，變式：N_1VN_2

格式中的某一成分由詞語充當，模標爲越級提取。所謂越級提取，是指在語素的提取中，還可以提取一個構成意義的組成部分來代表這個意義。如「胃藥」，語義結構是「用藥＋治療＋胃病」，其中，從受事「胃病」中提取的「胃」代表了「胃病」這個構成意義。〔註8〕

【嚮賊】即響賊，舊時結夥攔路搶劫的強盜。詞彙構成爲「響箭＋賊」，「響箭」的語義關係爲「箭＋（發出）＋響聲」，「響賊」的語義關係爲「賊＋（放）＋響箭」，即「賊＋（放）＋｛箭＋（發出）＋響聲｝」，用「響」代表「響箭」，故爲越級提取。

【義媳】義子之妻。詞彙構成爲「義子＋媳」，語義關係爲「義子＋（娶）＋媳婦」，「義子」的語義關係爲「子＋義〔名義上的〕」，「義媳」的語義關係爲「義子＋（娶）＋媳婦」，即「｛子＋義〔名義上的〕｝＋（娶）＋媳婦」，用「義」代表「義子」，故爲越級提取。

【篦頭】梳篦頭髮之人。詞彙構成爲「篦＋頭髮」，「頭髮」的語義關係爲「髮＋（生長）＋於＋頭」，「篦頭」的語義關係爲「（人）＋篦〔梳理〕＋頭髮」，即「（人）＋篦〔梳理〕＋｛髮＋（生長）＋於＋頭｝」，中心意義爲隱含的「人」，爲轉指。以「頭」代表「頭髮」，故爲越級提取。

【百總】百夫長。舊軍隊中的下級軍官。詞彙構成爲「百夫＋總」，「百夫」的語義關係爲「夫＋（有）＋百」，「百總」的語義關係爲「（軍官）＋總〔統帥〕＋百夫」，即「（軍官）＋總〔統帥〕＋｛夫＋（有）＋百｝」中心意義爲隱含的「軍官」，爲轉指；以「百」代表「百夫」，故爲越級提取。

還有「血口、驛棍、色銀、穋秔、短夫、紅傷」等，共計 10 個。

〔註8〕　俞理明，杜曉莉：《論詞語的語義結構》，《漢語史學報》第八輯，上海教育出版社 2009 年版，第 43～53 頁。

6.1.1.2　主謂，基式：NA

模槽為「主語＋謂語」，謂語由形容詞充當。模槽為主謂關係，模標為AN。

【罷棍】惡棍。語義關係為「棍〔惡徒〕＋罷」。

【猾棍】奸猾的惡人。語義關係為「棍〔惡徒〕＋狡猾」。

【積皂】積久成精的皂役。語義關係為「皂役＋積〔積久成精〕」。

【信獄】證據確鑿，不能推翻的判決。語義關係為「獄〔案件〕＋信〔確鑿〕」。

【飛刑】在法律規定之外施行的殘酷的肉體刑罰。語義關係為「刑〔處罰〕＋飛〔非法〕」。

還有「黑冤、黃錢、破口子、確案、確據、青傷、小和尚、小鑼、小么孽、小錢、信案、硬柴、正米、重獄、中軍、子堤、惡焰、廢錢、紛差、空票、快鞔、沉獄、輪日、悶樓、逆棍、小飯、嚴綸、介性、陋弊、附役、順刀」等，共計36個。

6.1.1.2.1　主謂，變式：NA

【潮銀】成色不足、品質低劣的銀子。詞彙構成為「潮＋銀的成色」，「銀的成色」的語義關係為「銀＋（有）＋成色」，「潮銀」的語義關係為「銀的成色＋潮〔低劣〕」，即「｛銀＋（有）＋成色｝＋潮〔低劣〕」，以「銀」代表「銀的成色」，故為越級提取。

【鄉愚】舊時對鄉村老百姓的蔑稱。詞彙構成為「鄉人＋愚昧」，「鄉人」的語義關係為「人＋（居住）＋於＋鄉村」，「鄉愚」的語義關係為「鄉人＋愚昧」，即「｛人＋（居住）＋於＋鄉村｝＋愚昧」，以「鄉」代表「鄉人」，故為越級提取。

【平機】棉線織成的布，多為平民百姓所用。詞彙構成為「平紋機布」，「平紋」的語義關係為「紋路＋平」，「機布」的語義關係為「機器＋（織）＋布」，「平機」的語義關係為「機布＋平紋」，即「｛機器＋（織）＋布｝＋｛紋路＋平｝」，以「平」代表「平紋」，以「機」代表「機布」，故為越級提取。

還有「低銀、黑銀」等，共計 5 個。

6.1.1.3　主狀謂，基式：N₁AV

模槽爲「主語＋狀語＋謂語」，謂語由動詞充當。模標爲 AV。

【慣捕】（辦事）熟練的捕快。語義關係爲「（差役）＋慣〔熟練地〕＋
緝捕」，中心意義爲隱含的「人」，故爲轉指。

6.1.1.4　主狀謂賓，基式：N₁PN₂VN₃

P 一般爲「在、用、因、爲、從、向」等。模槽爲「主語＋狀語＋謂語＋
賓語」。模標分別爲 N₁N₂、N₂N₃、N₂N₁、N₃N₂、N₂V、VN₂、VN₁。

6.1.1.4.1　模標為 N₁N₂

【屍場】人命案的現場。語義關係爲「屍〔屍體，借指命案〕＋（在）＋
場〔場所〕＋（發生）」，隱含謂詞「發生」。

6.1.1.4.2　模標為 N₂N₃

【挶限錢】一種敲詐名目，指遲延於限定（完糧）時間應交納的費用。語
義關係爲「（人）＋（因）＋挶限＋（交納）＋錢」。

【布鞋】用布作成的鞋。語義關係爲「（人）＋（用）＋布＋（製作）＋
鞋」。

【漕粨】同漕糧，漕運京師的稅糧。語義關係爲「（人）＋（用）＋漕渠
＋（運輸）＋粨〔糧食〕」。

【行等】商行通用的秤銀衡器。語義關係爲「（人）＋（在）＋行〔商行〕
＋（使用）＋等〔戥子〕」。

【倉斗】一種計量容器，多爲官府庫倉使用，每倉斗壹石折市斗陸斗。語
義關係爲「（人）＋（在）＋倉＋（使用）＋斗」。

【錫注】錫製的酒壺，多用以燙酒。語義關係爲「（人）＋（用）＋錫＋
（製作）＋注〔酒具〕」。

【制錢】明清官局監製鑄造的銅錢。因形式、分量、成色皆有定制而得
名。語義關係爲「（官局）＋（依）＋（定制）＋（鑄）＋錢」。

還有詞語「被包、被套、布頭、單欵、刀眼、道篆、地洞、地契、房椽、
告紙銀、監犯、腳價銀、腳力錢、庫刀、木碾棍、鞘銀、犬夫、市斗、水衣、

條糧、鐵把毒、鐵綿甲、銅面鑼、土罐、縣篆、勳田、紙筆銀、紙紅銀、紙價、紙價銀、鄉約、山坡刀、紙贖」等。

發生轉指的詞語：

【茶馬】中國古代以官茶換取青海、甘肅、四川、西藏等地少數民族馬匹的政策和貿易制度。語義關係為「（貿易雙方）＋（用）＋茶＋（交換）＋馬」，轉指相關制度。

該類詞語共計 41 個，其中 1 個轉指。

6.1.1.4.3　模標為 N_2N_1

【東兵】指清在明末攻入關內的軍隊。清初人諱言清兵，故稱。語義關係為「兵＋（從）＋東＋（來）」。

【關民】邊境地區的老百姓。語義關係為「民＋（在）＋關＋（居住）」。

【土宄】地方上的無賴、惡棍。語義關係為「宄〔作惡者〕＋（在）＋土〔當地〕＋（作惡）」。

【標客】販運大批貨物的商人。語義關係為「客〔人〕＋（通過）＋標〔成群結隊的方式〕＋（販運）＋（貨物）」，隱含謂詞「販運」。

還有詞語「東婦、東人、關役、街民、泥鴨、土番、土棍、臺班、莊佃」等，共計 13 個。

6.1.1.4.4　模標為 N_3N_2

【轎杆】抬轎的桿子。語義關係為「（人）＋（用）＋桿＋（抬）＋轎」。

【酒鏇】溫酒的鏇子。語義關係為「（人）＋（用）＋鏇＋（溫）＋酒」。

【欠帖】欠條。語義關係為「（人）＋（用）＋帖＋（記錄）＋所欠」。

【銀鞘】古時一種解餉銀用的盛放物，代指餉銀。語義關係為「（人）＋（用）＋鞘＋（盛放）＋銀子」。

【引票】通行的憑證。語義關係為「（人）＋（用）＋票＋（作為）＋引〔通行證〕」。

【當票】當鋪所開的載明抵押物品、抵押銀錢數目、期限的票據，押款人在期限內憑以贖取抵押品。語義關係為「（人）＋（用）＋票據＋（記載）＋當〔典當的內容〕」。

還有詞語「馬叉、毛鐮、廟會場、碾梃、鳥鎗砲、水擔、鹽灘、衣服包、銀槓、印冊、印結、印票、印單、印信甘結、招冊、招詳、肘鎖、關引、椽檁、部堂、証口」等。

發生轉指的有：

【學道】即學政。清代學政被派往各省，按期至所屬各府、廳主持童生及生員考試。語義關係為「（人）＋（在）＋道＋（主持）＋學務」，中心意義為隱含的「人」，故為轉指。

此外，一些貌似名量式複合詞的也可以歸入該語義槽。因為其中的構詞語素有量詞用法，故有計量作用，隱含的動詞可固定為「計」，檔案新詞所見有以下詞語〔註9〕：

【掃把】即掃帚。語義關係為「（人）＋（以）＋把＋（計）＋掃帚」。

【鞭杆】鞭子。語義關係為「（人）＋（以）＋桿＋（計）＋鞭子」。

【槽道】牲口槽。語義關係為「（人）＋（以）＋道＋（計）＋槽」。

還有詞語「案件、茶箆、款項」等。

該類詞語共計 34 個，其中 1 個轉指。

6.1.1.4.5　模標為 N_2V

【鈀鈎】一種鈎泥、鈎草的拾取類農具。語義關係為「（人）＋（用）＋鈀＋鈎＋（物）」。

【催單】催徵賦稅的由單。語義關係為「（官吏）＋（用）＋單＋催＋（賦稅）」。

【水次】指船隻泊岸之處，碼頭。語義關係為「（人）＋（在）＋水邊＋次〔停〕＋（船）」。

【票差】行票文派遣。票指用作憑證的票帖文書。如明顧起元《客座贅語・辨訛》：「今官府有所分付句取於下，其箚曰票。」語義關係為「（官府）＋（用）＋票〔票帖文書〕＋差遣＋（某部門或某人）」。

〔註9〕　這些詞語都不是名量式的典型成員，其中的量詞還可以視為名詞，因為多數名量詞都由名詞語法化所致。

還有詞語「格板、花封、拔貢、恩貢、功貢、結領」等。

發生轉指的詞語有：

【倉歇】負責登記造冊的吏役，爲書手的一種。語義關係爲「（吏役）＋（在）＋倉＋歇」，中心意義爲隱含的「吏役」，故爲轉指。

【冊書】明清時向官府承包若干戶錢糧的稅吏。語義關係爲「（稅吏）＋（用）＋冊〔帳簿〕＋書〔登記〕＋（帳目）」，中心意義爲隱含的「稅吏」，故爲轉指。

該類詞語共計 12 個，其中 2 個轉指。

6.1.1.4.6　模標爲 VN_2

【封袋】即封套。語義關係爲「（人）＋（用）＋袋＋封緘＋（物品）」。

【序文】序言。語義關係爲「（人）＋（用）＋文＋序〔敘述〕＋（主旨、經過）」。

還有詞語「封筒、回文、課銀、首詞、鍘刀、典當鋪」等。

發生轉指的詞語：

【坊刻】民間書坊刻印的書籍。語義關係爲「（人）＋（在）＋坊＋刻＋（書）」，中心意義爲隱含的（書），故爲轉指。

【榷關】徵收關稅的機構。語義關係爲「（機構）＋（在）＋關卡＋榷〔徵稅〕」，中心意義爲隱含的「機構」，故爲轉指。

該類詞語共計 10 個，其中 2 個轉指。

6.1.1.4.7　模標爲 VN_1

【掛刀】常佩於腰間。語義關係爲「刀＋（在）＋（腰）＋掛」。

6.1.1.4.8　主狀謂賓，變式：N_1 在/用/因 N_2VN_3

【艾疤】燒艾後留下的傷疤。詞彙構成爲「燒艾＋疤」，「燒艾」的語義關係爲「（用）＋艾＋燒」，「艾疤」的語義關係爲「（人）＋（因）＋燒艾＋（留下）＋疤痕」，即「（人）＋（因）＋｛（用）＋艾＋燒｝＋（留下）＋疤痕」，以「艾」代表「燒艾」，故爲越級提取。

【散戶由】各民戶賦稅定額的憑證。詞彙構成爲「散戶的賦稅＋由」，「散

戶的賦稅」的語義關係為「散戶＋（繳納）＋賦稅」，「散戶由」的語義關係為「（官府）＋（用）＋由單＋（寫明）＋散戶的賦稅」，即「（官府）＋（用）＋由單＋（寫明）＋｛散戶＋（繳納）＋賦稅｝」，以「散戶」代表「散戶的賦稅」，故為越級提取。

【燒鍋】釀酒的大鍋，也指釀酒的作坊。詞彙構成為「燒酒＋鍋」，「燒酒」的語義關係為「酒＋（能夠）＋燃燒」，「燒鍋」的語義關係為「（人）＋（用）＋鍋＋（蒸餾）＋燒酒」，即「（人）＋（用）＋鍋＋（蒸餾）＋｛酒＋（能夠）＋燃燒｝」，以「燒」代表「燒酒」，故為越級提取。〔註10〕

【衙蠹】對衙門中貪贓吏役的蔑稱。詞彙構成為「衙門＋吏役」，「吏役」的語義關係為「（吏役）＋（像……一樣）＋蠹蟲＋（貪婪）」，「衙蠹」的語義關係為「吏役＋（在）＋衙門＋（供職）」，即「｛（吏役）＋（像……一樣）＋蠹蟲＋（貪婪）｝＋（在）＋衙門＋（供職）」，以「蠹」代表「像毒蟲一樣的吏役」，故為越級提取。

還有詞語「紅本、生功、失單、熟銀、剔漆匣、花漆匣、官箱、提牢吏、鐵兩齒、通火鐵條、照身票、折夫銀、紙紅、硃票、蘇衣」等，共計19個。

6.1.1.5 主狀謂，基式：N₁像 N₂一樣 A

模槽為「主語＋狀語＋謂語」。

6.1.1.5.1 模標為 N₂N₁

【腹吏】吏役中的心腹。語義關係為「吏＋（像……一樣）＋心腹＋（親近）」。

【鐵案（鐵案）】證據確鑿，不能推翻的判決。語義關係為「案件＋（像……一樣）＋鐵＋（確鑿）」。

發生轉指的詞語：

【遠枝】指血統疏遠的親戚，與「遠房」同。語義關係為「（親戚）＋

〔註10〕 「燒鍋」的中心語素為「鍋」，詞義擴大，指釀酒的作坊。

（像……一樣）＋枝條＋遠」，中心意義爲隱含的「親戚」，故
爲轉指。

6.1.1.5.2　模標為 N_1N_2

【歇蠹】長期作惡的歇家，指專營生意經紀、職業介紹、做媒作保、代打
官司等業務的人。語義關係爲「歇家＋（像……一樣）＋蠹〔蛀
蟲〕＋（邪惡）」。

【弊竇】弊病，弊端。語義關係爲「弊端＋（像……一樣）＋竇〔洞〕」。

6.1.1.5.3　主狀謂，變式：N_1 像 N_2 一樣 A

【腹書】書役中的心腹。詞彙構成爲「心腹＋書役」，「心腹」的語義關
係爲加合式並列，「書役」的語義關係爲「吏役＋書寫」，「腹
書」的語義關係爲「書役＋（像……一樣）＋心腹＋（親近）」，
即「｛吏役＋書寫｝＋（像……一樣）＋心腹＋（親近）」，以
「腹」代表「心腹」，以「書」代表「書役」，故爲越級提取。

6.1.1.6　複句構詞

語義關係爲主從複句，語義槽爲「主句＋從句」，模標爲主從複句的一個語
素。

【披風】披在肩上的沒有袖子的外衣。後亦泛指斗篷。語義關係爲「（人）
＋（在）＋（身上）＋披＋（衣），（爲了）＋（防）＋風」。

6.1.2　行爲類偏正式

從數量上看，檔案新詞中的行爲類偏正式遠遠少於名物類偏正式。

6.1.2.1　主狀謂賓，基式：N_1AVN_2

模槽爲「主語＋狀語＋謂語＋賓語」，其中狀語由形容詞充當。

6.1.2.1.1　模標為 AV

【背審】不與其他罪犯在一起當面審訊。語義關係爲「（官府）＋背〔不
當面〕＋審＋（罪犯）」。

【浮埋】淺埋。語義關係爲「（人）＋浮〔淺〕＋埋＋（死者）」。

【混供】胡亂招供。語義關係爲「（人）＋混〔胡亂〕＋招供」。

還有詞語「多破、浮短、均盤、輪奸、盤剝、平短、罄劫、研刑、研質、贅議、壓欠」等，共計 14 個。

6.1.2.1.2　模標為 AN_2

【飛票】迅速傳遞公文。語義關係為「（人）＋飛〔迅速〕＋（傳遞）＋票文」。

6.1.2.2　主狀謂賓，基式：$N_1PN_2VN_3$

模槽仍為「主語＋狀語＋謂語＋賓語」，其中狀語由介賓短語充當，P 一般為「從、在、在……時、為、因、以」等。

6.1.2.2.1　模標為 N_2V

【供扳】在招供時牽扯誣陷他人。語義關係為「（案犯）＋（在……時）＋招供＋扳〔牽連〕＋（他人）」。

【局哄】設圈套哄騙。語義關係為「（人）＋（用）＋局〔圈套〕＋哄騙＋（他人）」。

【冥誅】謂在陰間受到懲治。語義關係為「（人）＋（在）＋冥〔陰間〕＋誅」。

【套寫】因襲、模仿現成的格式書寫。語義關係為「（人）＋（根據）＋套〔現成的格式〕＋書寫＋（文件等）」。

【公講】當眾評判。語義關係為「（人）＋公〔當眾〕＋講〔評判〕＋（某事）」。

還有詞語「供擬、圈哄、詳稱、罩占、汛守、節訊、嚴檄、京詳、路劫」等，共計 14 個。

6.1.2.2.2　主狀謂賓，變式：$N_1PN_2VN_3$

變式中的 V 或 N_2 是可繼續分析的組合結構，屬於不同層級的構詞單位。

【公買】公平購買。詞彙構成為「公平的價格＋買」，「公平的價格」的語義關係為「價格＋公平」，「公買」語義關係為「（人）＋（以）＋公平的價格＋買＋（貨物）」，即「（人）＋（以）＋｛價格＋公平｝＋買＋（貨物）」，以「公」代表「公平的價格」，故為越級提取。

還有詞語「冒結、平買、懸擬」等，共計 4 個。

6.1.2.3　主狀謂，基式：N₁FV

模槽仍爲「主語＋狀語＋謂語＋賓語」，其中狀語由副詞充當。模標爲 FV。

【相搆】互相抵觸。語義關係爲「（人們）＋互相＋抵觸」。

還有詞語「疊告、蘇理、搭看、恢取」等，共計 5 個。

6.1.2.4　複句構詞

語義關係可以用一個複句來表達，分別從主句和從句中提取一個語素來表義。模槽爲「主句＋從句」。

【掛告】牽連，連累。語義關係爲「（人）＋（因）＋掛〔牽連〕，（而）＋控告＋（他人）」。

【關解】移文押解。語義關係爲「（官府）＋（行）＋關〔公文〕」，（以便）＋押解＋（罪犯）」。

【合名】共同簽名。語義關係爲「（人們）＋合〔共同〕，（而）＋（簽署）＋姓名」。

【賄放】謂收受賄賂放其逃走。語義關係爲「（吏役）＋（收受）＋賄賂，（因此）＋縱放＋（案犯）」。

【浮垽】淺埋。語義關係爲「（人）＋浮〔淺〕＋〔埋〕＋（死者），（從而）＋（形成）＋垽〔墳墓〕」。

還有詞語「關提、會稿、究比、叩述、撒探、托解、協挐、移挐、夤謀、招扳、縱脫、吃會、網嚇、醮化」等，合計 19 個。

6.1.3　性狀類偏正式

該類結構只有 2 個詞語。語義槽爲主狀謂，N₁ 像 N₂ 一樣 A。模槽爲「主語＋狀語＋謂語」。

【月白】帶藍色的白色。因近似月色，故稱。語義關係爲「（色彩）＋（像……一樣）＋月亮＋白」，模標爲 N₂A。

【水紅】比粉紅略深而較鮮豔的顏色。語義關係爲「（色彩）＋（像……

一樣）＋紅色＋（摻）＋水＋（鮮豔）」，語義關係中「紅色＋
（摻）＋水」相當於模槽中的 N_2，故爲變式。

6.2　述賓式複合結構

6.2.1　名物類述賓式

6.2.1.1　主狀謂賓，基式：$N_1PN_2VN_3$

模槽爲「主語＋狀語＋謂語＋賓語」，其中賓語有時省略。

6.2.1.1.1　模標為 VN_3

【迎春】後世地方官例於立春前一日，率士紳僚佐，鼓樂迎春牛、芒神於
　　　　東郊，謂之「迎春」。語義關係爲「（人）＋（在）＋（該日）
　　　　＋迎接＋春天」，中心意義爲隱含的「該日」，爲轉指。

【擺鼻】咽喉發腫或鼻腔鼻疽，呼吸困難，頻頻擺動鼻子，故稱「擺鼻」，
　　　　爲馬病的一種。語義關係爲「（馬）＋（因爲）＋（疾病）＋擺
　　　　動＋鼻子」，中心意義爲隱含的「疾病」，爲轉指。

【包腦】頭巾。語義關係爲「（人）＋（用）＋（頭飾）＋包裹＋腦袋」，
　　　　中心意義爲隱含的「頭飾」，爲轉指。

【折程】折合路程奔波的禮金，一種送禮的名目。語義關係爲「（人）＋
　　　　（用）＋（銀）＋折合＋路程」，中心意義爲隱含的「銀」，爲
　　　　轉指。

還有詞語「起燈、照身、折夫、坐馬」等，共計 8 個。

6.2.1.1.2　模標為 VN_2

【供口】供詞。語義關係爲「（人）＋親口＋招供」。

6.2.1.2　主謂賓，基式：N_1VN_2

模槽爲「主語＋謂語＋賓語」，模標爲 VN_2。

【治錢】同制錢。語義關係爲「（官局）＋治〔製造〕＋錢」。

【預期】事情發生之前的日期。引申爲預先。語義關係爲「日期＋（在）
　　　　＋（事件）＋預先」。

6.2.1.3 複句構詞

模槽為「主句＋從句」，模標為 VN。

【煮酒】一種酒的名稱。語義關係為「（人）＋煮＋（米、高粱等），（以）＋（釀）＋酒」。

6.2.2 行為類述賓式

6.2.2.1 主謂賓，基式：N_1VN_2

槽模為「主語＋謂語＋賓語」。

6.2.2.1.1 模標為 VN_2

【逋價】拖欠錢款。語義關係為「（人）＋逋〔拖欠〕＋價〔銀兩〕」。

【黜名】猶除名。語義關係為「（人）＋黜除＋姓名」。

【闖太歲】冒犯太歲之神，指犯諱。語義關係為「（人）＋闖〔冒犯〕＋太歲」。

【開價】買者或賣者報出（貨物的）價格。語義關係為「（買賣者）＋開報＋價格」。

還有詞語「蔽辜、變口、逞酒、喫糧、喫煙、穿眼、辭糧、打官事、當兵、得空、點監、吊線、定案₂、放餉、放嚮、分肥、服冥刑、架詞、見官、開當、落水、買賊、賣娼、媒利、捏首、牽腳、踢斛、傾錠、坵丈、潤囊、上稅、食糧、示創、說信、探家、討妻、搶盤、停訟、灣船、望親、梟屍、卸事、行鹽、行引、修工、有奸、有私、閱宿、折受、做活、做戲、破死、揀命、存案、在案、照詳、坐塘」等，共計 61 個。

6.2.2.1.2 主謂賓，變式：N_1VN_2

【看唱】觀劇，聽戲。同「看戲」。詞彙構成為「看＋唱戲」，「唱戲」的語義關係為「（演員）＋演唱＋戲曲」，「看唱」的語義關係為「（觀眾）＋觀看＋唱戲」，即「（觀眾）＋觀看＋｛（演員）＋演唱＋戲曲｝」。以「唱」代表「唱戲」，故為越級提取。

【兵書】兵房書手的縮略。詞彙構成為「兵房＋書手」，「兵房」的語義關係為「房＋掌管＋兵事」，「書手」的語義關係為「手〔某一類人〕＋書寫」，「兵書」的語義關係為「書手＋（隸屬）＋兵

房」，即「｛手〔某一類人〕＋書寫｝＋（隸屬）＋｛房＋掌管＋兵事｝」。以「兵」代表「兵房」，以「書」代表「書手」，故爲越級提取。

還有詞語「工書、禮書吏、戶書、刑書、吏書」等，共計 7 個。

6.2.2.2　主狀謂賓，基式：$N_1PN_2VN_3$

槽模爲「主語＋狀語＋謂語＋賓語」，模標爲 VN_2。

【鑽運】借漕運之機乘間謀取私利。詞彙構成爲「鑽＋漕運」，「漕運」的語義關係爲「用＋漕〔水路〕＋運輸」，「鑽運」的語義關係爲「（人）＋（因）＋漕運＋鑽〔謀取〕＋利益」，即「（人）＋（因）＋｛用＋漕〔水路〕＋運輸｝＋鑽〔謀取〕＋利益」，以「運」代表「漕運」，故爲越級提取。

6.3　述補式複合結構

檔案新詞的述補式複合結構僅見於行爲類。

6.3.1 主狀謂賓，基式 $N_1PN_2VN_3$

模槽爲「主語＋狀語＋謂語＋賓語」，模標爲 VN_2。

【犯夜】指違禁夜間聚會。語義關係爲「（人）＋（在）＋夜＋犯＋（禁令）」。

【搭界】交界。語義關係爲「（土地）＋（在）＋邊界＋搭〔相連〕」。

【中氣】爲氣所傷，精神抑鬱。語義關係爲「（人）＋（被）＋氣＋中〔傷〕」。

還有詞語「查更、查夜、拌嘴」等，共計 6 個。

6.3.2　使成兼語，基式：N_1VN_2 使 N_2A 或者 N_1VN_2 使 N_1A

模槽爲「主語＋謂語＋賓語＋使＋兼語＋謂語」，模標爲 VA 或 AV。

【扳累】在受審或遭詰問時牽扯連累他人。語義關係爲「（人 1）＋扳＋（人 2）＋（使）＋（人 2）＋累」。

【扯褪】即「扯褪」，扯脫。語義關係爲「（人）＋扯＋（衣）＋（使）＋（衣）＋退〔褪〕」。

【開明】開列清楚。語義關係為「（人）＋開列＋（事實等）＋（使）＋（事實等）＋明〔清楚〕」。

【卸脫】推卸（責任）。語義關係為「（人）＋推卸＋（責任）＋（使）＋（責任）＋脫」；

【吞飽】侵吞肥己。語義關係為「（人）＋侵吞＋（財物）＋使＋（自己）＋飽」。

【吞肥】侵吞肥己。語義關係為「（人）＋侵吞＋（財物）＋使＋（自己）＋肥」

【侵肥】侵吞不正當的利益。語義關係為「（人）＋侵吞＋（財物）＋使＋（自己）＋肥」。

【回贖】用錢物或其他代價換回人身或抵押品。語義關係為「（人）＋贖＋（錢物等）＋（使）＋（錢物等）＋回」。

該類詞語共計 8 個。

6.4　主謂式複合結構

該類詞語的語義關係為主謂關係，數量較少。

6.4.1　名物類主謂式

6.4.1.1　主謂，基式：NA。模槽為「主語＋謂語」，模標為 NA。

【田蕩】成片的田地。語義關係為「土地＋蕩〔平坦〕」。

6.4.1.2　主謂，基式：NV。模槽為「主語＋謂語」，模標為 NV。

【公結】眾人寫給官府的擔保文書。語義關係為「公〔眾人〕＋結〔表明保證負責或承認了結的文書〕」。

6.4.1.3　主謂賓，基式：N_1VN_2。模槽為「主語＋謂語＋賓語」，模標為 N_1V。

【都司】清朝綠營軍官，武職正四品，位次參將、遊擊之下，守備之上。語義關係「都〔頭目〕＋司〔管理〕＋（軍營）」。

6.4.2 行爲類主謂式

主謂，基式：NV。模槽爲「主語＋謂語」，模標爲 NV。

【憲裁】上司裁定。語義關係爲「憲〔上司〕＋裁定」。

【站滿】爲「擺站滿放」的縮略。指古時處徒刑的人被發配到驛站中去充
驛卒，時間已到期。語義關係爲「擺站＋滿〔達到期限〕」。

【工竣】同「竣工」，完工；工程告成。語義關係爲「工程＋竣〔完成〕」。

還有詞語「口吐、憲奪、狐威虎借」等，共計 6 個。

6.4.3 性狀類主謂式

主謂，基式：NA。模槽爲「主語＋謂語」，模標爲 NA。

【信緊】局勢緊張。語義關係爲「信＋緊張」。

【性氣】性格剛烈。語義關係爲「性格＋氣〔易於生氣〕」，以「氣」代
表「易於生氣」，爲越級提取。

6.5 附加式複合結構

我們在單一結構中討論的附加式僅限於詞根語素的意義跟詞的意義等同的
部分。還有一些附加式，詞綴語素在構詞中有表意作用，或表示抽象的語法意
義，或表示一定的詞彙意義。這些詞綴與詞根語素間有描寫關係和陳述關係的
附加式合成詞的語義結構，應歸爲複合結構〔註 11〕。這種附加式複合詞主要集
中在名物類，行爲類和性狀類未見用例。

【禿子】頭髮脫落的人。詞綴「子」有改變詞性的作用，且有表意作用，
相當於實語素「人」。語義關係爲「子〔人〕＋禿〔頭無髮〕」。

【小子】指男性青少年，猶言小夥子。詞綴「子」有改變詞性和表意的作
用。語義關係爲「子〔人〕＋小〔年青〕」。

【娼戶】妓院。戶，本指門，引申指戶籍，即從事某項職業的家庭，或從
事某項職業的人。語義關係爲「戶〔戶籍〕＋（經營）＋娼〔妓

〔註 11〕 俞理明，杜曉莉：《論詞語的語義結構》，《漢語史學報》第八輯，上海教育出
版社 2009 年版，第 43～53 頁。

女〕」。

【廄頭】負責管理倉庫的吏役。詞綴「頭」有「主管者」之義。語義關係

為「頭〔主管者〕＋（主管）＋廄〔倉庫〕」。

同類詞語還有「麻子、鉛子、槽頭、櫃頭、戶頭、糧頭、料頭、牌頭、批頭、屯頭、營頭」等，共計 15 個。

6.6　小　結

根據本章及前一章的具體分析，我們繪製了下表，以更清晰地揭示單一結構和複合結構的語義構成情況。

檔案新詞語義構成分析統計簡表

語　義　構　成　分　析			名物類	行為類	性狀類	合計
單一結構	單純詞	單音詞	1	0	0	1
		音譯詞	5	0	0	5
	並列式	加合型	9（1＋8）	65	6	80
		疊架型 並立式	4	3	6	13
		疊架型 聯立式	16（14＋2）	51	13	80
		疊架型 不等式 包含式	10	12	0	22
		疊架型 不等式 交叉式	1	14	0	15
		疊架型 不等式 實虛式	1	5	0	6
	附加式		9	1	2	12
單一結構合計			56（46＋10）	151	27	234
複合結構	偏正式	語義模 模槽 / 模標	名物類	行為類	性狀類	合計
		主謂賓，基式：N₁VN₂　N₂N₁	39	0	0	39
		主謂賓，基式：N₁VN₂　N₁N₂	29（28＋1）	0	0	29
		主謂賓，基式：N₁VN₂　VN₁	21	0	0	21
		主謂賓，基式：N₁VN₂　VN₂	3（2＋1）	0	0	3
		主謂賓，基式：N₁VN₂　變式	10	0	0	10
		主謂，基式：NA　AN	36	0	0	36
		主謂，基式：NA　變式	5	0	0	5
		主狀謂，基式：N₁AV　AV	1	0	0	1

	主狀謂， 基式：N₁FV	FV	0	5	0	5
	主狀謂，基式：N₁ 像N₂一樣A	N₂N₁	3（2＋1）	0	1	4
		N₁N₂	2	0	0	2
		變式	1	0	1	2
	主狀謂賓， 基式：N₁PN₂VN₃	N₁N₂	1	0	0	1
		N₂N₃	41（40＋1）	0	0	41
		N₂N₁	13	0	0	13
		N₃N₂	34（33＋1）	0	0	34
		N₂V	12（10＋2）	14	0	26
		VN₂	10（8＋2）	0	0	10
		VN₁	1	0	0	1
		變式	19	4	0	23
	主狀謂賓， 基式：N₁AVN₂	AV	0	14	0	14
		AN₂	0	1	0	1
	複句構詞		1	19	0	20
述賓式	主狀謂賓， 基式：N₁PN₂VN₃	VN₃	8	0	0	8
		VN₂	1	1	0	2
	主謂賓， 基式 N₁VN₂	VN₂	2	61	0	63
		變式	0	7	0	7
	複句構詞		1	0	0	1
述補式	主狀謂賓， N₁PN₂VN₃	VN₂	0	6	0	6
	使成兼語，N₁VN₂ 使N₂A或者 N₁VN₂使N₁A	VA	0	7	0	7
		AV	0	1	0	1
主謂式	主謂，基式：NA	NA	1	0	2	3
	主謂，基式：NV	NV	1	6	0	7
	主謂，基式：N₁VN₂	N₁V	1	0	0	1
附加式			15	0	0	15
複合結構合計			322	146	4	472
單一結構複合結構總計			378	297	31	706

說明：加「括弧」的表示該結構的語義關係分轉指和非轉指兩種，「＋」前的數字表示
非轉指的詞語數目，「＋」後的數字表示轉指的詞語數目。

通過分析上表，我們可以得出以下幾點看法：

　　第一，在我們分析的 706 個順治檔案新詞中，單一結構有 234 個，約佔整個新詞的 33%；複合結構有 706 個，約佔整個新詞的 67%。就整個順治檔案新詞而言，複合結構比單一結構更為能產。

　　第二，單一結構中數量最多的是行為類詞語，計 151 個，約佔單一結構總量的 64%；其次是名物類詞語，計 56 個，約佔單一結構總量的 24%，再次是性狀類詞語，計 27 個，約佔單一結構總量的 12%。就單一結構而言，行為類詞語最能產。複合結構中數量最多的是名物類詞語，計 322 個，約佔複合結構總量的 68%，其次是行為類詞語，計 146 個，約佔複合結構總量的 31%，再次是性狀類詞語，計 4 個，約佔複合結構總量的 1%。就複合結構而言，名物類詞語最能產。在整個順治檔案新詞中，名物類詞語有 378 個，約佔 54%，行為類詞語有 297 個，約占 42%，性狀類詞語有 31 個，約占 4%，就整個新詞而言，名物類詞語最能產。

　　第三，單一結構中數量最多的是並列式複合詞，計 216 個，約佔單一結構總量的 92%。並列式中疊架型詞語有 136 個，約占 63%；加合型詞語有 80 個，約占 37%，表明疊架型詞語較加合型詞語能產。疊架型詞語中聯立式詞語數量最多，計 80 個，佔整個疊架結構的 59%，說明在疊架型結構中，聯立式是最能產的。

　　第四，複合結構中數量最多的是偏正式複合詞，計 351 個，約佔複合結構總量的 74%，其次分別是述賓式 81 個，附加式 15 個，述補式 14 個，主謂式 11 個。偏正式中語義槽為「主狀謂賓，基式：$N_1PN_2VN_3$」的詞語數量最多，計 149 個，約佔偏正式詞語的 42%，其次是語義槽為「主謂賓，基式：N_1VN_2」的詞語，計 102 個，約佔偏正式詞語的 29%。表明在複合結構中，偏正式最能產，在偏正式中，語義槽為「主狀謂賓，基式：$N_1PN_2VN_3$」的最能產。忽略具體的語義槽和模標的具體位置，僅從模標的詞性考慮，「名—名」複合的名物類詞語（不含變式）有 163 個，約佔整個偏正式複合詞的 46%，是最強勢的組合類型。

　　第五，整個新詞中，發生轉指的詞語為 19 個，都為名物類詞語。其中單一結構中有 10 個，都為並列式複合詞；複合結構中有 9 個，都為偏正式複合詞。表明在順治檔案新詞的衍生過程，發生轉指的數量有限，絕大部分新詞的中心語義都在詞語表層結構上顯現。

結　語

　　內閣大庫是清代中央最爲重要的檔案庫之一，其貯藏的檔案文獻可謂汗牛充棟。前輩學者羅振玉、傅斯年、徐中舒、李光濤等相繼發掘整理，使得這批常人無緣翻閱的「宮廷秘檔」得以重見天日，爲史學界提供了彌足珍貴的研究材料。張偉仁整理的《明清檔案》，係當年南運至臺灣的部分，爲故宮明清檔案部所缺。此次張偉仁整理時，採取了有別於前輩學者的方法。以時間順序爲綱，對史語所貯藏的所有內閣檔案進行全面整理，並結集影印出版。可謂是「純整理的整理」。而上世紀二三十年代，前輩學者採取的方法是整理與研究並行，整理的成果重新排版刊印。因此，從語料的可靠性來看，影印的內閣大庫檔案應該成爲首選。

　　順治朝爲清軍入關建立的第一個皇朝，社會制度發生轉型，戰爭頻仍，內外矛盾衝突相對激烈，在內閣檔案中都有眞實、詳細的記載。加之我們的興趣旨在揭示朝代更迭之時詞彙的變化情況，故選取順治朝內閣大庫檔案作爲研究對象。

　　本文的前三章重在描寫該共時段（1644～1661）所折射的十七世紀前中期的漢語詞彙新質。以名物類、行爲類、性狀類爲綱組織詞條，各類之下按語義類聚的原則細分次類。從統計情況來看，名物類新詞佔據的比重最大，其中與當時社會生活聯繫更爲緊密的職官、吏役、罪案人員、制度文書等類新詞數量居多。行爲新詞數量次之，其中拘捕、審訊、訴訟、軍事、搶奪等類新詞居多，

這誠然與我們考察的材料性質緊密相關，因爲在整個七千多份案卷中，刑名類案卷佔將近三分之二的份額。這也反映出當某一領域（問題）成爲關注的焦點時，儘管該領域內所指未發生變化，但能指卻會紛歧迭出，從而在某一共時段產生爲數眾多的異稱。不過，這些詞彙新質並不能全部得以沿用，有些勢必會在大浪淘沙的選擇中歸於沉寂。因爲，「事實上，一個社會所接受的任何表達手段，原則上都是以集體習慣，或者可以說，以約定俗成爲基礎的。」〔註1〕而且這些詞彙新質往往使用頻率不高，即使是後來仍活躍在現代漢語裏的，在其初始之時，被文獻記錄下來的概率也相對較低，更何況局限在我們所考察的封閉語料中。因此，我們所釋的新詞在順治檔案中的用例一般不多，甚至很多都是孤例。

　　新詞的產生還與文體緊密相關。我們在接觸材料的伊始，曾經想當然地計劃專闢一章考釋順治檔案的公文用語，本以爲作爲公文語體的檔案材料會出現很多的公文類詞彙新質，但是結果大失所望。考其原因，公文用語受文體限制，有其自身特點所致。公文是比較正式的書面語體，其傳遞信息的功能當推首位。爲保證上傳下達的順暢，勢必會排斥詞彙創新。所使用的詞語語意透明，義項單一；表意明確，避免語義模糊和歧義；追求典雅，襲用古語詞；相對穩定，形成一套刻板的固定用語。甚至在公文框架、行文格式上也嚴格講究，成爲制度。

　　當然，並不能因此認爲公文文體所反映的語料與當時時代絕緣，常用的公文用語也會發生變化，只是演變速度緩慢而已。需要區別對待的是，順治檔案材料中所記錄的審案過程，雖然以公文形式出現，但爲求審訊的嚴肅與公正，眞實地記錄了當時的語言狀況，是難得的詞彙研究史語料。

　　本文的後兩章重在分析所列新詞的語法語義關係。從分析結果來看，在十七世紀前中期，單一結構中並列式構詞居多，其中疊架構詞更能產。疊架構詞具有兩面性，既可視爲對語言經濟原則的違背，又可視爲對表意明確的追求。本時期出現大量疊架結構，亦反映出在孳生新詞時，語言演變遵循著漸進性原則。複合結構中偏正式構詞佔據主流，其中語義槽爲「主狀謂賓，基式：$N_1PN_2VN_3$」的最能產。從詞語表層來看，模標爲「N＋N」的組合爲最強勢的結構類型。這與現代漢語的研究結果不謀而合。陸志韋、周薦、卞

〔註1〕　索緒爾著；高名凱譯：《普通語言學教程》，商務印書館 1980 版，第 103 頁。

成林、董秀芳等的統計結果亦顯示，整個現代漢語詞彙或新詞中，「名詞性成分與名詞性成分組合成名詞是現代漢語詞法結構裏最能孳生新詞的格式。」〔註2〕這便說明，至遲在十七世紀前中期，漢語新詞的孳生方式已與現代漢語一致，亦可爲漢語史的分期提供佐證。

　　毋庸諱言，本文尚有缺陷及不足之處。比如，受體例的限制，在考釋詞語時一律略去了俗字的討論，僅在所釋詞條的書證中保留了寫卷的用字原貌，未能全面呈現清初的用字習慣。在分析語義構成時，儘管引入語義模作爲概括手段，但仍嫌分類繁多，而且對某些詞語因爲語源不夠明瞭，分析深入亦嫌不夠。「而今邁步從頭越」，且待來日能進一步完善。

〔註2〕　董秀芳：《漢語的詞庫與詞法》，北京大學出版社 2004 年版，第 129 頁。參見陸志韋等：《漢語的構詞法》，科學出版社 1964 年修訂版。周薦：《復合詞詞素間的意義結構關係》，《語言研究論叢》第六輯，天津教育出版社。卞成林：《漢語工程詞論》，山東大學出版社。

參考文獻

1　引用語料〔註1〕

1.1　明代以前文獻

1. 〔宋〕陳彭年撰：《鉅宋廣韻》，上海古籍出版社 1983 年版。
2. 〔宋〕丁度等編：《集韻》，上海古籍出版社 1985 年版。
3. 〔宋〕李心傳編：《建炎以來繫年要錄》卷一百四十三，中華書局，1956 年版。
4. 〔遼〕釋行均編：《龍龕手鏡》，中華書局 1985 年版。
5. 〔漢〕許慎撰；〔清〕段玉裁注：《説文解字注》，上海古籍出版社 1988 年版。
6. 〔漢〕揚雄著；（晉）郭璞注：《方言》，中華書局 1985 年版。
7. 王季思主編：《全元戲曲》，人民文學出版社 1999 年版。

1.2　明代文獻

1. 安遇時編集，〔清〕高佩羅著：《包龍圖判百家公案》，昆侖出版社 2001 年版。
2. 北京大學文科研究所輯：《明末農民起義史料》，開明書店 1952 年版。
3. 陳仁錫：《皇明世法錄》，《四庫禁毀書叢刊》史部 16 冊，北京出版社 2000 年版。
4. 方汝浩編撰，思陶等校點：《禪真逸史》，齊魯書社 1998 年版。
5. 馮夢龍：《醒世恒言》，人民文學出版社 1956 年版。
6. 馮夢龍編：《喻世明言》，人民文學出版社 1958 年版。

〔註1〕　按著者音序排列，下同。

7　馮夢龍編刊，吳書陰校注：《警世通言》，北京十月文藝出版社 1994 年版。

8　馮夢龍評輯，周方，胡慧斌校點：《情史》，江蘇古籍出版社 1993 年版。

9　郭厚安編：《明實錄經濟資料選編》，中國社會科學出版社 1989 年版。

10　海瑞：《海瑞集》，參見吳心浩編著：《中國歷代名案》，中州古籍出版社 1993 年版。

11　何爾健著，何全、郭良玉編校：《按遼御璫疏稿》，中州書畫社 1982 年版。

12　何文簡撰：《何文簡疏議》，《景印文淵閣四庫全書》史部第 429 冊，臺灣商務印書館 1983～1986 年版。

13　胡世寧撰：《胡端敏奏議》，《景印文淵閣四庫全書》史部第 428 冊，臺灣商務印書館 1983～1986 年版。

14　黃訓編：《名臣經濟錄》，《景印文淵閣四庫全書》史部第 443 冊，臺灣商務印書館 1983～1986 年版。

15　計六奇編：《明季南略》，《臺灣文獻叢刊》第一四八種，大通書局 1987 年版。

16　金木散人著，蕭凝山點校：《鼓掌絕塵》，華藝出版社 1993 年版。

17　蘭陵笑笑生著：《金瓶梅詞話》，人民文學出版社 1985 年版。

18　李應昇：《落落齋遺集》，《叢書集成續編》第 148 冊，新文豐出版公司 1989 年版。

19　李中梓原著；唐俊琪等解析：《醫宗必讀校注》，三秦出版社 2005 年版。

20　李國祥，楊昶主編：《明實錄類纂·經濟史料卷》，武漢出版社 1993 年版。

21　凌濛初著：《初刻拍案驚奇》，天津古籍出版社 2004 年版。

22　陸人龍著，《型世言》，遼寧古籍出版社 1995 年版。

23　鹿善繼著：《認真草》，中華書局 1985 年版。

24　馬文升撰：《馬端肅奏議》，《景印文淵閣四庫全書》史部第 427 冊，臺灣商務印書館 1983～1986 年版。

25　孟稱舜原著，唐玉改編：《嬌紅記》，陝西人民出版社 1997 年版。

26　祁彪佳：《祁彪佳文稿》第 1 冊，書目文獻出版社 1991 年版。

27　清溪道人編著：《禪真後史》，大眾文藝出版社 1998 年版。

28　清溪道人著，唐華標點，《東度記》，上海古籍出版社 1996 年版。

29　阮大鋮撰，徐凌雲、胡金望點校：《阮大鋮戲曲四種》，黃山書社 1993 年版。

30　沈榜：《宛署雜記》，北京古籍出版社 1980 年版。

31　沈德符著：《萬曆野獲編》，中華書局 1959 年版。

32　宋應星著：《開工開物》，蘭州大學出版社 2004 年版。

33　孫傳庭：《白谷集》，《景印文淵閣四庫全書》集部第 1296 冊，臺灣商務印書館 1983～1986 年版。

34　孫懋撰：《孫毅庵奏議》，《景印文淵閣四庫全書》史部第 429 冊，臺灣商務印書館 1983～1986 年版。

35　譚綸撰：《譚襄敏奏議》，《景印文淵閣四庫全書》史部第 429 冊，臺灣商務印書館 1983

～1986 年版。

36　天然癡叟著：《石點頭》，吉林文史出版社 1986 年版。

37　王恕撰：《王端毅奏議》，《景印文淵閣四庫全書》史部第 427 冊，臺灣商務印書館 1983
　　～1986 年版。

38　西湖伏雌教主著；辛澤校點：《醋葫蘆》，百花文藝出版社 1992 年版。

39　夏言撰：《南宮奏稿》，《景印文淵閣四庫全書》史部第 429 冊，臺灣商務印書館 1983
　　～1986 年版。

40　顏俊彥著：《盟水齋存牘》，中國政法大學出版社 2002 年版。

41　顏俊彥著：《盟水齋存牘》，中國政法大學出版社 2002 年版。

42　楊爾曾等撰，譚新標點：《八仙全傳》，嶽麓書社 1994 年版。

43　楊宏，謝純撰；荀德麟、何振華點校：《漕運通志》，方志出版社 2006 年版。

44　楊一清撰：《關中奏議》，《景印文淵閣四庫全書》史部第 428 冊，臺灣商務印書館 1983
　　～1986 年版。

45　佚名：《新民公案》，參見《中國古代孤本小說集》，中國文史出版社 1998 年版。

46　佚名編撰，馬玉梅校點，《新民公案》，群眾出版社 1999 年版。

47　佚名著，劉文忠校點：《檮杌閑評》，人民文學出版社 1983 年版。

48　余繼登撰：《典故紀聞》，中華書局 1981 年版。

49　袁于令編撰；冉休丹點校：《隋史遺文》，中華書局 1996 年版。

50　張岱著：《石匱書後集》，中華書局 1959 年版。

51　張國維：《撫吳疏草不分卷》，《四庫禁毀書叢刊》史部 39 冊，北京出版社 2000 年版。

52　張國維：《吳中水利全書》，《景印文淵閣四庫全書》史部第 578 冊，臺灣商務印書館
　　1983～1986 年版。

53　張萱撰：《西園聞見錄》，參見《明代傳記叢刊》607，明文書局 1991 年版。

54　張永祺等撰；樂星輯校：《甲申史籍三種校本》，中州古籍出版社 2002 年版。

55　張原撰《玉坡奏議》，《景印文淵閣四庫全書》史部第 429 冊，臺灣商務印書館 1983
　　～1986 年版。

56　張自烈撰；〔清〕廖文英續：《正字通》，上海古籍出版社 1996 年版。

1.3　清代文獻

1.《大清會典》，《四庫全書薈要》史部第 113 冊，臺灣世界書局 1988 年版。

2.《清實錄》第 36 冊《宣宗實錄》，中華書局 1986 年影印版。

3.《清實錄》第 3 冊《世祖實錄》，中華書局 1985 年影印版。

4.《曲阜孔府檔案史料選編》第 3 編《清代檔案史料》第 15 冊《商業高利貸工食物價》，
　齊魯書社 1988 年版。

5. 艾衲居士編著；張敏標點：《豆棚閑話》，人民文學出版社 1984 年版。

6. 八寶王郎著；風村校點：《冷眼觀》，瀋陽出版社 1994 年版。

7. 百吉：《近代中國史料叢刊編輯》844《臺案匯錄甲集》，文海出版社。

8. 寶應縣地方志編纂委員會編：《寶應縣志》，江蘇人民出版社 1994 年版。

9. 不睡居士編；廣來整理：《枕上晨鐘》，內蒙古人民出版社 2000 年版。

10. 不睡居士著：《枕上晨鐘》，中國文史出版社 2003 年版。

11. 不題撰人：《包公案‧于公案》，天津古籍出版社 2006 年版。

12. 不題撰人：《續小五義》，中國文史出版社 2003 年版。

13. 不題撰人著：《狄公案》，華夏出版社 2002 年版。

14. 不題撰人著：《銀瓶梅》，華夏出版社 1995 年版。

15. 曹去晶著：《姑妄言》，中國文聯出版公司 1999 年版。

16. 曹雪芹，高顎著：《紅樓夢》，人民文學出版社 1964 年版。

17. 查繼佐：《罪惟錄》，浙江古籍出版社 1986 年版。

18. 陈锡祺主编；廖伟章，王化三编：《林则徐奏稿、公牍、日记补编》，中山大学出版社 1985 年版。

19. 陳樺編寫：中國人民大學清史研究所編：《清史編年》第 8 卷道光朝，中國人民大學出版社 2000 年版。

20. 陳其元著；崔承運、金川選注：《庸閑齋筆記》，河北教育出版社 1996 年版。

21. 程登吉編；鄒聖脈增；江興祐、陸忠發注釋：《幼學瓊林》，浙江古籍出版社 1998 年版。

22. 褚人獲著：《隋唐演義》，中國文史出版社 2003 年版。

23. 誕叟著；秋穀標點：《檮杌萃編》，上海古籍出版社 1997 年版。

24. 德齡著；秦瘦鷗譯述：《御香縹緲錄：慈禧后私生活實錄》，文化藝術出版社 2003 年版。

25. 丁秉仁著；張武智等整理：《瑤華傳》，三秦出版社 1990 年版。

26. 丁耀亢选；李增坡主编：《丁耀亢全集》，中州古籍出版社 1999 年版。

27. 丁日健：《治臺必告錄》，參見《近代中國史料叢刊續輯》757～758，文海出版社 1983 年版。

28. 東魯古狂生編；秋谷標校：《醉醒石》，上海古籍出版社 1992 年版。

29. 杜綱著：《北史演義》，時代文藝出版社 2001 年版。

30. 娥川主人編次；李德芳點校：《生花夢》，北京師範大學出版社 1993 年版。

31. 范成謨撰，〔清〕劉可書編：《范忠貞集》，《景印文淵閣四庫全書》集部第 1314 冊，臺灣商務印書館 1983～1986 年版。

32. 福建師範大學歷史系編：《明清福建經濟契約文書選輯》，人民出版社 1997 年版。

33. 傅璿琮主編：《中國古代小說珍秘本文庫》3，三秦出版社 1998 年版。

34. 高宗弘曆編：《世宗憲皇帝聖訓》，《景印文淵閣四庫全書》史部第 412 冊，臺灣商務

印書館 1983～1986 年版。

35. 龔煒撰；錢炳寰點校：《巢林筆談》，中華書局 1981 年版。

36. 古吳素庵主人編著：《第一秀女傳》第 2 輯，中國友誼出版公司 1990 年版。

37. 顧炎武著；〔清〕黃汝成集釋，欒保群、呂宗力校點，《日知錄集釋》，花山文藝出版社 1990 年版。

38. 郭光瑞，〔清〕貪夢道人撰；顧良辰標點：《永慶升平全傳》，上海古籍出版社 1993 年版。

39. 郭廣瑞：《永慶升平前傳》，嶽麓書社 1998 年版。

40. 郭小亭，坑餘生撰：《續濟公傳》，浙江古籍出版社 1991 年版。

41. 國立中央研究院歷史語言研究所編：《明清史料》甲編，商務印書館 1930 年版。

42. 國立中央研究院歷史語言研究所編：《明清史料》乙編，商務印書館 1936 年版。

43. 國史館編撰：《滿漢名臣傳》，黑龍江人民出版社 1991 年版。

44. 海圃主人撰；于世明點校：《續紅樓夢新編》，北京大學出版社 1990 年版。

45. 海上說夢人著：《歇浦潮》，上海古籍出版社 1991 年版。

46. 邗上蒙人撰；朱鑒珺點校：《風月夢》，北京師範大學出版社 1992 年版。

47. 韓世琦：《撫吳疏草》，《四庫未收書輯刊》第 8 輯第 6、7 冊，北京出版社 2000 年版。

48. 何剛德著；張國寧點校：《春明夢錄客座偶談》，山西古籍出版社 1997 年版。

49. 侯忠義等主編：《中國古代珍稀本小說》，春風文藝出版社 1994 年版。

50. 胡明清等編輯：《曲阜孔府檔案史料選編》第 3 編第 18 冊，齊魯書社 1985 年版。

51. 花沙納：《德壯果公年譜》，《續修四庫全書》史部 556 冊，上海古籍出版社 2002 年版。

52. 黃彭年等撰：《畿輔通志》第 72 卷，1928 年版。

53. 黃佐撰：《翰林記》卷一，中華書局 1985 年版

54. 蕙水安陽酒民：《情夢柝》，參見老根主編：《中國古代手抄本秘笈》珍藏版卷 3 傳奇演義卷，中國戲劇出版社 1999 年版。

55. 即墨市政協文史委員會，即墨市博物館：《即墨文史資料專輯·伸雪奇冤錄》，2000 年版。

56. 紀昀著；沈鴻生書法，張景懷，劉雲甲主編：《閱微草堂筆記》，上海古籍出版社 2005 年版。

57. 江南隨園主人著；王健點校：《繡戈袍全傳》，人民中國出版社 1993 年版。

58. 江左誰庵述：《醉春風》，時代文藝出版社 2003 年版。

59. 蔣兆奎：《河東鹽法備覽》，《四庫未收書輯刊》第 1 輯第 24 冊，北京出版社 2000 年版。

60. 柯悟遲撰；祁龍威校注：《漏網喁魚集》，中華書局 1959 年版。

61. 孔昭明編：《臺灣文獻史料叢刊》第 6、7、9 輯，臺灣大通書局 1987 年版。

62. 藍鼎元著：《藍公案》，北京燕山出版社 1996 年版。

63. 藍鼎元撰：《鹿洲全集》，廈門大學出版社 1995 年版。

64. 娜嬛山樵撰：《補紅樓夢》，北京大學出版社 1988 年版。

65. 李百川著；侯忠義整理：《綠野仙蹤》，北京大學出版社 1986 年版。

66. 李伯元著：《李伯元全集》，江蘇古籍出版社 1997 年版。

67. 李伯元著；韓秋白點校，《文明小史》，中華書局 2002 年版。

68. 李光庭：《清代史料筆記叢刊·鄉言解頤》，中華書局 1982 年版。

69. 李綠園著：《歧路燈》，中國戲劇出版社 2000 年版。

70. 李清：《南渡錄》，參見《南明史料八種》，江蘇古籍出版社 1997 年版。

71. 李汝珍著：《鏡花緣》，嶽麓書社 1989 年版。

72. 李澍田主編：《東北農業史料　雙城堡屯田紀略　東北屯墾史料》，吉林文史出版社。

73. 李天根著：《爝火錄》，浙江古籍出版社 1986 年版。

74. 李修行編次；付德林，李晶點校：《夢中緣》，北京師範大學出版社 1993 年版。

75. 李漁著：《比目魚傳奇》，參見《傳奇精選》，光明日報出版社 1997 年版。

76. 李漁著：《李漁全集》，浙江古籍出版社 1991 年版。

77. 李岳瑞：《春冰室野乘》，《叢書集成續編》第 279 冊，新文豐出版公司 1989 年版。

78. 連夢青：《鄰女語》，載《睡獅恨》，中國文聯出版公司 1999 年版。

79. 梁恭辰：《北東園筆錄續編》，參見《清朝野史大觀》，江蘇文廣陵古籍刻印社 1998 年影印版。

80. 梁廷枏撰；邵循正點校：《夷氛聞記》，中華書局 1959 年版。

81. 劉璈著：《巡臺退思錄》，參見《臺灣文獻史料叢刊》第九輯，臺灣大通書局 1987 年版。

82. 劉獻廷撰；汪北平，夏志和點校：《廣陽雜記》，中華書局 1957 年版。

83. 盧建幸編：《中國地方志集成·臺灣府縣志輯》，上海書店出版社 1999 年版。

84. 魯子健編：《清代四川財政史料》，四川省社會科學院 1984 年版。

85. 羅書華主編：《中國古代禁書文庫》，中國文聯出版公司 1998 年版。

86. 落魄道人著：《八賢傳》，參見〔清〕儲仁遜編著；張晨江整理：《清代抄本公案小說》，百花文藝出版社 1996 年版。

87. 毛承斗輯：《東江疏揭塘報節抄》，浙江古籍出版社 1986 年版。

88. 毛奇齡：《西河集》，《景印文淵閣四庫全書》集部第 1320～1321 冊，臺灣商務印書館 1983～1986 年版。

89. 南開大學歷史系編：《清實錄經濟資料輯要》，中華書局 1959 年版。

90. 牛實彤主編；孫方恩等譯注：《古代公案小說精選譯文》，青島出版社 1995 年版。

91. 潘超，丘良任，孫忠銓等主編：《中華竹枝詞全編》，北京出版社 2007 年版。

92. 彭遵泗著：《蜀碧》，北京古籍出版社 2002 年版。

93. 蒲松齡著；路大荒整理：《蒲松齡集》，中華書局 1962 年版。

94. 錢泳：《履園叢話》，《續修四庫全書》子部 1139 冊，上海古籍出版社 1996 年版。

95. 樵子編輯，拗生批點；史愚校點：《樵史通俗演義》，人民文學出版社 1989 年版。

96. 青蓮室主人著；呂安校點：《後水滸傳》，黑龍江人民出版社 1997 年版。

97. 青心才人編次：《金雲翹傳》，春風文藝出版社 1983 年版。

98. 屈大均：《廣東新語》，參見歐初，王貴忱主編：《屈大均全集》4，人民文學出版社 1996 年版。

99. 蓬園著：《負曝閒談》，上海古籍出版社 1985 年版。

100. 三吳良墨仙主人著；劉殿祥，趙清俊點校：《海烈婦百煉眞傳》，中國文聯出版社 2004 年版。

101. 上海博物館圖書資料室編：《上海碑刻資料選輯》，上海人民出版社 1980 年版。

102. 邵彬儒：《俗話傾談》，載齊豫生，夏于全主編：《中國古典文學寶庫》第 68 輯，延邊人民出版社 1999 年版。

103. 邵杏泉撰；張葦航點校：《邵氏方案》，上海科學技術出版社 2004 年版。

104. 沈德潛編：《五朝詩別裁　清詩別裁集》下，嶽麓書社 1998 年版。

105. 沈用增：《孝感縣志》，成文出版社 1975 年版。

106. 沈雲龍編：《近代中國史料叢刊》406《諫書稀菴筆記》，文海出版社。

107. 沈雲龍編：《近代中國史料叢刊》300《南園叢稿》，文海出版社 1968 年版。

108. 沈雲龍編：《近代中國史料叢刊編輯》503《臺灣關係文獻集零》，文海出版社 1978 年版。

109. 沈雲龍編：《近代中國史料叢刊三編》5～7《國朝耆獻類徵選編》，文海出版社 1989 年版。

110. 石成金撰：《雨花香》，內蒙古人民出版社 2000 年版。

111. 石玉昆編；王述校點：《三俠五義》，人民文學出版社 2001 年版。

112. 石玉昆著：《續小五義》，中國文史出版社 2003 年版。

113. 世宗胤禛編：《世宗憲皇帝朱批諭旨》，《景印文淵閣四庫全書》史部第 416～425 冊，臺灣商務印書館 1983～1986 年版。

114. 四川省檔案館編：《清代巴縣檔案彙編》乾隆卷，檔案出版社 1991 年版。

115. 松竹草廬愛月主人編：《比目魚》，內蒙古人民出版社 2000 年版。

116. 孫承澤：《春明夢餘錄》，《續修四庫全書》史部 496 冊，上海古籍出版社 1996 年版。

117. 孫奇逢著；朱茂漢點校：《夏峰先生集》，中華書局 2004 年版。

118. 臺灣銀行經濟研究室：《石刻史料新編》第 3 輯《臺灣南部碑文集成》，新文豐出版公司。

119. 臺灣中央研究院歷史語言研究所編：《明清史料》戊編，中華書局 1987 年版。

120. 臺灣中央研究院歷史語言研究所編：《明清史料》己編，中華書局 1987 年版。

121. 太平天國歷史博物館編：《太平天國史料叢編簡輯》第 2 冊，中華書局 1962 年版。

122. 貪夢道人著：白莉蓉、張金環校點：《彭公案》，齊魯書社 1995 年版。

123. 唐芸洲著：鍾濤，黃良玉點校：《七劍十三俠》，北京十月文藝出版社 1995 年版。

124. 汪寄著，廖東、黎奇校點，《希夷夢》，遼瀋書社 1992 年版。

125. 汪祖輝著：《官經》，哈爾濱出版社 2007 年版。

126. 王安定等纂修：《兩淮鹽法制》，《續修四庫全書》史部 844 冊，上海古籍出版社 1996 年版。

127. 王先謙：《東華續錄》，《續修四庫全書》史部 375 冊，上海古籍出版社 2002 年版。

128. 王明倫選編：《反洋教書文揭帖選》，齊魯書社 1984 年版。

129. 魏源：《魏源全集》，嶽麓書社 2004 年版。

130. 文康：《兒女英雄傳》，人民文學出版社 1983 年版。

131. 烏有先生著：《繡鞋記》；載林鯉主編：《中國秘本小說大系》，中國戲劇出版社 1992 版。

132. 吳敬梓著：《儒林外史》，人民文學出版社 1977 年版。

133. 吳謙等編：《醫宗金鑒》第 5 分冊，人民衛生出版社 1973 年版。

134. 吳沃堯著：《二十年目睹之怪現狀》，南海出版公司 2002 年版。

135. 吳翌鳳編：《清朝文徵》，參見任繼愈主編：《中華傳世文選》，吉林人民出版社 1998 年版。

136. 吳翌鳳撰，吳格點校，《遜志堂雜鈔》，中華書局 1994 年版。

137. 無名氏著：《隔簾花影》，大眾文藝出版社 2002 年版。

138. 無名氏撰：《粉妝樓全傳》，華夏出版社 1995 年版。

139. 無名氏撰：《綠牡丹》，浙江古籍出版社 1985 年版。

140. 五色石主人著：陳翔華，蕭欣橋點校：《八洞天》，書目文獻出版社 1985 年版。

141. 西湖居士著：石仁和校點：《狄青演義》，三秦出版社 1996 年版。

142. 西湖漁隱主人撰：于天池，李書點校：《歡喜冤家》，北京師範大學出版社 1992 年版。

143. 西周生撰：《醒世姻緣傳》，上海古籍出版社 1981 年版。

144. 席吳鰲撰：《內閣志》，中華書局 1985 年版。

145. 夏敬渠：《野叟曝言》，中國戲劇出版社 2000 年版。

146. 蕭奭：《永憲錄》，載《近代中國史料叢刊》704，文海出版社 1983 年版。

147. 心遠主人著：《二刻醒世恒言》，載李克等編：《明清言情世情小說合集》第 4 卷，中國文聯出版公司 1998 年版。

148. 醒世居士著：《八段錦》，大眾文藝出版社 2002 年版。

149. 徐枕亞著：《玉梨魂》，江西人民出版社 1986 年版。

150. 煙霞主人編述：《幻中遊》（影印本），書目文獻出版社 1988 年版。

151. 楊一凡，王旭編：《古代榜文告示彙存》第 9 冊，社會科學文獻出版社 2006 年版。

152. 楊英撰，陳碧笙校注：《先王實錄校注》，福建人民出版社 1981 年版。

153. 姚元之：《竹葉亭雜記》，光緒十九年刻本。

154. 葉夢珠撰；來新夏點校：《閱世編》，上海古籍出版社 1981 年版。

155. 荑荻散人編次，〔清〕佚名著：《玉嬌梨》，中州古籍出版社 1994 年版。

156. 佚名：《癡人福》，載《明清豔情小說精選系列》卷三，中州古籍出版社 1994 年版。

157. 佚名：《賽紅絲》，春風文藝出版社 1981 年版。

158. 佚名：《施公案》，寶文堂書店 1982 年版。

159. 佚名著：《海公小紅袍奇案》，法律出版社 1998 年版。

160. 佚名著；廖生、金婭麗整理：《三春夢》，四川文藝出版社 1996 年版。

161. 佚名著；劉文忠校點：《檮杌閑評》，人民文學出版社 1983 年版。

162. 佚名撰；林邦鈞，蕭惠君點校：《續小五義》，北京師範大學出版社 1993 年版。

163. 佚名撰；楊愛群校點：《三戲白牡丹》，齊魯書社 1990 年版。

164. 吟梅山人撰；李申點校：《蘭花夢奇傳》，嶽麓書社 1985 年版。

165. 遊戲主人：《笑林廣記》，乾隆四十六年刻本。

166. 遊戲主人纂輯；粲然居士參訂；傅財校點：《笑林廣記》，光明日報出版社 1993 年版。

167. 于成龍：《于清端政書》，《景印文淵閣四庫全書》集部第 1318 冊，臺灣商務印書館 1983～1986 年版。

168. 俞百巍主編；鄧正良，皇甫重慶編選，貴州省文化廳編：《中國少數民族戲劇叢書》貴州省卷，中國戲劇出版社 1987 年版。

169. 瘦嶺勞人著：《蜃樓志》，吉林文史出版社 1999 年版。

170. 袁枚著：《子不語全集》，河北人民出版社 1987 年版。

171. 袁枚著；初志英編譯：《隨園食單》，雲南人民出版社 2004 年版。

172. 袁若愚：《學詩初例》卷首，乾隆二年刊本，湖北省圖書館藏本。

173. 允祿編，〔清〕弘晝續編：《世宗憲皇帝上諭內閣》，《景印文淵閣四庫全書》史部第 414～415 冊，臺灣商務印書館 1983～1986 年版。

174. 曾國藩：《曾國藩全集》家書一、二，嶽麓書社 1985 年版。

175. 曾國荃等：《山西通志》，《續修四庫全書》史部 643 冊，上海古籍出版社 1996 年版。

176. 曾國荃著；梁小進整理：《曾國荃全集》第 1 冊《奏疏》，嶽麓書社 2004 年版。

177. 張春帆著：《九尾龜》，中國文史出版社 2003 年版。

178. 張傑鑫著：《三俠劍》，中國文史出版社 2003 年版。

179. 張璐著；王忠雲等校注：《千金方衍義》，中國中醫藥出版社 1995 年版。

180. 張銘新，李貴連編寫：《清朝命案選》，法律出版社 1982 年版。

181. 趙爾豐，吳豐培著：《趙爾豐川邊奏牘》，四川人民出版社 1984 年版。

182. 趙慎畛撰：《榆巢雜識》，中華書局 2001 年版。

183. 趙學敏輯：《本草綱目拾遺》，人民衛生出版社 1983 年版。

184. 趙翼著：《陔餘叢考》，商務印書館 1957 年版。

185. 趙之恒，牛耕，巴圖主編：《大清十朝聖訓》，北京燕山出版社 1998 年版。

186. 鄭觀應著；辛俊玲評注：《盛世危言》，華夏出版社 2002 年版。

187. 鄭秦、趙雄主編，中國第一歷史檔案館、東亞法律文化課題組編：《清代「服制」命案‧刑科題本檔案選編》，中國政法大學出版社 1999 年版。

188. 鄭燮著；立人選注：《鄭板橋詩詞文選》，作家出版社 1997 年版。

189. 鄭祖榮，周思福主編：《宜良碑刻》，雲南民族出版社 2006 年版。

190. 中國第一歷史檔案館：《清代檔案史料叢編》第 6 輯，中華書局 1980 年版。

191. 中國第一歷史檔案館編：《清代檔案史料叢編》第 7 輯，中華書局 1981 年版。

192. 中國第一歷史檔案館編：《雍正朝漢文朱批奏摺彙編》第一冊，江蘇古籍出版社 1991 年版。

193. 中國第一歷史檔案館整理：《康熙起居注》，中華書局 1984 年版。

194. 中國科學院編：《明清史料》丁編，北京圖書館出版社 2008 年版。

195. 中國人民大學歷史系，中國第一歷史檔案館編：《清代農民戰爭史資料選編》，中國人民大學出版社 1984 年版。

196. 中國人民大學清史研究所、中國第一歷史檔案館編：《天地會》4，中國人民大學出版社 1983 年版。

197. 中國社會科學院近代研究所近代史資料編輯室編：《山東義和團案卷》，齊魯書社 1980 年版。

198. 中國社會科學院歷史研究所《古代中越關係史資料選編》編輯組編：《古代中越關係史資料選編》，中國社會科學出版社 1982 年版。

199. 中國社會科學院歷史研究所編：《中國古代社會經濟史資料》第 1 輯，福建人民出版社 1985 年版。

200. 中國社會科學院歷史研究所明史研究室編：《清代臺灣農民起義史料選編》，福建人民出版社 1982 年版。

201. 周鑾書，姚公騫主編：《江西古文精華叢書》奏議卷，江西人民出版社 1996 年版。

202. 周心慧主編：《中華善本珍藏文庫》第 1 輯，中國致公出版社 2001 年版。

203. 周秀才等編選，《中國歷代家訓大觀》下冊，大連出版社 1997 年版。

204. 朱金甫，呂堅主編；中國第一歷史檔案館，福建師範大學歷史系編：《清末教案》，中華書局 1996 年版。

205. 朱象賢：《聞見偶錄》，《叢書集成續編》第 213 冊，新文豐出版公司 1989 年版。

206. 竹溪山人著；林蕪校點：《粉妝樓全傳》，江蘇古籍出版社 1996 年版。

207. 祝秀俠，袁帥南：《中華文匯清文匯》，中華叢書編審委員會 1960 年版。

208. 撰者不詳：《乾隆南巡記》，北京燕山出版社 1997 年版。

209. 酌元亭主人編：《照世杯》，時代文藝出版社 2001 年版。

210. 紫陽道人撰；徐學清整理：《續金瓶梅》，中州古籍出版社 1993 年版。

211. 左宗棠著：《左文襄公書牘》卷七，清光緒 17 年刻本。

1.4　民國及現代文獻

1. 北京師範大學歷史系世界古代史教研室編：《世界古代及中古史資料選集》，北京師範大學出版社 1999 年版。

2. 不肖生著：《留東外史》，中國華僑出版社 1998 年版。

3. 蔡東藩著：《明史通俗演義》，山東人民出版社 1980 年版。

4. 陳殘雲著：《山谷風煙》，上海文藝出版社 1979 年版。

5. 陳爲民主編：《人獸共患病》，湖北科學技術出版社 2006 年版。

6. 襯叔著；秦周校撰：《倫文敘全傳》，廣東旅遊出版社 1995 年版。

7. 程質彬：《君子蘭傳奇》，北方婦女兒童出版社 1985 年版。

8. 戴逸總主編，趙毅主編：《開國重臣大傳·多爾袞大傳》第 2 版，黑龍江人民出版社 2005 年版。

9. 東隅逸士編：《飛龍全傳》，寶文堂書店 1982 年版。

10. 范廣君著：《五路巷》，濟南出版社 2007 年版。

11. 方白：《抗戰歌謠》，《抗到底》第 18 期，1938 年 11 月出版。

12. 馮德英編：《苦菜花》，解放軍文藝出版社 1990 年版。

13. 古零後人姜齋著：《清外史》，五洲書局 1914 年版。

14. 河北省地方志編纂委員會編：《河北省志》第 9 卷《地震志》，河北人民出版社 1993 年版。

15. 河南省寧陵縣地方志編纂委員會：《寧陵縣志》，中州古籍出版社 1989 年版。

16. 黑龍江省檔案館編，《黑龍江歷史大事記（1900～1911）》，黑龍江人民出版社 1984 年版。

17. 姜愛玲譯：《刺客任務》（美·羅蘋·荷布編著），汕頭大學出版社 2004 年版。

18. 金近主編：《中國新文藝大系》1976～1982《兒童文學集》，中國文聯出版公司 1986 年版。

19. 金警針著，曹文整理修訂：《少林七十二藝練法精選》，山西人民出版社 1988 年版。

20. 克敏著：《熱血痕》，吉林文史出版社 1987 年版。

21. 李潔非著：《龍床》，敦煌文藝出版社 2006 年版。

22. 李興如編著：《家庭獸醫》，中國農業出版社 1994 年版。

23. 林鯉主編：《中國歷代珍稀小說》，九洲圖書出版社 1998 年版。

24. 劉江，尹崇富著：《太行飛虎隊》，北嶽文藝出版社 1992 年版。

25. 劉明遠著：《竹林豪俠》，中國文聯出版社 2002 年版。

26. 劉培林著：《末代狀元張謇傳奇》，光明日報出版社 2007 年版。

27. 劉心武：《劉心武文集》第 3 卷中篇小說，華藝出版社 1993 年版。

28. 劉亞洲著：《兩代風流》，中國社會出版社 2006 年版。

29. 呂子房等編著：《川北燈戲》，四川文藝出版社 1986 年版。

30. 馬鈴著:《梨園義俠》,四川文藝出版社1989年版。

31. 馬識途著:《在地下》,人民文學出版社2005年版。

32. 錢林森,廉聲著:《大宋提刑官》,群眾出版社2005年版。

33. 陝西文化局編:《陝西傳統劇目彙編 同州梆子》第2集,陝西省文化局1981年版。

34. 上海文藝出版社編:《中國新文學大系(1927～1937)》第14集詩集,上海文藝出版社1985年版。

35. 侍桁譯:《卡斯特橋市長》(英・哈代Thomas Hardy著),上海譯文出版社2002年版。

36. 樹下野狐:《搜神記・靈山十巫》,遼寧教育出版社2005年版。

37. 司馬翎著:《紅粉干戈》,浙江文藝出版社1999年版。

38. 汪雄飛,劉操南整理:《諸葛亮出山》,浙江文藝出版社1989年版。

39. 王樹森著:《隋楊淚》,中國文聯出版公司1998年版。

40. 王劍冰選編:《2004年中國精短美文100篇》,長江文藝出版社2005年版。

41. 王金中、沈仲明主編:《無錫工商先驅周舜卿》,鳳凰出版社2007年版。

42. 聞錄:《小河小漲》,《四川文學》,1963年第8期。

43. 聞翮編注,《聞一多青少年時代舊體詩文淺注》,群言出版社2003年版。

44. 蕭重聲著:《淨土樹》,陝西人民出版社1993年版。

45. 楊塵因著,沈新陸整理:《江湖二十四俠》,延邊人民出版社1990年版。

46. 楊沫著:《楊沫文集》,北京十月文藝出版社1992年版。

47. 姚雪垠著:《李自成》,中國青年出版社2004年版。

48. 葉橘泉編著:《現代實用中藥》,上海衛生出版社1956年版。

49. 張方文著:《大運河文集・方文小說選》,華齡出版社1997年版。

50. 張宏傑著:《大明王朝的七張面孔》,廣西師範大學出版社2006年版。

51. 張偉仁:《明清檔案》,聯經出版事業公司1986年版。

52. 趙春江,寶應泰著,《少帥夫人》,吉林人民出版社1987年版。

53. 中共遂寧市委黨史工作委員會編:《中國共產黨遂寧市黨史資料彙編》1926～1949,1989年版。

54. 中國第二歷史檔案館編:《中華民國史檔案資料彙編》第3輯金融,江蘇古籍出版社1991年版。

55. 中國科學院江蘇分院文學研究所編:《江蘇傳統歌謠》,江蘇文藝出版社1960年版。

56. 中國民間文學集成全國編輯委員會,中國民間文學集成湖南卷編輯委員會編:《中國諺語集成》湖南卷,中國ISBN中心1995年版。

57. 中國民間文學集成全國編輯委員會,中國民間文學集成浙江卷編輯委員會編:《中國諺語集成》浙江卷,中國ISBN中心1995年版。

58. 中國人民解放軍歷史資料叢書編審委員會編:《新式整軍運動》,解放軍出版社1995年版。

59. 中國人民銀行上海市分行編：《上海錢莊史料》，上海人民出版社 1960 年版。

60. 周雲和著：《蠅》，中國文聯出版社 2003 年版。

61. 朱生豪譯：《莎士比亞戲劇集》10，作家出版社 1954 年版。

62. 鄒郎著：《要塞風雲》，萬象圖書股份有限公司 1992 年版。

2 著作、論文

1. 白兆麟著：《文法訓詁論集》，語文出版社 1997 年版。

2. 鮑海濤，王安節編著：《親屬稱呼辭典》，吉林教育出版社 1988 年版。

3. 鮑厚星：《東安土話研究》，湖南教育出版社 1998 年版。

4. 卞成林：《漢語工程詞論》，山東大學出版社 2000 年版。

5. 曹廣順：《重疊與歸一》，《漢語史學報》2004 年第四輯。

6. 曹喜琛主編：《檔案文獻編纂學》，中國人民大學出版社 1990 年版。

7. 陳炯著：《法律語言學概論》，陝西人民教育出版社 1998 年版。

8. 程維榮：《中國審判制度》，上海世紀出版集團、上海教育出版社 2001 年版。

9. 程湘清：《〈論衡〉中聯合式複音詞的語義構成》，《中國語文》1983 年第 5 期，又載王雲路、方一新主編：《中古漢語研究》，商務印書館 2004 年版。

10. 戴昭銘：《疊架形式和語言規範》，《語言文字應用》1996 年第 2 期。

11. 刁晏斌著：《〈三朝北盟會編〉語法研究》，河南大學出版社 2007 年版。

12. 鄧之誠著：《骨董瑣記全編》，中華書局 2008 年版。

13. 董秀芳：《漢語的詞庫與詞法》，北京大學出版社 2004 年版。

14. 方一新、王雲路：《六朝史書與漢語詞彙研究》，載《中古漢語研究》，商務印書館 2004 年版。原載中國語文編輯部編：《慶祝中國社會科學院語言研究所建所 45 周年學術論文集》，商務印書館 1997 年版。

15. 方一新，王雲路編著：《中古漢語讀本》，吉林教育出版社 1993 年版。

16. 房玉清：《實用漢語語法》，北京語言學院出版社 1992 年版。

17. 馮小雙，孟憲範主編；中國社會科學雜誌社編：《中國社會科學文叢·社會學卷》，中國政法大學出版社 2005 年版。

18. 符淮青：《現代漢語詞彙》，北京大學出版社 2004 年版。

19. 傅衣淩著：《休休室治史文稿補編》，中華書局 2008 年版。

20. 傅振倫，龍兆佛：《公文檔案管理法》，檔案出版社 1988 年版。

21. 古亦冬編著：《禁書詳解·中國古代小說卷》，天津社會科學院出版社 1993 年版

22. 關立勳主編，黎瑩等卷主編：《中國文化雜說》第九冊《茶酒文化卷》，北京燕山出版社 1997 年版。

23. 郭在貽：《訓詁學》，中華書局 2005 年版。

24. 洪誠玉：《謙詞敬詞婉詞詞典》，商務印書館 2002 年版。

25. 華夫主編，《中國古代名物大典》，濟南出版社 1993 年版。

26. 華國梁等主編，《中國飲食文化》，東北財經大學出版社 1992 年版。

27. 懷效鋒點校：《大明律》點校本，遼瀋書社 1990 年。

28. 黃劍嵐主編：《漳州歷史人物‧龍海卷》，東方出版社 1991 年版。

29. 黃翊：《澳門語言研究》，商務印書館 2007 年版。

30. 簡‧愛切生《語言的變化：進步還是退化？》，語文出版社 1997 年版。

31. 姜亮夫著：《昭通方言疏證》，載沈善洪，胡廷武主編：《姜亮夫全集》16，雲南人民出版社 2003 年版。

32. 江藍生，曹廣順編著：《唐五代語言詞典》，上海教育出版社 1997 年版。

33. 江藍生：《概念疊加與構式整合》，《中國語文》2008 年第 6 期。

34. 江蘇省社會科學院明清小說研究中心，江蘇省社會科學院文學研究所編：《中國通俗小說總目提要》，中國文聯出版公司 1990 年版。

35. 蔣禮鴻：《敦煌變文字義通釋》，上海古籍出版社 1988 年新 2 版。

36. 蔣紹愚：《近代漢語研究概況》，北京大學出版社 1994 年版。

37. 蔣宗福著：《四川方言詞語考釋》，巴蜀書社 2002 年版。

38. 金啓孮：《女眞文辭典》，文物出版社 1984 年版。

39. 雷榮廣：《明清檔案中的抬頭與避諱》，《四川檔案》2006 年 6 期。

40. 黎千駒編著：《古漢語知識二百題》，甘肅教育出版社 1991 年版。

41. 黎澍：《關於中國資本主義萌芽問題的考察》，《歷史研究》1956 年第 4 期。

42. 李崇興等編著：《元語言詞典》，上海教育出版社 1998 年版。

43. 李光濤：《記內閣大庫殘餘檔案》，載《明清檔案》第一冊，聯經出版事業公司 1986 年版。

44. 李鵬年：《內閣大庫——清代最重要的檔案庫》，《故宮博物院院刊》1980 年第 2 期。

45. 李鵬年等編著：《清代六部成語詞典》，天津人民出版社 1990 年版。

46. 李榮主編：詹伯慧，陳曉錦編纂：《東莞方言詞典》，江蘇教育出版社 1997 年版。

47. 李泰洙：《〈老乞大〉四種版本語言研究》，語文出版社 2003 年版，第 138 頁。

48. 李偉民編著：《法學辭源》，黑龍江人民出版社 2002 年版。

49. 李文治，江太新著：《清代漕運》，中華書局 1995 年版。

50. 李宇明：《詞語模》，載《語法研究錄》，商務印書館 2002 年版。原載邢福義主編：《漢語語法特點面面觀》，北京語言文化大學出版社 1999 年版。

51. 李宗侗：《史學概要》，正中書局 1968 年版。

52. 利瑪竇著：何濟高、王遵仲、李申譯：《利瑪竇中國箚記》，廣西師範大學出版社 2001 年版。

53. 林金樹，高壽仙著：《天啓皇帝大傳》，中國社會出版社 2008 年版。

54. 劉堅：《古代白話文獻選讀》，商務印書館 1999 年版。

55. 劉青松：《中國古典文獻學概要》，湖南大學出版社 2002 年版。

56. 劉中富著：《實用漢語詞彙》，安徽教育出版社 2003 年版。

57. 龍潛庵編著：《宋元語言詞典》，上海辭書出版社 1985 年版。

58. 陸志韋等：《漢語的構詞法》，科學出版社 1964 年修訂版。

59. 呂冀平：《給本刊編輯部的信》，《語言文字應用》1996 年第 4 期。

60. 呂叔湘著：《語文常談》，三聯書店 1980 年版。

61. 呂叔湘著：《中國文法要略》，商務印書館 1941 年版。

62. 呂宗力主編：《中國歷代官制大辭典》，北京出版社 1994 年版。

63. 羅養儒撰；王橋等點校：《雲南掌故》，雲南民族出版社 1996 年版。

64. 羅韻希等編著：《成都話方言詞典》，四川省社會科學院 1987 年版。

65. 毛遠明著：《語文辭書補正》，巴蜀書社 2002 年版。

66. 閔家驥、晁繼周、劉介明編：《漢語方言常用詞詞典》，浙江教育出版社 1991 年版。

67. 南京大學歷史系《中國歷代名人辭典》編寫組編：《中國歷代名人辭典》，江西人民出版社 1982 年版。

68. 倪道善：《明清檔案概論》，四川大學出版社 1990 年版，第 68 頁。

69. 彭迎喜：《幾種新擬設立的漢語複合詞結構類型》，《清華大學學報》（哲學社會科學版）1995 年第 2 期。

70. 錢劍夫著：《中國古代字典辭典概論》，商務印書館 1986 年版。

71. 錢仲聯等總主編：《中國文學大辭典》，上海辭書出版社 1997 年版。

72. 秦國經：《中華明清珍檔指南》，北京人民出版社 1999 年版。

73. 單是魁：《談談明清檔案的價值及其利用》，《中國社會科學院研究生院學報》1983 年第 6 期。

74. 施春宏：《語義疊架原因論析》，《語言教學與研究》1998 年第期。

75. 石汝傑著：《〈型世言〉的語言及校點問題》，載《明清吳語和現代方言研究》，上海辭書出版社 2006 年版。

76. 宋慧曼：《清初被動句研究》，四川大學碩士學位論文，2004 年。

77. 蘇寶榮：《語文辭書釋義的幾個問題》，《中國語言學報》第十三期，商務印書館 2008 年版。

78. 蘇州市檔案館編；曹喜琛等主編：《蘇州絲綢檔案資料彙編》，江蘇古籍出版社 1995 年版。

79. 孫文良主編：《滿族大辭典》，遼寧大學出版社 1990 年版。

80. 索緒爾著；高名凱譯：《普通語言學教程》，商務印書館 1980 版。

81. 太田辰夫：《中國語歷史文法》（修訂譯本），蔣紹愚，徐昌華譯，北京大學出版社 2003 年版。

82. 萬依主編：《故宮辭典》，文匯出版社 1996 年版。

83. 汪堂家編譯：《辜鴻銘化外文錄》，上海人民出版社 2002 年版。

84. 王國維：《最近二三十年中中國新發見之學問》，收入《王國維經典文存》，〔王國維著〕洪治綱主編，上海大學出版社 2003 年版。

85. 王國維著：《觀堂集林·庫書樓記》，河北教育出版社 2003 年版

86. 王海棻：《六朝以後漢語疊架現象舉例》，《中國語文》1991 年第 5 期。

87. 王力：《古代漢語》，中華書局 1999 年版。

88. 王力：《字典問題雜談》，《辭書研究》1983 年第 2 期。

89. 王力著：《漢語史稿》，中華書局 2004 年版。

90. 王爲國：《新史記》，經濟日報出版社 1997 年版。

91. 王瑛：《從元曲中幾個「方言俗語」看元曲家所用語言》，黔南民族師專學報 1999 年第 1 期。

92. 王毓銓主編：《中國經濟通史》明代經濟卷，經濟日報出版社 2000 年版。

93. 王雲路：《試說「鞭恥」》，《中國語文》2005 年第 5 期。

94. 王振鐸著：《中華文化集粹叢書·工巧篇》，中國青年出版社 1991 年版。

95. 王鐘翰：《滿族在努爾哈赤時代的社會經濟形態》，載《王鐘翰學術論著自選集》，中央民族大學出版社 1999 年版。

96. 王重民撰：《中國善本書提要》，上海古籍出版社 1983 年版。

97. 王子英等：《中國歷代食貨志彙編簡注》，中國財政經濟出版社 1987 年版。

98. 韋慶遠：《〈明清檔案〉與順治朝吏治》，《社會科學輯刊》1994 年第 6 期，第 88～98 頁。

99. 韋慶遠等：《清代奴婢制度》，載中國社會科學院歷史研究所清史研究室，《清史論叢》第 2 輯，中華書局 1980 年版。

100. 魏德勝：《〈睡虎地秦墓竹簡〉詞彙研究》，華夏出版社 2003 年版。

101. 吳福祥：《南方方言幾個狀態補語標記的來源》，《方言》2002 年第 1 期。

102. 吳連生等編著：《吳方言詞典》，漢語大詞典出版社 1995 年版。

103. 吳山主編：《中國工藝美術大辭典》，江蘇美術出版社 1999 年版。

104. 吳廷燮等纂：《北京市志稿》，北京燕山出版社 1998 年版。

105. 伍鐵平主編：《普通語言學概要》，高等教育出版社 1993 年版。

106. 武占坤主編：《中華風土諺志》，中國經濟出版社 1997 年版。

107. 《現代漢語新詞語詞典》編委會編：《現代漢語新詞語詞典》，商務印書館國際有限公司 2005 年版。

108. 向熹：《簡明漢語史》，高等教育出版社 1993 年版。

109. 謝觀主編：《中華醫學大辭典》，遼寧科學技術出版社 1994 年版。

110. 徐時儀：《古白話詞彙研究論稿》，上海世紀出版集團、上海教育出版社 2000 年版。

111. 徐望之：《公牘通論》，上海書店 1991 年版。

112. 徐中舒：《內閣大庫檔案之由來及其整理》，中央研究院歷史語言研究所編：《明清史料》第一本，中華民國十九年（1930）版。

113. 許寶華，宮田一郎主編：《漢語方言大詞典》，中華書局 1999 年版。

114. 許少峰編：《近代漢語大詞典》，中華書局 2008 年版。

115. 閆曉君著：《出土文獻與古代司法檢驗史研究》，文物出版社 2005 年版。

116. 晏一立：《雍正朝內閣大庫檔案詞彙研究》，四川大學碩士學位論文，2006 年。

117. 楊爲珍，郭榮光主編：《〈紅樓夢〉辭典》，山東文藝出版社 1986 年版。

118. 楊琳：《古典文獻及其利用》，北京大學出版社 2004 年版。

119. 葉林豐著：《香港方物志》，中華書局 1958 年版。

120. 殷正林：《〈世說新語〉中反映的魏晉時期的新詞和新義》，載王雲路、方一新編：《中古漢語研究》，商務印書館 2004 年版，原載《語言學論叢》第 12 輯，商務印書館 1984 年版。

121. 俞理明，杜曉莉：《論詞語的語義結構》，《漢語史學報》第八輯，上海教育出版社 2009 年版。

122. 俞理明，譚代龍：《共時材料中的歷時分析——從〈根本說一切有部毗奈耶破僧事〉看漢語詞彙的發展》，《四川大學學報》（哲學社會科學版）2004 年 5 期。

123. 俞理明：《「不良」和「響馬」》，《樂山師範學院學報》1993 年第 8 期。

124. 俞理明：《詞彙歷史研究中的宏觀認識》，《江蘇大學學報》（社會科學版），2008 年第 3 期。《人大複印資料·語言文字學》2008 年 10 期全文轉載。

125. 俞理明：《東漢佛道文獻詞彙研究的構想》，《漢語史研究集刊》第 8 輯，巴蜀書社 2005 年版。

126. 俞理明：《漢語詞彙和詞彙歷史研究瑣見》，收入《21 世紀的中國語言學》（二），商務印書館 2006 年版。

127. 元鵬飛著：《戲曲與演劇圖像及其他》，中華書局 2007 年版。

128. 袁賓等編著：《宋語言詞典》，上海教育出版社 1997 年版。

129. 袁閶琨等著：《清代前史》，瀋陽出版社 2004 年版。

130. 袁毓林：《謂詞隱含及其句法後果——「的」字結構的稱代規則和「的」的語法、語義功能》，《中國語文》1995 年 4 期。

131. 雲南省設計院《雲南民居》編寫組編：《雲南民居》，中國建築工業出版社 1986 年版。

132. 臧雲浦等：《歷代官制、兵制、科舉製表釋》，江蘇古籍出版社 1987 年版。

133. 張道一主編：《中國民間美術辭典》，江蘇美術出版社 2001 年版。

134. 張慧劍編著：《明清江蘇人年表》，上海古籍出版社 1986 年版。

135. 張聯榮著：《古漢語詞義論》，北京大學出版社 2000 年版。

136. 張敏著：《認知語言學與漢語名詞短語》，中國社會科學出版社 1998 年版。

137. 張我德等編著：《清代文書》，中國人民大學出版社 1996 年版。

138. 張希清、王秀梅：《中國歷代從政名著全譯·官典》第二冊，吉林人民出版社 1998

年版。

139. 張顯成著：《簡帛藥名研究》，西南師範大學出版社 1997 年版。

140. 張小豔：《敦煌書儀語言研究》，商務印書館 2007 年版。

141. 趙阿平著：《滿族語言與歷史文化》，民族出版社 2006 年版。

142. 趙琛著：《刑法分則實用》增訂十三版 1956 年版。

143. 趙振鐸：《訓詁學綱要》，四川出版集團，巴蜀書社 2003 年版。

144. 中國社會科學院語言研究所詞典編輯室編：《現代漢語大詞典》（第五版），商務印書館 2005 年版。

145. 中國文物學會專家委員會編：《中國文物大辭典》上，中央編譯出版社 2008 年版。

146. 中國戲曲研究院編輯：《京劇叢刊》第 15 集《連環計　審頭刺湯　水簾洞》，新文藝出版社 1953 年版。

147. 鍾兆華著：《元刊全相平話五種校注》，巴蜀書社 1990 年版。

148. 周定一主編：《紅樓夢語言詞典》，商務印書館 1995 年版。

149. 周薦：《複合詞詞素間的意義結構關係》，《語言研究論叢》第六輯，天津教育出版社。

150. 周文順著：《臺陸關係通史》，中州古籍出版社 1991 年版。

151. 周振甫等主編：《中外小說大辭典》，現代出版社 1990 年版。

152. 周祖謨：《呂氏春秋詞典・序》，山東教育出版社 1993 年版。

153. 朱德熙：《語法講義》，商務印書館 1982 年版。

154. 朱慶之：《佛典與中古漢語詞彙研究》，文津出版社 1992 年版。

155. 朱彥：《漢語複合詞語義構詞法研究》，北京大學出版社 2004 年版。

156. 朱一玄編：《聊齋誌異資料彙編》，南開大學出版社 2002 年版。

157. 朱彰年，薛恭穆，汪維輝，周志鋒編著：《寧波方言詞典》，漢語大詞典出版社 1996 年版。

158. 茲怡主編，《佛光大辭典》第 1 冊，佛光文化事業有限公司 1988 年版。

159. 鄔熾昌：《公文作法》，世界書局 1933 年版。

160. （前蘇聯）科索夫斯基；成立中譯：《語義場理論概述》，《語言學動態》1979 年第 3 期。

161. Labov, W. 1973.「The boundaries of words and their meanings」. In Bailey and Shuy（eds.）, *New Ways of Analyzing Variation in English*. Washington; Georgetown University Press,1973.

附錄一　書證提前簡表

說明：本表以音序排列詞目。「/」前的詞語爲順治檔案中出現的書寫形式，「/」
　　　後爲《大詞典》立目的書寫形式。對於多義詞，只列出該詞條在順治檔
　　　案中的意義及相應的首引書證。「順治檔案例證」僅表示比《大詞典》首
　　　引書證早，並不一定就是該詞條的最早書證。例如本表第 283 條「喊叫/
　　　喊叫」，《大詞典》自造書證，在順治檔案 20/11265d 中已見，但其更早
　　　的用例爲《舊五代史・太祖紀一》：「（天祐三年）十二月二十日將登澶州，
　　　軍情忽變，旌旗倒指，喊叫連天。」

序號	詞　目	釋　　義	《大詞典》首引書證	順治檔案例證
1	卑褻	卑微輕賤	無書證	20/11004a
2	背僻	背靜，偏僻	郭沫若《革命春秋》	27/15451c
3	邊僻	邊遠偏僻	康有爲《大同書》	36/20367c
4	便宜	方便；順當	《紅樓夢》	20/11431a-b
5	不加	不予	毛澤東《中國人民解放軍布告》	20/11109b-c
6	趂/趁	憑藉；依靠	趙樹理《劉二和與王繼聖》	9/4899b-c
7	赤身	形容身無錢財	清王省山《奉檄調赴軍營途中雜書》	5/2503b

8	衝繁	謂地當沖要，事務繁重	清黃六鴻《福惠全書》	18/100111d
9	大紅	很紅的顏色	《紅樓夢》第三五回	21/11616a-b
10	袋	量詞	《兒女英雄傳》	17/9630a
11	當官	猶公開	《黑籍冤魂》	35/20024b
12	當即	立即	《老殘遊記》	36/20154a
13	毒狠	毒辣兇狠	清和邦額《夜譚隨錄》	20/11447a-b
14	短欠	少；欠缺	王汶石《風雪之夜》	35/19996b
15	孚合	符合，相合	清李調元《〈勸說〉序》	9/4846d
16	隔別	猶隔離	清黃六鴻《福惠全書》	16/9158a
17	號	量詞	自造書證	24/13646d-13647a
18	紅朽	謂米粟陳腐變紅色	中國近代史資料叢刊《太平天國》	13/7058a
19	回空	車船等回程時不載旅客或貨物	《清會典》	25/14158b
20	交界	謂兩地相連，有共同的疆界	《二十年目睹之怪現狀》	14/7788a-b
21	狡口	巧詐之口。謂善辯	清黃六鴻《福惠全書》	18/10057a
22	緊身	緊貼身體	丁玲《母親》	23/12722d-12723b
23	徑行	猶逕自	《花月痕》	19/10419b
24	就中	居中；從中	《紅樓夢》	24/13315b
25	口硬	說話口氣堅決	《新華半月刊》	20/11265d
26	狼狽	喻互相勾結	清黃鈞宰《金壺浪墨》	6/3291a
27	浪蕩	行為不檢點；放蕩	楊沫《青春之歌》	25/14134a
28	老成	穩重；持重	清李漁《憐香伴》	3/1089b-c
29	連界	接壤；交界	《東周列國志》	18/10061c-d
30	臨近	靠近；接近。多指時間、地區	魯迅《故事新編》	3/1153d
31	名口	量詞。用於人	《清史稿》	3/1089c-d
32	膩滯	滯澀，不流暢	清趙翼《甌北詩話》	25/14159d
33	偏累	謂負擔不均衡，不公平	清黃六鴻《福惠全書》	12/6479a
34	起	量詞。件；次	《兒女英雄傳》	27/15003b-c
35	情虛/情虛	心虛	《二十年目睹之怪現狀》	14/7611d-7612a
36	生心	猶存心	梁斌《紅旗譜》	22/12354a-b

37	甦生	蘇生；新生	聞一多《青春》	21/11853d-11854a
38	挑	量詞。用於成挑兒的東西	清李漁《比目魚》	13/7165d
39	汙劣	亦作「汚劣」。低劣	許地山《綴網勞蛛》	4/2205d
40	下剩	剩餘	《紅樓夢》	4/1969c
41	相應	舊式公文用語。應該；理應	清王士禛《居易錄談》	21/11547c
42	香色	茶褐色	清昭槤《嘯亭續錄》	23/13012d-13013a
43	消涸	乾枯；枯竭	《撚軍史料叢刊》	7/3465b-c
44	兇慘	指殘酷悲慘的情景	清蒲松齡《聊齋誌異》	10/5161c
45	沿習	因襲	清黃遵憲《雜感》	1/283c-d
46	一體	指全體	自造書證	1/244a
47	已經	副詞。表示事情完成或時間過去	巴金《〈秋〉序》	31/17331a
48	蟻	比喻卑微；微末；小	清平步青《霞外攟屑》	24/13409b
49	油綠	指光潤而濃綠的顏色	《兒女英雄傳》	23/12723b-c
50	預行	預先施行	巴金《憩園》	21/11845c
51	月白	帶藍色的白色	清李斗《揚州畫舫錄》	5/2781d
52	越格	越規；過分	燕谷老人《續孽海花》	14/7675d-7676a
53	再行	謂另外進行某項活動。用於動詞前	《儒林外史》	33/18616a
54	椎愚	愚笨	章炳麟《訄書》	14/7614a
55	酌量	適量，適當	毛澤東《為爭取國家財政經濟狀況的基本好轉而鬥爭》	20/11152a
56	著急	趕緊	《儒林外史》	32/18379a-b
57	自行	自動；主動	毛澤東《將革命進行到底》	21/11816c
58	走	從；經由	《儒林外史》	20/11083d
59	鞍屉/鞍屜	馬鞍	清黃六鴻《福惠全書》	34/19345a
60	嶨	亦作「峉」。山中曲折隱秘處。亦指山中平地	無書證	21/11883c
61	壩	壩子；平地	清阮元《西台》詩	23/13216b
62	白役	舊時官署中的編外差役	清黃六鴻《福惠全書》	22/12579a-b
63	板子	舊時用竹片製成的笞刑刑具	《儒林外史》	2/823c

64	辦事	舊指處理具體事務的下級官吏	陶成章《浙案紀略》	22/12369d
65	幫貼	猶補貼	《紅樓夢》	14/7623b-c
66	包封	封裹	《清會典事例》	36/20364b
67	保結	指官吏應選或童生科舉應考時證明其身分、情況的憑證。如擔保應試童生身家清白，沒有冒籍、匿喪等	《儒林外史》	17/9260b-c
68	保狀	舊稱由保證人填寫的有一定格式的保證書	清黃六鴻《福惠全書》	16/8753d
69	貝勒	滿語 beile 的音譯。本為部落之長的意思。清代為滿洲、蒙古貴族的爵號，位在郡王下，貝子上。	《續資治通鑑》	4/1943b-c
70	貝子	滿語 beise 的音譯。早期滿族社會中，意為「天生」貴族	清顧汧《玉牒賦》	10/5207b
71	背子	用來背東西的細長筐子，山區多用來運送什物	無書證	10/5553c
72	被面	棉被或夾被的正面。多以較華美的花布或絲織品為之	無書證。	14/7926c
73	錛	錛子	蔡圃《紅軍墳》	15/8275a
74	本年	該年，這一年	清黃六鴻《福惠全書》	34/19426a
75	鼻梁	亦作「鼻樑」。鼻子隆起的部分	《兒女英雄傳》	20/11166b
76	筆帖式	官名。清代於各衙署設置的低級文官。掌理翻譯滿漢章奏文書	清昭槤《嘯亭雜錄》	20/11345b-c
77	標下	部下	清孔尚任《桃花扇》	2/424d-425a
78	兵目	士兵的頭目，普通軍官	郭孝成《直隸革命記》	28/15843d-15844a
79	捕快	舊時州縣官署中從事緝捕的差役，即捕役	《紅樓夢》	37/20909c
80	埠頭	船行	《儒林外史》	10/5543d
81	簿子	簿冊；本子	清李漁《凰求鳳》	24/13315c
82	漕糧/漕糧	我國封建時代由東南地區漕運京師的稅糧	清黃宗羲《明夷待訪錄》	3/1361d

83	草料	牲口的飼料。多指乾草	《兒女英雄傳》	34/19342a
84	茶壺	盛茶水的壺	《西湖佳話》	15/8580b
85	差官	聽候高官差遣的小官吏	清吳偉業《蘆洲行》	5/2285b-c
86	差票	舊時地方官派差役傳人的憑證	《儒林外史》	9/4941d
87	差使	猶差事。被派遣去做的事情	《紅樓夢》	34/19342a-b
88	纏頭	我國回族和維吾爾族，有一部分人習以白布纏頭，清代官書或文籍中常稱爲纏頭、纏頭回或纏回	《林則徐日記》	7/3453b
89	長房	家族中長子的一支	《儒林外史》	32/18380b-c
90	長夫	舊時軍隊中長期徵用的民夫	清江忠源《條陳軍務疏》	24/13315b
91	場地	適應某種需要的空地。如體育、施工、堆物的地方	郭小川《出鋼的時候》	32/18102b
92	呈詞	猶呈文。多指申告的文辭	《鏡花緣》	9/4631c-d
93	尺子	量具。引申爲衡量事物的標準	自造書證	23/12728c-d
94	赤地	空無所有的地面。指經過戰亂後荒無人煙的景象	無書證	5/2377b
95	銃炮	亦作「銃砲」。土炮；火炮	清黃六鴻《福惠全書》	25/13938b
96	綢緞	綢與緞。泛指絲織物	《兒女英雄傳》	18/100133c
97	醜聞	關於醜事的傳聞	魯迅《且介亭雜文二集》	16/8716c
98	廚子/厨子	舊時指廚師	《儒林外史》	4/1900a
99	春酒	指春節期間的飲宴	《儒林外史》	29/16385d
100	達子	用作詈詞	《紅樓夢》	25/13917c-d
101	大黃	藥草名。也叫「川軍」	無書證	21/11545b
102	大建	夏曆有三十天的月份	無書證	14/7710a-b
103	大砲/大炮	口徑大的火炮	《清史稿》	25/13937c-d
104	大舌頭	指舌頭不靈活、說話不清楚的人	自造書證	17/9629c

105	單刀	武器名。單手握持的短柄長刀	《二十年目睹之怪現狀》	25/13938b
106	單褲	單層的褲子	《醒世姻緣傳》	14/7926c
107	當鋪	舊時專營收取抵押品放高利貸的店鋪	清陳康祺《燕下鄉脞錄》	9/4935b-c
108	黨羽	黨徒。多指惡勢力集團中的附從者	《封神演義》	2/823d
109	檔子	卷宗，簿冊	清陸隴其《三魚堂日記》	27/15005a
110	道府	清時道一級地方政府，或該級政府的行政長官	《清史稿》	（20/11065b-c
111	稻糠	稻穀經過加工脫出的外殼；礱糠	無書證	22/12388d
112	稻子	口語。即稻	《兒女英雄傳》	22/12387d
113	等情	舊時公文、文契用語。常用於敘述下級機關等的來文終了時	清黃六鴻《福惠全書》	3/1409c-d
114	等因	舊時公文用語。常用於敘述上級官署的令文結束時	自造書證	23/12730d
115	底冊/底冊	指留存備查考的檔案冊子	清黃六鴻《福惠全書》	31/17295a
116	地板	房屋地面或樓面的表面層。由木料或其他材料做成	《儒林外史》	16/8794a
117	地界	田地的邊界	吳夢起《兄弟倆》	14/7823d
118	地畝	田地	《紅樓夢》	25/14025b
119	豆子	指豆類作物的種子	《豆棚閒話》	18/9953c
120	肚臍	肚子中間臍帶脫落的地方	柔石《沒有人聽完她底哀訴》	25/13916b
121	蠹役	亦作「蠧役」。害民的差役	清黃六鴻《福惠全書》	18/10255a-b
122	緞子	一種質地厚密而有光澤的絲織品	《儒林外史》	25/13813d
123	垛	整齊地堆積成的堆	茹志鵑《關大媽》	31/17678b-c
124	垛口	兩個垛子間的缺口。泛指城牆上的女牆	《花月痕》	12/6494b
125	惡棍	猶歹徒。稱作惡多端的人	清吳榮光《吾學錄初編》	19/10845b-c

126	耳垂/耳垂	耳廓下端的肥柔部分。也叫耳朵垂兒	無書證	24/13666a
127	二堂	舊時指官府中大堂後面辦公之處	《二十年目睹之怪現狀》第九六回	19/10551b
128	琺瑯	用石英、長石、硝石和碳酸鈉等加上鉛和錫的氧化物燒製成的像釉子的物質	《紅樓夢》	21/11981b-c
129	髮辮	辮子	章裕昆《文學社武昌首義紀實》	11/5746a-b
130	犯官	用於有罪官員之自稱	《紅樓夢》	32/17995c-d
131	犯証/犯證	指犯人與干證	清黃六鴻《福惠全書》	35/20024b
132	販徒	販子；販私的人	清阮文藻《捕私船》	35/20037b
133	飯桌	供吃飯用的桌子	無書證	18/100131c-d
134	方桌	正方形的桌子	老舍《二馬》	20/11447b
135	房地	房屋及其地基的統稱	《清會典事例》	17/9451d-9452a
136	匪類	指強盜	清黃六鴻《福惠全書》	23/13065d-13066a
137	風颶	颶風	清和邦額《夜譚隨錄》	28/15867b
138	瘋病	神經錯亂、精神失常的病	《二十年目睹之怪現狀》	27/15061c
139	俸薪	指官員的年俸和月薪以下加红不要	《六部成語》「俸薪銀」注	22/12551d
140	夫馬	役夫與車馬等。清代官員陣亡及在任在差病故者，均給夫馬費，專供其雇夫役和車馬之用	清李漁《奈何天》	2/511a
141	夫頭	夫役的頭目	《兒女英雄傳》	25/13951d-13952a
142	府州道	古代行政區劃名。清代在省級設有主管專職的道，並在省與州、府之間設分守道。道設道員	《清史稿》	11/5790d
143	負性	稟性	清吳偉業《臨江參軍》	21/11721b-c
144	腹引	清代在內地販賣茶、鹽的行商執照	《清會典事例》	17/9721c
145	感冒	一種傳染病。多因氣候變化，人體抵抗力減弱時為病毒感染所致	《二十年目睹之怪現狀》	14/8039b

146	綱鹽	明清採用綱法運銷食鹽時，商人按規定年額完稅運銷的食鹽。	《續資治通鑑》	24/13361b
147	高糧/高粱	一年生草本植物。叶和玉米相似	無書證	15/8419b
148	高照	指燭臺	《廿載繁華夢》	20/11064c
149	圪塔	方言。量詞。猶塊	李季《王貴與李香香》	37/20696c
150	疙瘩	皮膚上突起的或肌肉上結成的硬塊	無書證	25/14237d
151	哥子	哥哥	清蒲松齡《聊齋誌異》	24/13524c
152	根底	底細，究竟	《英烈傳》	32/18054a-b
153	跟役	隨從；僕役	《三俠五義》	37/20728d
154	更夫	更人	清李漁《風箏誤》	4/2067b
155	工價	營造、製作等在人工方面的費用	《紅樓夢》	31/17701c
156	工料	指人工和材料	清蔣士銓《第二碑》	1/249a-b
157	工錢	幹活的報酬	自造書證	21/11816c
158	工資	作為勞動報酬付給勞動者的貨幣或實物	葉聖陶《火災》	12/6417d-6418a
159	公差	舊時官方的差役	劉半農《遊香山紀事》	31/17271c
160	公所	官府	《清史稿》	18/9892c-d
161	公堂	舊時審理案件的地方	《老殘遊記》	32/18374c
162	功令	法令	《儒林外史》	4/2005b
163	貢士	清制，會試中式者為貢士	《清史稿》	22/12217b
164	姑娘家	未婚女子的稱謂	《紅樓夢》	34/19239d
165	鼓手	樂隊中打鼓的人	《儒林外史》	23/12830a
166	僱工/雇工	受雇的工人。亦指雇農	郭沫若《奴隸制時代》	24/13249a-b
167	褂	方言。北方人對外衣的稱呼，即南方話的衫	清方以智《通雅》	15/8597d
168	褂子	中式的外衣	曹禺《雷雨》	14/7926c
169	官常	猶官規	清朱克敬《暝庵雜識》	34/19304a
170	官役	指小官吏和差役	清惲敬《三代因革論》	18/9821c
171	官銀	官府的銀錢	《紅樓夢》	12/6327d
172	關聖	指三國蜀關羽。	清吳騫《扶風傳信錄》	12/6707c
173	閨女	女兒	《兒女英雄傳》	15/8462a

174	鍋子	方言。鍋	無書證	20/11212a-b
175	國憲	即憲法	梁啓超《中國專制政治進化論》	21/11812d
176	過蹟/過跡	亦作「過蹟」。錯誤的行爲	清黃六鴻《福惠全書》	22/12219a
177	寒氈	亦作「寒氊」。指清苦的讀書人	清錢謙益《蔣允儀父弘憲原任戶部貴州清吏司署員外郎事主事加贈奉直大夫制》	15/8355b
178	漢子	俗稱丈夫	《儒林外史》	15/8462a-b
179	號件	舊稱官衙正在審理的案件	清黃六鴻《福惠全書》	15/8330d
180	河灘	河邊水深時淹沒，水淺時露出的地方	楊朔《鴨綠江南北》	29/16305c
181	盒子	一種煙火的名稱	清富察敦崇《燕京歲時記》	1/249a-b
182	黑獄	地處幽深、關押重犯的監獄	清黃六鴻《福惠全書》	13/7006a-b
183	紅案	科舉時代稱學政下發各府、州、縣學的生員名單	無書證	15/8177b
184	胡話	胡說的話	周戈《一朵紅花》	27/15062d
185	胡麻/胡麻	我國西北、內蒙古一帶，俗稱油用亞麻爲胡麻。	無書證	20/11329d-11330a
186	戶房	清代府廳州縣掌民戶的機構	清黃六鴻《福惠全書》	22/12319a
187	扈從	指一般的隨從人員	清蒲松齡《聊齋誌異》	1/283c-d
188	花爆	花炮	《紅樓夢》	1/249a-b
189	花椒	落葉灌木或小喬木。枝上有刺，果實球形，暗紅色，種子黑色，可以做調味的香料，也供藥用。亦指這種植物的種子	侯金鏡《漫遊小五台》	6/3254a-b
190	黃麻	植物名，又名絡麻。亦指這種植物的莖皮纖維	無書證	14/7540c
191	迴避/迴避	古代防止官員徇私的制度。	清趙翼《陔餘叢考》	8/4502a-b
192	婚書	婚姻的文約	《儒林外史》	22/12404c

193	火夫	明代北京官署掌燈的差役。本處指官署掌燈的差役	清王崇簡《談助》	4/2067b
194	火盆	盛炭火取暖或烘衣物等的盆子	周立波《暴風驟雨》	18/100131c-d
195	火色	猶火候。指情況，時機	清蔣士銓《空谷香》	28/15632c
196	夥黨	聚夥爲惡的黨徒。猶團夥	清薛福成《庸盦筆記》	32/17928a
197	夥賊	結成夥的盜賊	《紅樓夢》	37/20756b
198	積案	累積而沒有處理的案件	清錢謙益《福建道監察御史諡忠毅李公墓誌銘》	10/5207b
199	積棍	指作惡的歹徒	清黃六鴻《福惠全書》	29/16259c
200	積賊	猶慣竊，慣偷	《儒林外史》	18/10293d-10294a
201	雞子	亦作「鷄子」。方言。雞	王西彥《黃昏》	37/20910b
202	夾袄/袷襖	雙層的上衣	魯迅《二心集》	32/17929a
203	夾道	指兩壁間的狹窄小道	《紅樓夢》	35/19550d
204	假官	僞裝官員的人	清戴名世《左忠毅公傳》	2/823c
205	尖刀	前端尖銳的短柄小刀	《兒女英雄傳》	23/12953a
206	肩挑	本爲挑擔，亦借指工役	梁啓超《論民族競爭之大勢》	29/16118b
207	剪子	即剪刀	《紅樓夢》	34/19336a-b
208	件數	指事物的數目	《儒林外史》	17/9627d-9628a
209	見面禮	初次相見時贈送的禮物	《通俗常言疏證》卷二引《金陵雜誌》	25/13953d
210	見銀	現銀，現錢	姚錫光《東方兵事記略》	18/10054c-d
211	江防	長江水系防護事宜	《清會典》	7/3673a
212	匠役	舊指給官府或官宦人家服役的工匠	《清會典事例》	29/16353c
213	腳戶	舊稱趕著牲口供人雇用的人	《醒世姻緣傳》	32/18374a
214	街口	街道的交叉口	清梁章鉅《歸田瑣記》	31/17603d
215	舉人	明清兩代稱鄉試錄取者	《儒林外史》	13/7023a
216	決口	謂堤岸被水沖出缺口	清黃軒祖《遊梁瑣記》	25/14025a-b
217	钁頭	刨土用的一種農具，類似鎬	魏巍《東方》	22/12613a

218	軍廳	辦理軍事的廳堂	《醒世姻緣傳》	27/15329d
219	軍罪	指充軍	《二十年目睹之怪現狀》	7/3610a
220	看語	審斷案子的文辭	清黃六鴻《福惠全書》	21/11843d
221	伉儷	謂結成夫婦	清和邦額《夜譚隨錄》	23/13188c-d
222	騍馬	母馬	清趙翼《陔餘叢考》	9/4910a
223	口袋	用布、皮等做成的裝東西的用具	《紅樓夢》	9/4653d-4654a
224	口糧	亦作「口粮」。每人日常生活所需要的糧食	周恩來《關於經濟工作的幾則電文》	18/10254b
225	口聲	議論	《紅樓夢》	17/9680d-9681a
226	苦衷	有苦處或感到為難而又不便說出的心情	清劉獻廷《廣陽雜記》	31/17480a
227	庫簿	倉庫帳簿	清黃六鴻《福惠全書》	5/2793d-2794a
228	庫書	舊時官府倉庫中掌管造冊登記等事的吏員	清黃六鴻《福惠全書》	17/9510a
229	快船	行駛速度較快的船	清顧張思《土風錄》	18/100115c
230	礦苗	岩石、礦脈、礦床露出地面的部分。為礦床存在的直接標誌	《文明小史》	28/15627d
231	喇嘛	喇嘛教對僧侶的尊稱，意為「上師」	清昭槤《嘯亭雜錄》	23/12828a
232	藍翎	清代禮冠上的飾物。插在冠後，用鶡尾製成，藍色，故稱。	清昭槤《嘯亭續錄》	28/15669b
233	攔詞	呈請官府准許自行調解案件的狀子	《儒林外史》	31/17555b
234	牢籠	關禽獸的籠檻。喻束縛人的事物	何其芳《畫夢錄》	25/14052b
235	理刑	指掌理刑法之官	《醒世姻緣傳》	34/19165d-19166a
236	禮房	明清時知縣衙門辦理祭祀考試等事務的下屬機關	《醒世姻緣傳》	28/16052a
237	吏目	清唯太醫院、五城兵馬司及各州置之。	《紅樓夢》	34/19149c
238	臉面/臉面	面子；情面	《儒林外史》	24/13667c
239	涼席/涼席	夏天坐臥時鋪的席子，多用竹篾或草編成	曹禺《雷雨》	25/14237b-c

240	稟單	亦作「稟單」。舊時向衙門陳述事情的檔	清黃六鴻《福惠全書》	21/11539d
241	領班	指掌管某一範圍工作的負責人	清薛福成《庸盦筆記》	3/1326c
242	令旗	即令箭？	清李漁《奈何天》	25/13937c-d
243	流寇	到處轉移、沒有固定據點的盜匪	清葉廷琯《鷗陂漁話》	1/389b
244	龍亭	即龍庭。朝廷	清李玉《清忠譜》	13/7163d
245	聾子	耳聾的人	《兒女英雄傳》	25/13930d
246	陋規	不良的陳規舊習	清蒲松齡《聊齋誌異》	19/10395b
247	蘆葦	多年生草本植物	無書證	8/4197c-d
248	旅寓	指旅居的館舍	清鄧顯鶴《〈船山遺書目錄〉序》	19/10841d
249	卵子	睾丸	《西湖二集》	13/7149c
250	略節	簡要的書面報告	《紅樓夢》	11/5743b
251	蘿蔔	亦名萊菔。二年生或一年生草本植物。葉呈羽狀分裂，花白色或淡紫色。主根肥大，圓柱形或球形，是普通蔬菜之一。	無書證	23/12922a-b
252	馬夫	亦作「馬伕」。飼養、照管馬的人	《儒林外史》	22/12218c
253	馬戶	封建時代以養官馬作為賦役的民戶	清黃宗羲《王訥如使君傳》	21/11834a
254	馬衣	袍	清翟灝《通俗編》	27/15161a-b
255	買賣人	做生意的人	老舍《龍鬚溝》	26/14625d
256	賣主	貨物等的出售者	《紅樓夢》	32/18309b
257	蟒緞	織有龍形的錦緞	《紅樓夢》	18/100133c
258	門斗	官學中的僕役	《儒林外史》	25/14263c
259	綿襖/棉襖	絮有棉花的上衣	《兒女英雄傳》	20/11331c
260	綿花瘡/棉花瘡	即梅毒	清李漁《意中緣》	24/13512b
261	綿甲	清代軍校所穿的綿製護身鎧甲。白緞面、藍綢裏，中襯絲綿，外布黃銅釘。上衣下裳，左右袖、護肩、護腋、前襠、左襠具全	無書證	25/13937c-d

262	綿褲/棉褲	絮有棉花的褲子	《清會典事例》	9/4654b
263	綿線/棉綫	用棉紗製成的線	《兒女英雄傳》	9/4653d-4654a
264	民壯	清代州、縣官衙前衛兵。也叫壯班	清趙翼《陔餘叢考》	30/16741b
265	名色	名義	《東周列國志》	25/13814a
266	名帖	猶名片	清趙翼《陔餘叢考》	5/2718c
267	母舅	母親的弟兄。俗稱舅父、舅舅	《儒林外史》	37/20699c
268	木料	初步加工後具有一定形狀的木材	清王士禎《池北偶談》	16/8794a
269	木偶	傀儡。喻受人操縱、擺佈的人	清侯方域《宦官論》	14/7614a
270	內三院	清官署名。清天聰十年，置內國史院、內秘書院、內弘文院，各設大學士一人。	清王士禎《池北偶談》	17/9435b
271	內衙	舊時衙門的內院	清黃六鴻《福惠全書》	22/12551d
272	奶子	人或動物的乳汁	《紅樓夢》	22/12463c
273	男婦	男與女	清戴名世《日本風土記》	3/1153d
274	南漕	即南糧	《清史稿》	22/12218b
275	南米	南方各省漕糧的總名，舊時的一種實物稅。自南方徵得糧米，經漕運至京師等地，供官軍食用	章炳麟《駁康有為論革命書》	22/12128b-c
276	年伯	科舉時代為對父親同年登科者的尊稱，明代中葉以後亦用以稱同年的父親或伯叔，後用以泛指父輩	清王應奎《柳南隨筆》	15/8592b-c
277	鳥槍	亦作「鳥鎗」。舊式火槍。今指貯以鐵砂的獵槍	清趙翼《陔餘叢考》	25/13937c-d
278	牛角	牛的角。亦指牛角號	郭沫若《棠棣之花》	14/7630c
279	鈕子	鈕扣	《紅樓夢》	34/19378a-b
280	農忙	指農事繁忙的時節	《六部成語》	17/9251b
281	女婢	婢女	康有為《大同書》	21/11996c

282	暖壺	湯壺。裝進熱水後放在被中取暖的用具，多用銅合金或陶瓷、塑膠製成	無書證	15/8580a-b
283	牌坊	指牌樓	《紅樓夢》	1/249a-b
284	牌票	舊時官方為某具體目的而填發的固定格式的書面命令，差役執行時持為憑證	《儒林外史》	2/511d
285	牌文	明清時代一種上行下的公文名稱	《儒林外史》	4/1787b-c
286	盤費	旅途費用；路費	《文獻通考》	34/19172b-c
287	炮火	槍炮	清黃六鴻《福惠全書》	20/11152d
288	砲火	亦作「礟火」。發射的炮彈或炮彈爆炸後產生的火焰	《花月痕》	18/100115d
289	批語	在公文或訴狀上批示的話	清黃六鴻《福惠全書》	7/3607b-c
290	皮襖	獸皮做的上衣	《紅樓夢》	9/4654b-c
291	僻處	僻靜的地方	自造書證	20/11228a
292	偏嗜	嗜好；特殊的愛好	鄭振鐸《西諦書話》	22/12129c
293	票簿	票據簿冊	清黃六鴻《福惠全書》	4/2009d-2010a
294	鋪行	店鋪和商行	清黃六鴻《福惠全書》	1/277b
295	僕婦	年齡較大的女僕	冰心《莊鴻的姊妹》	12/6868b
296	旗丁	漕運的兵丁	《六部成語注》	29/16621b
297	旗皷/旗鼓	喻指首領；典型	清袁枚《隨園詩話》	18/10326c
298	旗頭	以旗為編制單位的軍隊首領	李東山《魯王與小黃馬》	20/11387c
299	千總	官名。明初京軍三大營置把總，嘉靖中增置千總，皆以功臣擔任。以後職權日輕，至清為武職中的下級，位次於守備	《儒林外史》	25/13936a
300	鉗子	用來夾住或夾斷東西的器具	無書證	28/15641c
301	淺夫	疏浚溝渠、打撈沉船的伕役	清夏炘《學禮管釋》	25/14160a
302	墙腳/牆腳	亦作「墙腳」。牆的下部	清程麟《此中人語》	22/12173c-d

303	親房	家族的近支	《儒林外史》	28/15819a
304	欽案	奉旨辦理的案件	《儒林外史》	15/8142a-b
305	欽工	舊指奉旨興造的工程	清洪昇《長生殿》	28/15813c
306	欽贓	奉旨沒收的款物	《儒林外史》	15/8142a-b
307	青夫	皂隸，差役。因其身穿皂（黑色）衣，故稱	《醒世姻緣傳》	35/20004d-20005a
308	清冊	將財、物或有關專案清理後詳細登記的冊子	鄭觀應《盛世危言》	17/9599c
309	清理	徹底整理或處理	《二十年目睹之怪現狀》	23/12732a
310	情種	愛情的種子	錢鍾書《圍城》	23/12934a-b
311	坵墟	廢墟；成為廢墟	《封神演義》	19/10485a
312	秋審	古代復審死刑案件的一種制度。因於秋季舉行，故稱	《清史稿》	37/20741a
313	取結	領取地方官府的證明文書	《儒林外史》	34/19134c
314	褥套	出門時裝被褥等的布套。反面中間開口，兩頭各有一個兜兒，可搭在肩上或牲口背上	《醒世姻緣傳》	34/19170b
315	傘扇	古代的兩種儀仗物。均有長柄，上端分別為傘形和扇形	《官場現形記》	22/12541c
316	嫂子	兄之妻	《儒林外史》	27/15061b
317	傻子	智力低下，不明事理的人	《紅樓夢》	6/3070a-b
318	傷寒	中醫學上泛指一切熱性病。又指風寒侵入人體而引起的疾病	無書證	34/19149d）
319	身契	指賣身文契	《老殘遊記》	25/14182a-b
320	紳衿	泛指地方上體面的人	清蒲松齡《聊齋誌異》	23/13054d
321	紳士	舊稱地方上有勢力有地位的人。一般是地主或退職官僚	清魏源《聖武記》	12/6421c
322	嬸母	叔父的妻子	《儒林外史》	20/11459b-c
323	腎囊	中醫指陰囊	無書證	5/2575c
324	生手	指新做某項工作，對工作還不熟悉的人	清黃六鴻《福惠全書》	22/12265c-d

325	尸親/屍親	命案中死者的親屬	《紅樓夢》	20/11167b-d
326	屍格	同「尸格」，驗屍單格。也稱驗狀、屍單。	《兒女英雄傳》	37/20747b
327	屍主	命案中死者的親屬	清李漁《奈何天》	21/11744b
328	食甚	食甚發生在食既之後。食，通「蝕」	《清史稿》	23/12841d-12842a
329	時值	時價，一定時間內的價格	清王士禛《居易錄談》	22/12319c
330	市房	店房；店屋	葉聖陶《遊了三個湖》	18/10054c
331	市集	市鎮，集鎮	清黃六鴻《福惠全書》	4/1987b
332	守備	明清時武官名。	清侯方域《重修演武廳事記》	2/424d-425a
333	首飾/首飾	泛指耳環、項鏈、戒指、手鐲等飾物	《紅樓夢》	9/4910a
334	書役	猶書辦	清王士禛《池北偶談》	24/13332a
335	水井	由地面向地下鑿成的能取水的深洞	趙樹理《實幹家潘永福》	36/20153c-d
336	稅契	中國舊時民間不動產買賣典當，在契約成立後，新業主持白契向官署交納契稅的行為	清趙翼《陔餘叢考》	10/5253d-5254a
337	稅銀	猶稅金。舊時海關稅收按銀兩計算，故名	《清會典事例》	3/1340b
338	稅務	徵稅的事務	《花月痕》	17/9425d-9426a
339	私幫/私幫	指私自販運貨物的一夥人	清黃六鴻《福惠全書》	14/7621c-d
340	俗傳	民間傳說	《李衛公問對》	37/20728a-b
341	碎米	細碎的米。形容說話絮煩	丁玲《母親》	22/12387d
342	鎖子	鎖鏈	《紅樓夢》	3/1299b
343	臺臣	泛指臺閣大臣	清黃六鴻《福惠全書》	16/8824b
344	痰症	中醫術語。泛指痰涎停留於體內的病症。特指肺病	《紅樓夢》	9/4595d
345	塘報	清代自京至省，驛站設有塘兵，沿途接替遞送。後來發行報紙，塘報廢。	無書證	5/2211b
346	藤牌	藤製的盾牌。	清劉獻廷《廣陽雜記》	25/13935d

347	體面	亦作「體靣」。面子；名譽	《儒林外史》	12/6459a
348	天數	迷信的人把一切不可解的事、不能抗禦的災難都歸於上天安排的命運，稱爲天數	自造書證	21/11547c
349	鐵案	證據確鑿，不能推翻的定案	清劉獻廷《廣陽雜記》	16/9158a-b
350	鞓帶	皮革製成的腰帶	《醒世姻緣傳》	10/5701b
351	廳房	指包括廳堂在內的正屋	《老殘遊記》	16/8793d
352	通詳	舊時下級向上級申報文書	《兒女英雄傳》	37/20740b
353	頭頂	頭的最上部	《二刻拍案驚奇》	23/12962d-12927a
354	土娼	私娼	《老殘遊記》	33/18615c
355	土地祠	供奉土地神的祠堂	《兒女英雄傳》	25/14133a
356	腿肚子	小腿後部隆起的部分	碧野《沒有花的春天》	19/10856c
357	屯長	清代管理十屯戶的人員	《清史稿》	25/13952d
358	屯丁	屯田之人	清嚴如熤《三省邊防備覽》	15/8156b
359	窪地	地表的低窪處	清劉書年《劉貴陽說經殘稿》	4/1915d-1916a
360	晚上	太陽落了以後到深夜以前的時間。亦泛指夜裏	《儒林外史》	30/16742a
361	婉辭	婉言謝絕	鄭觀應《盛世危言》附錄《開平礦事略》	20/11003c-d
362	萬壽	封建時代指皇帝、皇太后的生日	《林則徐日記》	9/4833d
363	圍牆	四周環繞的牆	《紅樓夢》	29/16567c
364	溫辭	情意懇切的言詞	無書證	20/11004a
365	紋銀	清代通行的一種標準銀兩	《清文獻通考》	7/3812a-b
366	翁婿	亦作「翁壻」。岳父和女婿	《儒林外史》	23/12724a
367	倭刀	日本舊時所製的佩刀，以鋒利著稱	《紅樓夢》	15/8598b
368	武進士	明清時武舉殿試及第者之稱	《清文獻通考》	25/14017b-c

369	飾詞/飾詞	掩飾真相的話；托詞	清何焯《義門讀書記》	23/12706a
370	錫箔	上面塗著一層薄錫的紙。迷信的人多用來疊成或糊成元寶形，焚化給鬼神	清俞樾《茶香室叢鈔》	6/2993a-b
371	戲班	亦稱「戲班子」。劇團的舊稱	《儒林外史》	12/6707c
372	瞎子	失去視覺能力的人	《二十年目睹之怪現狀》	23/13141d
373	下埽	築堤時把築堤材料放下去。埽，用秫秸、蘆葦、樹枝等捆成的築堤材料	清周亮工《書影》	25/14026d
374	羨餘	清代州縣在正賦外還增徵附加額，這部分收入除去實際耗費和歸州縣官吏支配的以外，其餘的解送上司，名為羨餘	清顧炎武《錢糧論下》	15/8084a-b
375	憲件	舊稱上司的公文	清黃六鴻《福惠全書》	35/20020d
376	憲批	舊稱上司批覆的公文	《兒女英雄傳》	4/2172a
377	憲臺	舊時對上官的尊稱	清袁枚《隨園隨筆》	33/18669d-18770a
378	憲檄	舊時稱上官所發檄文的敬詞	清黃六鴻《福惠全書》	10/5165b
379	憲行	舊稱上司委派之事	清黃六鴻《福惠全書》	35/20024b
380	縣署	縣級行政單位執行公務的處所	清葉廷琯《吹網錄》	32/17960c-d
381	廂白旗	清代八旗之一	無書證	4/1855b-c
382	廂房	正房兩旁的房屋	《鏡花緣》	19/10551b
383	詳文	舊時官吏向上級官署陳報請示的文書	清袁枚《隨園隨筆》	8/4261b
384	嚮晦	傍黑，天將黑	清捧花生《畫舫餘談》	20/11208b
385	項頸	脖子	殷夫《梅兒的母親》	22/12579b
386	刑廳	掌管刑事的官吏	清李漁《比目魚》	34/19125b-c
387	學宮	舊指各府縣的孔廟。為儒學教官的衙署所在	《儒林外史》	15/8355b
388	血暈	因受外力打擊，血液瘀結成圓形的傷痕	清黃六鴻《福惠全書》	21/11540d
389	血蔭/血廕	亦作「血廕」。指血液瘀結而隱約顯現的印痕	清黃六鴻《福惠全書》	15/8628a

390	巡捕	清代各省督撫等衙門有巡捕官，是督撫或將軍的隨從官，分文職武職，各司傳宣與護衛	清葉廷琯《鷗陂漁話》	15/8628a
391	牙梳	象牙梳子	清王韜《淞濱瑣話》	22/12552c
392	衙門	比喻官僚機關	巴金《關於〈龍・虎・狗〉（一）》	4/1915c
393	衙役	衙門裏的差役	《文獻通考》	4/1915c
394	煙戶	亦作「烟戶」，人戶	《清會典》	10/5193a
395	煙筒	亦作「煙箵」。亦作「烟筒」。吸水煙的用具	清沈初《西清筆記》	10/5629c-d
396	鹽包	成包的鹽	《清會典事例》	7/3824a
397	鹽觔	亦作「鹽觔」。指鹽	《儒林外史》	17/9264b-c
398	腰眼	腰後胯骨上面脊椎骨兩側的部位	《紅樓夢》第九十九回	21/11540a
399	義民	舊稱某些被歧視為賤族的民戶	孫中山《民國大總統通令開放疍戶惰民等許其一體享有公權私權文》	9/4823c-d
400	陰戶	指女子陰道外口。又名女陰	清褚人穫《堅瓠三集》	24/13537c-d
401	銀錢	泛指錢財	沈從文《阿金》	34/19274a
402	銀色	白銀的成色	清紀昀《閱微草堂筆記》	14/7550a
403	印花	謂印有圖案或花紋	《老殘遊記》	23/12955d
404	印牌	清初頒發的一種戶口登記牌	《清史稿》	18/100111b-c
405	影響	印象，指事情的梗概，輪廓	《孽海花》	20/11004b
406	由單	賦稅定額的憑證	清陸隴其《三魚堂日記》	36/20362b
407	諭令	命令	清朱之瑜《答野節書》	34/19342d-19343a
408	諭帖	上級給下級的手令、告戒的文書；長輩對晚輩的手示或訓詞	《儒林外史》	27/15314c
409	冤案	沒有罪而被當作有罪判決或受處罰的案件	巴金《隨想錄》	21/11853d-11854a

410	元氣	指國家或社會團體得以生存發展的物質力量和精神力量	《京本通俗小說》	17/9263a
411	原稿	未經過修改增刪的稿子。亦指據以印刷出版的稿子	《二十年目睹之怪現狀》	17/9435a
412	原主	原來的所有者，舊主	清王六鴻《福惠全書》	25/14177a
413	園子	圍以籬笆或有圍牆的土地。可種蔬菜、花木等	《儒林外史》	13/7131c
414	月斧	斧名。刃口呈偃月形，故名	清潘榮陛《帝京歲時紀勝》	22/12598a-b
415	月餉	舊時兵丁的每月糧餉	清彭紹升《陳和叔傳》	13/7164c-d
416	運官	古代督運物資的官員	清陳其元《庸閑齋筆記》	13/6931b
417	運司	指運司衙門	清吳嘉紀《海潮歎》	29/16568a-b
418	雜辦	古代在規定的賦稅之外，因特殊事故加徵的稅	清黃六鴻《福惠全書》	35/20006c
419	雜糧	指米麥以外的糧食	清薛福成《應詔陳言疏》	3/1071b-c
420	皂頭	舊時衙役的領班	《儒林外史》	9/4945c-d
421	賊黨	賊夥，賊眾	《禪真逸史》	21/11812d
422	寨堡	清朝辦團練時所建的據點	清嚴如熤《三省邊防備覽》	23/12813c
423	站堂	舊時衙門開審時，差役排列在公堂上以應差	《老殘遊記》	9/4945c
424	帳目	記錄錢物出入的簿冊	《儒林外史》	34/19140c
425	帳子	床帳	《儒林外史》	20/11212a-b
426	徵兵/徵兵	指被徵入役的兵士	楚元王《論立憲黨》	21/11545b
427	正案	正式審定的名單	《文明小史》	35/20006d-20007a
428	正供	常供；法定的賦稅	《清會典事例》	14/7685a
429	正耗	明清在漕糧正稅外向民戶徵收漕運損耗的一種附加稅。	《清會典事例》	8/4081d-4082a
430	正課	正式賦稅。與「雜課」相對	《清會典事例》	15/8259b
431	正糧	即正稅	清黃六鴻《福惠全書》	15/8497d

432	正項	正稅	《清會典事例》	21/11825d
433	芝麻	指芝麻所結的種子	《兒女英雄傳》	17/9627d-9628a
434	執事	儀仗	《醒世姻緣傳》	22/12541c
435	職	舊時下屬對上司的自稱	《官場現形記》	2/411b
436	旨意	聖旨	陳夔龍《夢蕉亭雜記》	17/9752c-d
437	指稱	作爲因頭；指爲依靠的事物	《紅樓夢》	36/20363c-d
438	紙張	紙的總稱。紙以張計，故稱	丁玲《一九三〇年春上海》	36/20363c-d
439	中保	居中作保之人	《說岳全傳》	11/5792a-b
440	重犯	犯嚴重罪行的人	《六部成語注解》	25/14051d
441	竹板	較寬的竹片。古代亦作爲刑具，有一定的形制	姚雪垠《李自成》	18/10256a
442	主使	指主謀指使的人	《說岳全傳》	35/19903d
443	主子	奴僕對主人之稱	《紅樓夢》	20/110017d
444	屬員	下屬官吏	《紅樓夢》	17/9227b
445	住址	居住的地址，指城鎮、鄉村、街道的名稱和門牌號數	魯迅《書信集》	19/10816d-10817a
446	庄頭	中國封建社會中地主階級所設田莊的管理人。	清昭槤《嘯亭雜錄·癸酉之變》	4/1857d-1858a
447	莊頭	舊時鄉村小吏，約相當於村長	清黃六鴻《福惠全書》	22/12587c-d
448	咨文	舊時公文的一種。多用於同級官署或同級官階之間	清黃鈞宰《金壺浪墨》	14/7523d-7524a
449	字跡	亦作「字蹟」。文字的筆劃形體	《儒林外史》	25/14263d
450	總兵	官名。明代遣將出徵，別設總兵官、副總兵官以統領軍務。其後總兵官鎮守一方，漸成常駐武官，簡稱總兵。	清黃宗羲《明夷待訪錄》	25/14043c-d
451	租錢	租金	《儒林外史》	19/10856a
452	租子	舊時地主向農民收取的地租	《兒女英雄傳》	21/11900b
453	罪案	罪狀；罪名	清紀昀《閱微草堂筆記》	10/5158a

454	佐領	清代八旗組織基本單位名稱。是滿語「牛錄」的漢譯	清昭槤《嘯亭雜錄》	10/5155a
455	歲貢/歲貢	科舉時代貢入國子監的生員的一種	清蒲松齡《聊齋誌異》	7/3435c
456	鐐鐐/銬鐐	手銬和腳鐐。比喻冷酷嚴峻的束縛控制	老舍《四世同堂》	29/16599d
457	隸卒/隸卒	差役	清袁枚《續新齊諧》	17/9259c
458	胳膊/胳膊	肩以下手腕以上的部分	葉聖陶《夜》	25/14133c-d
459	挨延	拖延等待	清林則徐《重浚福州小西湖禁把持侵扣告示》	36/20476b-c
460	捱延	拖延	白采《被擯棄者》	36/20475d
461	安設	安置；佈置	《紅樓夢》	25/14017c
462	霸占	亦作「霸佔」。憑藉權勢強行佔有	清顧炎武《與顏修來手箚》	17/9627c
463	擺酒	設宴	《儒林外史》	13/7131b-c
464	拜門	拜在有名望或有權勢者的門下，自稱門生	清梁同書《直語補證》	18/100133c
465	扳咬	謂攀扯牽連他人	清黃六鴻《福惠全書》	37/20756b-c
466	頒發	謂公佈、發佈命令、指示、政策等	清陳康祺《郎潛紀聞》	35/20005c
467	辦納	備辦交納	清洪昇《長生殿》	22/12579a-b
468	備用	準備著供隨時使用	清陳康祺《郎潛紀聞》	25/14174c
469	斃命	猶言喪命，喪生	清王士禛《池北偶談》	21/11818c
470	編號	按順序編排號數。亦指編定的號數	無書證	22/12370c
471	編造	把具體資料加以組織排列寫成表冊	自造書證	10/5625c
472	辯訴	法律用語。法院審判案件時，被告人為自己申辯	無書證	2/793d
473	變價	猶變賣	清顧炎武《日知錄》	17/9599c
474	俵分	按份或按人分發	《六部成語》	20/11228a
475	駁審	駁問審訊	清蒲松齡《聊齋誌異》	23/12731a-b
476	部選	清中央各部考選官吏之謂	《清會典事例》	13/7023a
477	裁汰	裁減	清劉獻廷《廣陽雜記》	11/5743c

478	採打	揪打	《醒世姻緣傳》	2/483d
479	採伐	砍伐	清陳夢雷《木癭瓢賦》	22/12265c
480	採買	選購；購買	清蔣士銓《桂林霜》	36/20363a
481	參奏	向朝廷揭發檢舉失職官吏的罪狀	《鏡花緣》	14/7597c-d
482	查發	查驗簽發	清黃六鴻《福惠全書》	8/4208d-4209a
483	查訪	調查打聽	《紅樓夢》	32/18378d
484	查問	查究追問或調查詢問	清李漁《蜃中樓》	36/20267c-d
485	查詢	查問；調查	清薛福成《滇緬分界大概情形疏》	16/8753d
486	查驗	檢查驗看	清黃六鴻《福惠全書》	10/5155d-5156a
487	查追	審查追究	崑曲《十五貫》	16/8738a-b
488	察照	多作公文用語。猶查照。請對方注意檔內容，或按照檔內容辦理	廖仲愷《覆旅滬粵商電》	17/9425d-9426a
489	償補	抵補，補償	《紅樓夢》	16/8737b
490	唱戲	演唱戲曲	《兒女英雄傳》	12/6707c
491	抄搶	劫掠，搶奪	清黃六鴻《福惠全書》	3/1147b
492	吵嚷	喊叫；吵鬧	《兒女英雄傳》	35/20024b-c
493	稱戈	本謂舉起戈，後用以指動用武力，發動戰爭	清紀昀《閱微草堂筆記》	20/11065a
494	呈送	上送	清黃六鴻《福惠全書》	20/11211d
495	呈訴	遞呈控拆	清惜秋、旅生《維新夢》	21/11873d
496	呈堂	謂將罪犯送上公堂受審	《醒世姻緣傳》	10/5156a
497	呈驗	送上檢驗	鄭觀應《盛世危言》	8/3995c
498	承認	表示肯定、同意、認可	柳青《銅牆鐵壁》	20/11018b
499	承印	捧印	清黃六鴻《福惠全書》	34/19342d-19343a
500	抽取	提取，取出	郭沫若《橄欖》	13/7165d
501	讎扳	因有仇怨而被誣陷、牽連	清袁枚《新齊諧》	32/17930b
502	出海	駕駛或乘坐船隻到海上去	冰心《寄小讀者》	28/15924a-b
503	傳鑼	打鑼通告或召集人眾	茅盾《子夜》	13/7165d
504	串同	猶串通	中國近代史資料叢刊《太平天國》	12/6327d

505	催比	州縣長官責令吏役限期完成緊要公務，逾限不能完成，則予處罰	清黃六鴻《福惠全書》	25/13941c-d
506	存據	存留證據	清黃六鴻《福惠全書》	16/9115a
507	搭橋	架橋。比喻拉關係，找門路或使兩者溝通	清錢泳《履園叢話》	17/9750a
508	打1	把一物附著在他物上	清阮大鋮《春燈謎》	21/11980c-d
509	打2	砍；割	《儒林外史》	24/13706d
510	打草	收割草料	無書證	25/13952a
511	打糧	搜索糧食；掠奪財物	清李漁《意中緣》	4/1833b
512	打落	因受力衝擊而跌落	魯迅《二心集》	31/17601a
513	打網	撒網	清袁枚《隨園隨筆》	14/7802a
514	打油	用油提子舀油。亦指零星地買油	自造書證	20/11427c
515	帶管	兼管	《紅樓夢》	22/12370a-b
516	抵補	抵充補足	范文瀾《中國近代史》第六章第八節	7/3871c
517	抵還	償還	《醒世姻緣傳》	11/5783d-5784a
518	商謀/商謀	商量	無書證	34/19240b
519	商同/商同	串通	魯迅《而已集》	20/11459c
520	點查	猶查點	清史致諤《稟曾國藩等》	25/13953a-b
521	刁難	故意使人為難	清李漁《玉搔頭》	2/465a
522	頂補	頂替補缺	清楊賓《柳邊紀略》	7/3608d
523	定做	專為某人或某事製作（物品）	《二十年目睹之怪現狀》	34/19336a-b
524	丟棄	放棄；拋棄	郁達夫《沉淪》	31/17603a
525	督陣	監督作戰。引申為監督工作	浩然《豔陽天》	25/13936b-c
526	堵禦	阻擋抵禦	清錢泳《履園叢話》	10/5193a
527	對仗	交戰	《太平天國資料》	3/1409c-d
528	躲避	避開；回避	《二十年目睹之怪現狀》	17/9259c
529	扼守	把守	清薛福成《籌洋芻議》	20/11152a
530	餌	引誘；誘惑	清戴名世《孑遺錄》	10/5174c
531	反噬	比喻罪犯誣指檢舉人為同謀。亦泛指自己辦了壞事反而誣陷別人	清昭槤《嘯亭雜錄》	7/3606a

532	分肥	多指分取不正當的利益	《紅樓夢》	19/10728c-d
533	附和	回應，追隨	孫中山《革命原起》	20/11064d-11065a
534	竿首	用竿懸首	康有爲《大同書》	21/11812c
535	趕車/趕車	駕御牲畜拉的車子	《歧路燈》	12/6868b
536	告訴	特指被害人及其法定代理人向法院控告犯罪人及其罪行，並要求追究其刑事責任的行爲	《中华人民共和国刑法》	21/11914b
537	革役	革除差使	清黃六鴻《福惠全書》	19/10821b
538	公出	因公事而外出	清蒲松齡《聊齋誌異》	3/1443d
539	供稱	陳述，交代	程世才《回顧長徵》	33/18616d
540	恭候	敬詞。恭敬地等候	清黃軒祖《遊梁瑣記》	5/2323b-c
541	勾串	勾結串通	清林則徐《密拿漢奸劄稿》	12/6577d-6578a
542	勾通	勾結，串通	清昭槤《嘯亭雜錄》	13/7160c-d
543	估計	根據情況，對事物的性質、數量、變化等做大概的推斷。	周恩來《中國革命的性質、任務和前途》	25/14026c
544	鼓勵	亦作「鼓厲」。激發；勉勵	清劉獻廷《廣陽雜記》	2/956b
545	拐賣	拐騙販賣人口	《二十年目睹之怪現狀》	30/17137b-c
546	管保	准保；保證	《紅樓夢》	15/8462a
547	過秤	用秤稱量	清黃六鴻《福惠全書》	29/16259c
548	過度	過活；度日	清蒲松齡《聊齋誌異》	36/20533c
549	喊冤	呼叫冤屈	《儒林外史》	36/20348b
550	喝令	喝命	管樺《山谷中》	20/11166b
551	候缺	清代無實缺官員經吏部依法選用，派往某部某省聽候遞補實缺	《紅樓夢》	8/4396b
552	候選	清制，京官自郎中以下，地方官自道員以下，凡初由考試或捐納入仕，以及原官因故開缺依例起復，皆須赴吏部報到，聽候依法選用，稱爲候選	清李漁《比目魚》	25/14174b
553	呼應	比喻調度，指揮	清魏源《聖武記》	20/11062c

554	回銷	事畢返回銷差	清黃六鴻《福惠全書》	7/3608a
555	回嘴	回口，頂嘴	《儒林外史》	12/6868b
556	會商	雙方或多方共同商量	清魏源《聖武記》	20/11065c-d
557	會同	會合有關方面共同辦理	《檮杌閑評》	19/10817a
558	毀	改舊為新	自造書證	34/19168a-b
559	賄脫	賄賂以求脫免	《清史稿》	15/8491b
560	賄縱	謂收受賄賂放其逃走	清林則徐《會奏巡緝營員訪有劣跡請革審摺》	18/100122c
561	活捉	活生生地抓住。多指作戰時抓住敵兵	清孔尚任《桃花扇‧和戰》	18/100116c
562	稽察	檢查	清林則徐《箚各學教官嚴查生員有無吸煙造冊互保》	9/4653b
563	雞姦	男性與男性發生性行為	《清律》	23/12932b
564	羈候	拘留候審	清孔尚任《桃花扇》	11/5790a-b
565	急口	急忙開口	茅盾《子夜》	21/11743c
566	苟合/苟合	指男女間不正當的結合	《白雪遺音》	20/11450a
567	寄監	關押在監獄中	清黃六鴻《福惠全書》	22/12319a-b
568	寄學	明代童生，通過捐納或經提學考試核准，而取得同秀才同等的待遇，稱為「寄學」	俞樾《茶香室續鈔》引清張穆《顧亭林年譜》	17/9259d-9260a
569	濟運	渡水運輸	清昭槤《嘯亭雜錄》	4/1915b-c
570	架捏	憑空捏造	《封神演義》	22/12138d
571	架言	託言	《天雨花》	14/7788d
572	假粧/假裝	故意表現出一種動作、表情或情況來掩飾真相	老舍《四世同堂》	35/20037c
573	姦宿	亦作「奸宿」。指姦污	瞿秋白《文藝雜著‧鞱聲七》	10/5629d
574	監收	監督收取	《紅樓夢》	18/10255b
575	減等	減輕已判罪的等級	清蒲松齡《聊齋誌異》	28/15633a
576	檢選	挑選	魯迅《且介亭雜文二集》	27/15265b-c
577	講求	追求；重視	夏丏尊、葉聖陶《文心》	9/4735b-c
578	剿洗	剿滅淨盡	清陳天華《猛回頭》	3/1453d
579	勦撫/剿撫	徵剿和招撫	《花月痕》	20/11086a

580	接收	接受；收受	《二十年目睹之怪現狀》	17/9644a
581	揭	借債	《歧路燈》	19/10888b-c
582	劫搶	搶劫；搶奪	《紅樓夢》	3/1148a
583	劫獄	從監獄裏把被拘押的人搶出來	任光椿《戊戌喋血記》	3/1089d
584	解赴	猶押送	陳夔龍《夢蕉亭雜記》	24/13409a
585	解驗	解送與驗收	清錢謙益《孫公行狀》	8/4214b
586	解運	押運	清黃宗羲《明夷待訪錄》	20/11422b
587	屆期	到預定的日期	《儒林外史》	22/12265c-d
588	借端	假託事由，藉口某件事。	清李漁《凰求鳳》	22/12370d
589	借名	借用某一名義或名稱	清李漁《玉搔頭》	35/20006a
590	禁飭	管束；整頓	《明史》	4/1855b
591	旌恤/旌卹	表彰死者並撫恤其遺屬	清胡其毅《贈農家節婦》	29/16571a
592	經管	經手管理	清黃六鴻《福惠全書》	6/2923b-c
593	究處	追究處分	清蒲松齡《聊齋誌異》	11/6030b
594	糾參/糾參	舉發彈劾	清黃宗羲《論文管見》	19/10815b
595	灸詐	脅逼欺詐	《嶺南逸史》	13/7005d-7006a
596	拘獲	捕獲，捉住	范文瀾、蔡美彪等《中國通史》	33/18699d
597	拘集	傳訊集中	《負曝閒談》	35/20024b
598	拘拏	逮捕，捉拿	清黃六鴻《福惠全書》	19/10411a
599	拘審	拘捕審問	清黃六鴻《福惠全書》	3/1186c
600	拘提	出拘票傳訊	清蒲松齡《聊齋誌異》	22/12370b-c
601	局賭	謂以賭博爲圈套騙人錢財	《二十年目睹之怪現狀》	26/14471a
602	舉首	檢舉，告發	《東周列國志》	23/12808a-b
603	具呈	謂備辦呈文	清葉廷琯《吹網錄》	20/11455c
604	具題	謂題本上奏	《清會典》	32/17994b-c
605	具奏	備文上奏	《清會典》	2/551a
606	竣工	完工；工程告成	清王士禛《池北偶談》	？8/4427c
607	開單	開列清單	清黃六鴻《福惠全書》	17/9259d-9260a
608	開兌	開始支付	清黃六鴻《福惠全書》	4/1735a

609	開門	指開始營業	茅盾《當鋪前》	31/17657d-17658a
610	開手	開始動手、著手	清李漁《閒情偶寄》	6/3297c
611	開載	逐一記載	清黃六鴻《福惠全書》	17/9227b
612	開徵	開始徵收（賦稅）	清黃六鴻《福惠全書》	22/12128b-c
613	刊印	刻版印刷或排版印刷	清黃六鴻《福惠全書》	2/793d
614	看得	審判案件時的公文用語，相當於「現已查明」	清黃六鴻《福惠全書》	2/438b
615	看管	照管	自造書證	23/13066a
616	看牌	猶玩牌	《醒世姻緣傳》	30/16742a
617	看望	探望；問候	《兒女英雄傳》	19/10604c
618	抗違	違抗	《紅樓夢》	3/1442d-1443a
619	刻不容緩	片刻不容耽擱。比喻情勢緊迫	《清史稿》	35/19974b
620	剋扣	克扣。扣減應該發給別人的財物而據為己有	《中國歌謠資料》	21/11834c-d
621	墾種	開墾種植	《清會典》	4/1915c
622	懇乞	請求	《六部成語》	16/8737b
623	控	指告狀，申訴	《官場現形記》	23/13054d
624	口稱	口說；口頭宣稱	《兒女英雄傳》	2/424d-425a
625	扣減	扣除，減去	清黃六鴻《福惠全書》	15/8611c-d
626	勷勷	輔佐，幫助	無書證	13/7163b
627	誆告	誣告	清黃六鴻《福惠全書》	24/13247d
628	窺破	暗中看見；看透	《二十年目睹之怪現狀》	32/17980a
629	婪索	謂憑藉權勢等向人索取財物	《紅樓夢》	16/8881d
630	狼狽為奸	亦作「狼狽為姦」。互相勾結幹壞事	清昭槤《嘯亭雜錄》	6/3293b
631	立決	清代對重大死刑犯，覆文至即行刑，不必再經秋審、朝審者謂之立決。	清黃六鴻《福惠全書》	23/12808a
632	臨街	對著街道；緊靠街道	艾蕪《人生哲學的一課》	19/10841d-10842a
633	稟報	指向上級報告	《老殘遊記》	20/11330b
634	稟明	向尊上說明情況	《紅樓夢》	4/1899d

635	輪奸	謂兩個或兩個以上男子輪流強姦一婦女	《大清律》	3/1148b-c
636	輪派	輪流派遣	《大清會典事例》	25/13953a-b
637	貓鼠同眠	亦作「貓鼠同乳」。亦作「貓鼠同處」。後以比喻上下沆瀣一氣，臭味相投	清林則徐《批瓊州鎮該轄洋面近時始有外船稟》	17/9656c-d
638	冒領	假冒領取	清平步青《霞外攟屑》	33/18445c
639	懋膺	猶榮膺	《西京雜記》	18/10091c
640	朦混	用欺騙手段使人相信虛假的事物	清林則徐《曉諭速戒鴉片告示稿》	17/9243d-9244a
641	民運	民營運輸	清袁枚《隨園隨筆》	18/9975d
642	明火	謂公開搶劫	老舍《四世同堂》	37/20729d
643	鳴官	告官，向官府控告	清蒲松齡《聊齋誌異》	22/12337c
644	抹脖子	拿刀割脖子。多指自殺	《紅樓夢》	28/15669c-d
645	拿獲	捉住	《儒林外史》	（37/20747b
646	拿究	捉拿查究	清黃六鴻《福惠全書》	11/6029d
647	那用	挪用。把原定用於某方面的錢物移作他用	清黃六鴻《福惠全書》	22/12370c
648	捏名	假造姓名	清陳虯《創設議院以通下城》	25/14177c
649	黏連	黏在一起	曹禺《原野》	9/4631c-d
650	捏詞	編造言詞	《紅樓夢》	14/7611b
651	紐結/扭結	揪住廝打；扭在一起	《東周列國志》	29/16580b
652	盤獲	盤查擒獲	清黃六鴻《福惠全書》	21/11744a
653	賠不是	賠罪；道歉	《照世杯》	24/13248a-b
654	賠情	賠罪，道歉	王安友《李二嫂改嫁》	31/17601a
655	烹分	分享	清袁枚《新齊諧》	15/8121d
656	批駁	上級對下級書面呈請事項作否定的批示	清袁枚《隨園隨筆》	32/17960a
657	批允	批准	清黃六鴻《福惠全書》	29/16381c
658	僻嗜	對某種事物有特異嗜好	清唐甄《潛書》	22/12127c
659	票發	票寫簽發	清蔣士銓《桂林霜》	19/10817a
660	票行	謂公文下達	清黃六鴻《福惠全書》	34/19336b-c
661	聘嫁	出嫁	《紅樓夢》第七七回	20/11427b-c
662	破調	免予傳訊	清黃六鴻《福惠全書》	23/13127c

663	剖陳	分析陳說	李濟深《告華南西南反動統治下軍政人員》	20/11004d-11005a
664	起獲	搜取；獲得	清黃輔辰《戴經堂日鈔》	37/20741a
665	僉名	簽名	清趙翼《甌北詩話》	23/13052a
666	潛住	猶躲藏	《醒世姻緣傳》	21/11531a-b
667	敲骨吸髓	比喻殘酷地剝削	清馮桂芬《請減蘇松太浮糧疏》	13/6931c-d
668	侵冒	非法佔有公物或他人之物	清蒲松齡《聊齋誌異》	29/16381c
669	請酒	謂置酒請客	《儒林外史》	15/8175d
670	請示	請求指示	清東軒主人《述異記》	35/19925b
671	秋決	舊時於秋季處決犯人	清蒲松齡《聊齋誌異》	37/20741a
672	圈占	劃定界線並佔領之。多指封建統治者強行佔有土地	清顧炎武《營平二州史事序》	14/7823d
673	嚷罵/嚾罵	同「叫罵」叱罵；大聲責罵	《儒林外史》	20/11003c-d
674	擾民	侵擾百姓	《清史稿》	3/1326c
675	認賠	應承賠償	《官場現形記》	7/3608b
676	馹遞	驛遞	清無名氏《秋燈錄》	9/4934d
677	撒謊	說謊話	《楊家將》	8/4415c
678	煽虐	同肆虐	清魏源《聖武記》	12/6326b
679	商酌	商量斟酌	清和邦額《夜譚隨錄》	20/11062a-b
680	上報	向上級彙報	吳晗《朱元璋傳》	29/16368c
681	哨探	指探聽、打聽	《紅樓夢》	20/11083d-11084a
682	審擬	審問擬罪	清黃六鴻《福惠全書》	32/18376b
683	審質	審問	清蒲松齡《聊齋誌異》	23/13127c
684	省放	曉諭釋放	《醒世姻緣傳》	20/11241a-b
685	示儆	顯示儆戒	清王士禎《居易錄談》	20/11334a
686	收付	收入與支付	無書證	35/20005b
687	收領	領取	《清會典事例》	23/13074b-c
688	收拾	收攏；收攬	《清史稿》	15/8221b-c
689	守宿	夜間值勤	清洪昇《長生殿》	25/14052b
690	受病	指身體致病	《老殘遊記》	35/20042a

691	受累	受到牽累	《二十年目睹之怪現狀》	21/11744a
692	踈防/疏防	疏於防備	清魏源《聖武記》	20/11109d
693	署理	本任官出缺，由別人暫時代理或兼攝	清劉大櫆《潁州府通判呂君墓表》	20/11151b
694	刷印	舊時印刷，先在刻板上覆紙，再以毛刷刷掃，稱「刷印」。也稱刷書	清顧炎武《與潘次耕書》	12/6350a
695	耍錢	方言。賭博	《兒女英雄傳》	13/7149c-d
696	拴通	勾結；串通	清黃六鴻《福惠全書》	21/11826c
697	肆行無忌	恣意橫行，無所顧忌	《西遊補》	20/11407c-d
698	送祟	猶送鬼	《紅樓夢》	30/16742a
699	宿娼	謂與妓女奸宿	魯迅《熱風》	25/13813d-13814a
700	筭帳/算帳	計算帳目	《紅樓夢》	20/11447b
701	唆撥	教唆挑撥	《醒世姻緣傳》	17/9510a
702	踏查	實地查看	鍾濤《北大荒踏查記》	19/10407c
703	套襲	謂套用抄襲	夏丏尊、葉聖陶《文心》	14/7675d-7676a
704	討索	索取	《歧路燈》	33/18615c-d
705	疼顧	關心照顧	《紅樓夢》	14/7570a
706	提究	提訊查究	《清會典事例》	10/5207b
707	提溜	手提；提拉	《醒世姻緣傳》	24/13341d
708	題參/題參	上本參奏。猶彈劾	《天雨花》	14/7788d
709	題敘	謂按等級或勳勞奏請給予晉升或其他獎勵	清李漁《奈何天》	23/13073c
710	剃頭	剃髮，理髮	清潘榮陛《帝京歲時紀勝》	1/260b
711	貼費	貼補耗費	《清史稿》	35/20006c
712	推授	推舉授官	鈕琇《觚賸》	23/12827d
713	推諉	推卸責任；推辭	清顧炎武《上國馨叔書》	29/16621b
714	推卸	推脫；不肯承擔	清梁章鉅《歸田瑣記》	33/18421b-c
715	退還	交還；歸還	《二十年目睹之怪現狀》	16/8716c
716	完糧	舊指交納田賦	清徐大椿《洄溪道情》	36/20362b
717	玩弄	使用；施展	老舍《四世同堂》	35/20004d

718	枉縱	謂冤枉無辜或放縱有罪者	清林則徐《嚴辦煙案裁贓人犯片》	7/3871c
719	威嚇	以威勢恐嚇	清黃六鴻《福惠全書》	22/12318d
720	違錯	違反；不遵從	《紅樓夢》	20/11152b
721	違玩	違抗輕慢	清林則徐《諭繳煙土未覆先行照案封艙稿》	4/1988a
722	委署	官署缺員時，委派其他官員代理	清蔣良騏《東華錄》	22/12217c
723	諉卸	推卸（責任）	清夏燮《中西紀事》	21/11828c
724	聞信	聽到消息	清王韜《淞濱瑣話》	20/11127a
725	詳報	上詳、申報	清黃六鴻《福惠全書》	4/1987b-c
726	詳請	上報請示	清黃六鴻《福惠全書》	7/3607c
727	嘵嘵	吵嚷	清洪昇《長生殿》	24/13342d-13343a
728	興訟	發生訴訟，打官司	《儒林外史》	33/18699c
729	刑訊	用刑罰審訊	清薛福成《庸盦筆記》	34/19165c
730	行提	行文提取人犯、案卷或有關之物	清黃六鴻《福惠全書》	23/12732a
731	蓄髮	留髮	清嚴有禧《漱華隨筆》	8/4035b
732	循例	依照往例	清阮葵生《茶餘客話》	20/11421a
733	汛防	巡邏防守	《清史稿》	34/19370a
734	徇隱	徇私隱瞞	清林則徐《會諭收繳鴉片增設紳士公局示稿》	8/4213c
735	押保	押出交保	清黃六鴻《福惠全書》	32/18378d
736	押運	監督運送	《二十年目睹之怪現狀》	20/11421b-c
737	言喘	猶吭聲，吭氣	《醒世姻緣傳》	13/6931c-d
738	研鞫	勘問；審訊	清紀昀《閱微草堂筆記》	17/9485a-b
739	研訊	仔細審訊	中國近代史資料叢刊《辛亥革命》	35/20019d-20020a
740	筵請/宴請	設宴招待	瞿秋白《赤都心史》	32/17960c-d
741	嚴比	謂嚴厲追比	《儒林外史》	25/13941c-d
742	嚴究	嚴加究詰	清黃六鴻《福惠全書》	8/4197a-b
743	嚴令	嚴厲命令	姚雪垠《長夜》	18/100116a
744	嚴拿	亦作「嚴挐」。從速捕拿	清黃六鴻《福惠全書》	30/16701b

745	嚴行	嚴厲地進行	《清會典事例》	3/1387d-1389a
746	央託	亦作「央托」。央求；請託	清黃六鴻《福惠全書》	14/8042a
747	仰承	猶奉承，迎合	李大釗《十月革命與中國人民》	34/19304a
748	吆喝	呵斥；喝令	《兒女英雄傳》第五回	19/10604d
749	邀恩	謂謀求恩賞	汪辟疆《唐人小說‧東城父老傳》校錄按語	20/11104d
750	貽累	連累；牽累	清蒲松齡《聊齋誌異》	8/4087b
751	誘拐	引誘拐騙	魯迅《南腔北調集》	32/18378d
752	誘姦	亦作「誘奸」。用欺騙的手段使異性跟自己發生性行為	沙汀《還鄉記》	22/12569c
753	揄揚	稱引，讚揚	魯迅《朝花夕拾》	13/6989d
754	冤誣	冤枉誣陷	清黃六鴻《福惠全書》	15/8628d
755	怨恨	埋怨	茅盾《色盲》	32/17842b
756	在案	表示某事在檔案中已有記錄，可以查考	中國近代史資料叢刊《太平天國》	21/11818a
757	在場	親身在事情發生、進行的場所	周而復《上海的早晨》	21/11913c
758	在官	謂在官府有名籍	《醒世姻緣傳》	33/18699b-c
759	責比	謂立期限責令辦好某事或追查某案，若到期不完成則加重責	《石點頭》	25/14185d
760	責革	處罰、撤職	清黃六鴻《福惠全書》	34/19125b-c
761	紮營	謂軍隊安營駐紮	清昭槤《嘯亭雜錄》	20/11152a
762	詐嚇	訛詐恐嚇	茅盾《微波》	37/20755d
763	瞻狗	同「瞻徇」，徇顧私情	清陳康祺《郎潛紀聞》	14/7655b-c
764	展辯	申辯	清黃六鴻《福惠全書》	15/8628d
765	展脫	開脫	清黃六鴻《福惠全書》	29/16351c-d
766	站立	立，久立	自造例證	31/17603d
767	漲價	提高價格	《二十年目睹之怪現狀》	13/7165c-d
768	招解	把已招供的人犯解送上官復審	《清會典事例》	37/20740a
769	找尋	尋找	《兒女英雄傳》	31/17670a-b
770	照看	照料；看顧	《儒林外史》	24/13361c

771	陣斬	謂兩軍對壘時在陣前殺死敵兵	子虛子《湘事記》	18/100116c
772	支解	謂分割爲小段	巴金《家》	21/11981b
773	支開	支使離開；岔開	《紅樓夢》	34/19240b
774	值月	在當值的那一月承應差事或擔任某項工作	無書證	10/5641d
775	指派	指名派遣，委派	夏丏尊、葉聖陶《文心》	6/3291a
776	駐防	駐紮防守	清紀昀《閱微草堂筆記》	22/12396a
777	駐宿	駐紮歇宿	徐珂《清稗類鈔》	32/17960c
778	轉來	回來	《英烈傳》	32/17929b
779	轉送	轉交	自造例證	19/10412a
780	轉詳	謂將案情呈報上級官府	《醒世姻緣傳》	10/5191b
781	轉租	把自己租來的東西租給別人	《二十年目睹之怪現狀》	29/16581b-c
782	裝運	裝載並運輸	《二十年目睹之怪現狀》	17/9235d
783	狀招	具狀招認	清黃六鴻《福惠全書》	32/17928a
784	狀告	遞狀控告	京劇《獵虎記》	29/16567a
785	撞遇	遇上；碰到	《楊家將》	23/12931c
786	追剿	亦作「追勦」。追擊圍剿	清歸莊《朱少師傳》	20/11084b
787	酌議	斟酌商議	清薛福成《代李伯相籌議日本改約暫宜緩允疏》	4/1915d-1916a
788	遵示	公文用語，遵照指示	清林則徐《保山案犯審明定擬並酌撤官兵折》	15/8651c
789	作興	作樂；湊趣	《蕩寇志》	12/6707c
790	坐	坐落。謂（建築物、山、田等）背對著某一方向	趙樹理《李家莊的變遷》	15/8540b
791	坐席	坐上宴席。多指舉行或參加宴會	《紅樓夢》	29/16362a-b
792	做工	幹活，從事體力勞動	《儒林外史》	2/621d
793	私肥/私肥	便宜自己。指貪污中飽	《二十年目睹之怪現狀》	12/6421c

附錄二　詞目索引

致　謝

　　2007 年 9 月，我有幸由雲南師大考入四川大學文學與新聞學院攻讀博士學位，師從國家九八五文化互動與創新基地學術帶頭人俞理明教授。導師嚴謹的學風、敏銳的視野、悉心的教誨，逐漸引領我步入漢語研究的神聖殿堂。本書從選題、寫作到成型，凝聚了俞理明師的幾多心血。難忘選題徘徊時導師語重心長的教誨，難忘寫作艱難時導師的指點迷津，難忘書稿修改時導師的無數批紅和耳提面命。在風雨淒厲的嚴冬，因辦公室停電，導師曾屈尊來我宿舍當面修改我的初稿；在本該休息的周末下午，略顯疲憊的導師再一次約我在其工作間逐字講解書稿中應繼續修改之處及相應措施。一幕一幕，湧上心頭的是感激，一刻一刻，引入心底的依然是感激。慶幸愚鈍的我，欣逢睿智而嚴謹的老師。

　　感謝授課的各位老師。求學其間，原中國訓詁學會會長趙振鐸教授不顧年事已高，為我們開設了漢語研究史課程，以博大而精闢的論證，以恢弘而縝密的闡述，為我們打下了紮實的訓詁學基礎；向熹教授在古稀之年堅持給我們講述漢語音韻史，一舉手一投足傾注了先生對後學莫大的關懷與鼓勵。雷漢卿、蔣宗福等教授都在課堂內外無私而慷慨地奉獻著他們歷年研究的心得與精華。

　　揮灑不去的還有師兄弟們相處時晶瑩的點滴歲月。常憶挑燈夜戰書稿時，

同樓層的學友孔令彬、劉錦濤近在咫尺的相互鼓勵；常憶遍查資料不可得時，遠在東方之珠的賢兄王闓吉傾力相助；常憶寫作鬱悶時，與同窗王平、許良越、張文明漫步荷花池畔的心曠神怡。

感謝年邁的父母為我牽掛，為我照管年幼的魏勉；感謝我的大姐、我的大哥。是家人無私的支持與付出，讓我無憂無悔地走到今天，邁向明天。

時光荏苒，駐足望江樓邊，望江流千里，錦江奔騰的浪花，似乎演繹著孔子的鞭策：「逝者如斯，不舍晝夜。」

魏啟君

2010 年 3 月初稿於川大北園

2013 年 7 月修改於財大寒齋